Encontros e desencontros em Compostela

Graeme Simsion
& Anne Buist

Encontros e desencontros em Compostela

Tradução de
Thalita Uba

1ª edição

EDITORA RECORD
RIO DE JANEIRO • SÃO PAULO
2022

EDITORA-EXECUTIVA
Renata Pettengill

SUBGERENTE EDITORIAL
Mariana Ferreira

ASSISTENTE EDITORIAL
Pedro de Lima

AUXILIAR EDITORIAL
Júlia Moreira

COPIDESQUE
Igor Soares

REVISÃO
Mauro Borges
Renato Carvalho

IMAGEM DE CAPA
Image Source / Getty Images

DIAGRAMAÇÃO
Ricardo Pinto

TÍTULO ORIGINAL
Two Steps Forward

CIP-BRASIL. CATALOGAÇÃO NA PUBLICAÇÃO
SINDICATO NACIONAL DOS EDITORES DE LIVROS, RJ

S621e Simsion, Graeme, 1956-
Encontros e desencontros em Compostela / Graeme Simsion, Anne Buist; tradução de Thalita Uba. – 1ª ed. – Rio de Janeiro: Record, 2022.

Tradução de: Two Steps Forward
ISBN 978-65-5587-445-7

1. Ficção australiana. I. Buist, Anne. II. Uba, Thalita. III. Título.

22-76174 CDD: 828.99343
CDU: 82-3(94)

Meri Gleice Rodrigues de Souza – Bibliotecária – CRB-7/6439

Publicado originalmente por The Text Publishing Company Australia em 2017.

Texto revisado segundo o novo Acordo Ortográfico da Língua Portuguesa.

Impresso no Brasil

ISBN 978-65-5587-445-7

Este livro foi inspirado nas pessoas que caminharam conosco, que nos acolheram e que marcam e cuidam do Caminho. Esperamos que ele inspire outros a empreenderem as próprias jornadas.

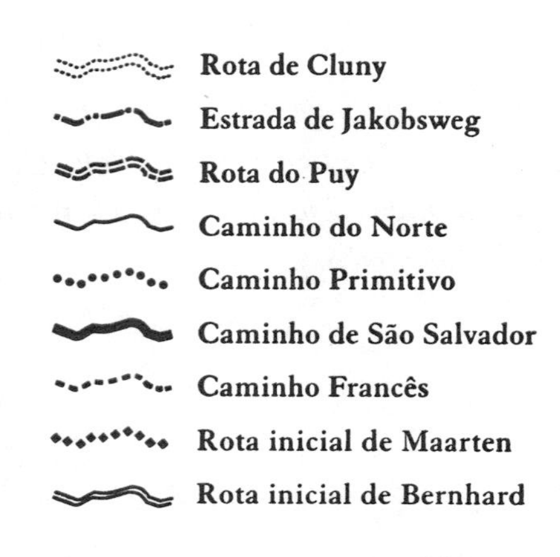
Rota de Cluny
Estrada de Jakobsweg
Rota do Puy
Caminho do Norte
Caminho Primitivo
Caminho de São Salvador
Caminho Francês
Rota inicial de Maarten
Rota inicial de Bernhard

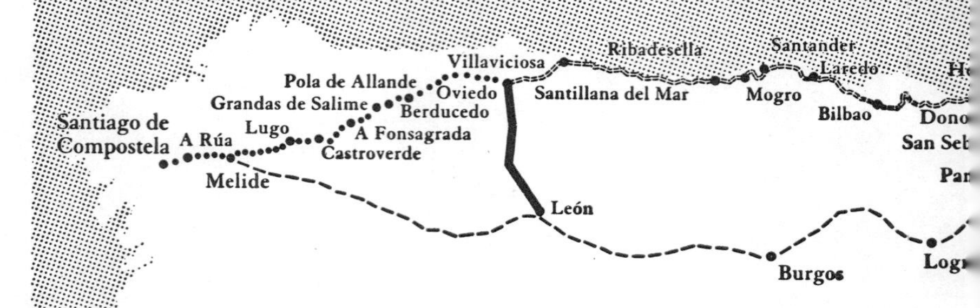
Villaviciosa
Ribadesella
Santander
Laredo
Pola de Allande
Oviedo
Santillana del Mar
Mogro
Bilbao
Grandas de Salime
Berducedo
Santiago de Compostela
A Rúa
Lugo
A Fonsagrada
Castroverde
Melide
León
Burgos
ESPANHA
Porto

Paris
FRANÇA
Cluny
Tramayes
Genebra
La Bénisson-Dieu
Poule-les-Écharmeaux
Saint-Jean-Saint-Maurice-sur-Loire
Le Cergne
Pommiers
Montverdun
Lyon
Montbrison
Montarcher
Saint-Privat-d'Allier
Saugues
Le Puy-en-Velay
Bordeaux
Saint-Alban-sur-Limagnole
Corn
Conques
Nasbinals
Figeac
Saint-Chély-d'Aubrac
Cahors
Estaing
Condom
Moissac
Lectoure
Montpellier
Aire-sur-l'Adour
Toulouse
Navarrenx
Marselha
stabat-Asme
t-Jean-Pied-de-Port
Mar das Baleares
Barcelona

Há um momento de partir,
mesmo quando não há lugar certo para ir.
TENNESSEE WILLIAMS

A meia-idade é quando você chega ao topo da escada
e descobre que ela estava apoiada na parede errada.
JOSEPH CAMPBELL

I
ZOE

O destino assumiu a forma de uma concha de vieira na janela de um antiquário na cidade medieval francesa de Cluny. Prateada, estava virada para cima, como que esperando pela Vênus de Botticelli, seduzindo-a com um conjunto de pedras coloridas em uma das pontas da borda de esmalte branco. Por algum motivo, me senti atraída por ela.

Talvez o universo estivesse me mandando uma mensagem; era difícil saber, com minha cabeça ainda em outro fuso horário. Eu estava viajando havia 24 horas desde que saíra pela última vez de casa, em Los Angeles, sem sentir nada. Acho que ainda estava em choque.

Aeroporto Internacional de Los Angeles:

— Só uma mala?

Sim, e nela estava tudo que eu tinha, além das três caixas de papéis e recordações que eu havia deixado para minhas filhas.

Aeroporto Charles de Gaulle: funcionário detestável, tentando me passar à frente de uma mulher de burca. Ele não compreendeu meus protestos — por sorte, pois ele a estava encaminhando para a fila dos passaportes europeus, que andava bem mais rápido que a fila de estrangeiros para a qual fui direcionada.

Oficial da imigração: homem jovem, sem sotaque nenhum.

— Passeando? — Então, quando entreguei meu passaporte: — Férias?

— *Oui.*

Uma resposta tão boa quanto qualquer outra.

— Onde vai se hospedar?

— *Avec une amie à Cluny.*

Camille, que eu não via fazia um quarto de século. As férias que ela insistia para eu tirar desde a época da faculdade, em St. Louis, e que Keith cancelara três vezes.

O oficial deu um meio sorriso com meu francês básico.

— Seu visto é para noventa dias na Europa continental. Expira em treze de maio. Permanecer aqui depois desse prazo é crime.

Eu não pretendia ficar. Meu voo de volta era dali a um mês. Se o dinheiro durasse até lá, já estaria no lucro.

Indo de trem para o centro de Paris: *Paris*. Apesar de tudo o que tinha acontecido, senti uma euforia ao pensar em estudar um Monet no Musée d'Orsay, em me perder em uma exposição no Centro Pompidou, e em relaxar em um café em Montmartre, desenhando uma francesa elegante.

Estação de metrô Cluny-La Sorbonne, bem no Quartier Latin:

— Não é esta Cluny que você está procurando. O endereço fica em Borgonha. Não é longe. Menos de duas horas de TGV, o trem mais rápido para Mâcon.

Gare de Lyon:

— Cento e quarenta e sete euros. — Isso só pode ser brincadeira — É mais barato no trem lento. Mas não nessa estação.

Estação Paris-Bercy:

— Quatro horas e dezenove minutos, aí você pega o *autobus*. Cento e trinta e cinco euros. Só a parte do trem.

Quando finalmente cheguei a Cluny — a sudeste de Paris, na metade do caminho para a Itália —, o sol de inverno estava se pondo, e as luzes dos postes criavam auréolas sob a garoa fina. Eu só havia chegado ali graças a estranhos que, como em uma corrida de revezamento, me levaram de plataformas de ferroviárias a bilheterias e paradas de ônibus. Eles me garantiram um pouco de carma positivo.

Segui as placas até Centre Ville, arrastando minha mala. Uma das rodinhas dera seu último suspiro, e eu torcia para que as instruções complicadas de Camille se provassem um trajeto curto. Eu havia cancelado meu plano de celular na mesma hora em que mandei cortar a luz e a água.

Percebi que estava na praça central, cercada de um lado por uma abadia majestosa e, do outro, pelas ruínas de sua muralha.

Vários jovens homens — e uma mulher — saíram subitamente de um bar. Estavam usando casacos cinza longos, decorados com desenhos pintados à mão. O dela chamou minha atenção: o artista fizera um bom trabalho representando as cores e as curvas de um desenho animado japonês.

Consegui dizer um *excusez-moi* antes que esquecesse todo o meu francês.

— Estudantes de arte?

— Engenharia — respondeu a mulher, no meu idioma.

Mostrei a eles as instruções de Camille. Ela havia escrito, em francês, "siga diretamente pela praça", mas não disse em qual sentido.

— Não conhecemos Cluny muito bem — confessou a estudante. — Melhor perguntar em uma loja.

Então lá estava eu diante do antiquário, que, a princípio, pensei ser um açougue, por causa do ganso de metal preto à porta. Sempre senti uma conexão com gansos. Eles cooperam, cuidam uns dos outros e formam casais para a vida toda. Eles são também o símbolo de uma jornada — como encontrar minha excêntrica amiga de faculdade.

A atração pela concha ornamentada na vitrine era forte, até mesmo um pouco inquietante. Os acontecimentos recentes da minha vida viviam me fazendo pensar se eu estava mesmo em sintonia com o universo; então, quando eu recebia um sinal evidente, parecia sensato prestar atenção. Subi as escadas da loja puxando minha mala aos trancos.

Um homem elegante na casa dos cinquenta anos e com um bigode fino deu um sorriso contido.

— *Bonjour, madame.*

— *Bonjour, monsieur.* Humm... Aquilo ali. — Apontei. — *S'il vous plaît.*

— A *madame* é americana?

— Sou.

Era tão óbvio assim? Ele me entregou o berloque e, ao segurá-lo, senti aquela sensação de novo, a sensação na qual confiei para tomar todas as decisões mais importantes da minha vida: *é para ser.*

— Vai fazer o *Chemin*, *madame*?

— Desculpe...

— O *Camino de Santiago.* A peregrinação.

Eu lembrava vagamente o que era o *Camino*, o trajeto dos peregrinos na Espanha, por conta das memórias de Shirley MacLaine. Não consegui entender a conexão entre ele e um berloque de concha no meio da França.

O vendedor deve ter entendido meu aceno de compreensão como uma confirmação de que eu planejava, literalmente, seguir os passos da Sra. MacLaine.

— Essa vieira vai levar a *madame* até Santiago em segurança.

— Eu não estava planejando... Por que uma concha de vieira?

— A vieira, aqui chamada de *coquille Saint-Jacques*, é o símbolo da peregrinação. Você deve conhecer São Jacques como São Tiago. Por isso o nome: Santiago.

— Certo...

— As vieiras fizeram boiar o barco que estava levando São Jacques para a Espanha.

Não nas Bíblias que eu já li. Revirei a concha na mão, os olhos fechados enquanto me permitia me perder por um momento nos pensamentos e sentimentos que estava ocupada demais para encarar, até que o vendedor tossiu.

— Quanto? — perguntei.

— Duzentos e quinze euros.

Dólares e euros: mais ou menos a mesma coisa. Eu nunca havia gastado mais que cem dólares em uma joia.

— É do final do século dezenove — explicou ele. — Banhada em prata e esmaltada. Possivelmente pertenceu à realeza do Império Austro-Húngaro.

— Tenho certeza de que vale isso. — Bem, nem tanta certeza assim. — Mas não posso bancar.

Seria como João gastando todo seu dinheiro no pé de feijão.

— A caminhada não é cara. Muito é dado de graça para os peregrinos.

— Não... *Merci* — falei, largando a concha.

Esta *madame* aqui não estava planejando ir além da casa de Camille. O vendedor pareceu decepcionado, mas me explicou, em um misto de idiomas, como chegar até lá.

Arrastei a mala morro acima, torcendo para não ter confundido *à droite* e *tout droit* — "reto" e "em frente". Eu não conseguia tirar da cabeça o berloque de concha. *O destino fala àqueles que escolhem ouvir.*

Ao sair da parte antiga da cidade, olhei para cima. No topo do morro havia um cemitério, e, erguendo-se sob o céu escuro, a silhueta de um olmeiro enorme. Debaixo da árvore, um homem alto puxava o que parecia ser uma pequena carroça. Era uma imagem esquisita, mas a roda dele estava funcionando melhor que a minha, que escolheu aquele exato momento para se partir ao meio.

2
MARTIN

Meu último teste com o carrinho, subindo até o cemitério e voltando, marcava o fim de um projeto que havia começado seis meses antes, quando Cluny estava ensolarada e repleta de turistas e eu apreciava meu café matinal no Café du Centre.

Alguns poderiam dizer que eu era afortunado por estar em uma mesa na área externa no exato momento em que o holandês cambaleava rua abaixo. Existe certo tipo de pessoa que se foca no aleatório, em vez de na sua preparação e no que você faz com ela.

"Cambaleava" era um exagero. Ele estava se saindo admiravelmente bem, considerando que provavelmente tinha cinquenta e muitos anos, estava um pouco acima do peso e carregava nas costas um carrinho portátil de golfe. Duas grandes rodas chamavam a atenção e, quando passou, o motivo pelo qual ele não as estava utilizando ficou óbvio: uma havia emperrado. Eu me levantei e o abordei.

— *Excusez-moi* — falei. — *Vous avez un problème de la roue?* Está com um problema na roda?

O homem meneou a cabeça, inexplicavelmente negando o óbvio. Minha primeira impressão de como ele se sentia estava certa. Ele suava e tinha a respiração ofegante, embora o dia de verão ainda não estivesse tão quente.

— Você é inglês? — perguntou ele.

Não era uma resposta muito delicada, visto que eu estava trabalhando no meu sotaque.

Estendi a mão.

— Martin.

— Martin — repetiu ele.

Parecia que trocar de idioma não iria melhorar a comunicação.

— Você? — indaguei.

— Eu sou da Holanda. Não há problema nenhum com a rua. Meu carrinho é que é o problema.

Ele deve ter entendido *roue*, roda, como *rue*, rua. Desistimos do francês e definimos que seu nome era Maarten. Não era jogador de golfe, e sim um caminhante, e no carrinho estavam suas roupas e seu equipamento. Havia passado a noite em sua barraca, na periferia da cidade, e agora esperava encontrar um lugar para consertar a roda.

Eu não achava que ele tinha grandes chances. Maarten não teria dificuldade nenhuma de encontrar chocolate, vinhos Borgonha caros demais ou souvenirs da abadia, mas eu não conhecia nada que se parecesse com uma oficina. Talvez houvesse algo na Zone Industrielle, mas poderia ser difícil encontrar, fora que, se ele deparasse com alguma regulamentação, ou greve, ou a ausência de empregados, ficaria de pés e mãos atados até que encontrasse alguém disposto a ajudá-lo.

— Acho que eu consigo consertar para você — ofereci.

Levou o dia todo, menos o tempo que passei em aula. Eu só estava trabalhando na Ensae — Escola Nacional de Estatística e Administração Econômica, que, apesar do nome, era também um polo de artes e engenharia — fazia algumas semanas, mas já sabia me virar por aí.

A roda não tinha conserto, e já estava frouxa desde o início. Nosso problema atraiu alguns estudantes, e logo tínhamos uma oficina improvisada de design. Em benefício da educação e do engajamento da comunidade, desmantelamos um carrinho de mão com pneus infláveis e soldamos as peças ao carrinho de Maarten. A alça de borracha havia se deteriorado, e adaptamos uma substituta de metal estriado. O resultado foi uma melhora significativa. Ele e a equipe de montagem, com seus casacos pintados, foram devidamente fotografados para o site da escola.

Durante o progresso de nosso trabalho, fiz a Maarten a pergunta óbvia:

— Aonde você está indo?

— Santiago de Compostela. Estou fazendo o *Camino.*

— Daqui?

Uma das minhas colegas inglesas havia "feito" o *Camino* e havia ficado mais do que um pouquinho orgulhosa de seu feito. Mas, pelo que eu me lembrava, o caminho começava na fronteira entre a França e a Espanha.

Maarten me emendou.

— Obviamente, nem todos os peregrinos partem de uma única cidade. No século décimo, eles não podiam pegar um avião ou um trem e se encontrar em algum hotel turístico em Saint-Jean-Pied-de-Port. Partiam de suas casas, assim como eu fiz.

Tome essa, Emma. Tente começar lá em Sheffield na próxima vez.

Havia quatro rotas espalhadas pela Europa, incluindo o *Chemin de Cluny*, que Maarten estava perfazendo agora. A maioria convergia em Saint-Jean-Pied-de-Port, na fronteira espanhola, para o trecho final de oitocentos quilômetros — o *Camino Francés*, ou Caminho Francês, que Emma havia percorrido. Maarten já cobrira 790 quilômetros desde Maastricht.

— Por que o carrinho? — eu quis saber.

Ele deu um tapinha nos joelhos.

— A maioria dos caminhantes carrega uma mochila, mas é pesado para os joelhos e para as costas. Muitos já não são jovens.

Eu conseguia me identificar com aquilo. As consequências de minha tentativa pós-meia-idade da Maratona de Londres foram uma reconstrução de joelho e um conselho para evitar mais desgaste e traumas.

— Onde o conseguiu? — questionei.

— Foi criado por um americano.

— E você está feliz com ele? Fora as rodas?

— É uma porcaria — respondeu ele.

Eram 20h quando terminamos, e eu ofereci a Maarten um lugarzinho no chão do meu apartamento.

— Pago seu jantar — disse a ele —, mas quero saber tudo sobre seu carrinho.

— Você já viu. É bem simples.

— Não, na prática. Como é para usar, quais são os problemas, quais mudanças você pediria.

Uma ideia estava surgindo. Eu tinha certeza de que poderia bolar um design melhor. Havia muitas questões a serem respondidas antes que eu pudesse colocar a ideia no papel, mas o importante era entender todos os requisitos. E, como digo para meus alunos, não é o tipo de coisa que se descobre ficando com a bunda na cadeira e elaborando uma lista de desejos. Você sai a campo, se possível com um protótipo, e descobre o que é realmente necessário. Maarten havia feito isso por oitocentos quilômetros com o produto que seria meu concorrente.

Estabelecemos que o carrinho era difícil de manusear em terreno acidentado e ruim de manobrar em trilhas estreitas, onde a alça girava constantemente na palma da mão. Maarten fora forçado a seguir as rotas das bicicletas, que incluíam alguns trechos desagradáveis em estradas principais.

Enquanto estava comendo queijo, perguntei a ele sobre a peregrinação. Não que eu quisesse saber sobre religião, mas fiquei curioso quanto à logística. Maarten também não era religioso. Ele fora demitido de uma função pública e achava que não voltaria a trabalhar. Seus motivos para empreender uma jornada tão longa eram vagos, mas sua escolha de rota fazia sentido.

— Boa sinalização, água, albergues para tomar banho e comer. Se você quebrar uma perna ou tiver um ataque cardíaco, será encontrado por outro peregrino.

Meu apartamento ficava a uma curta distância a pé do centro da cidade. Eu o tinha alugado por intermédio de Jim Hanna, um expatriado de Nova York que viera para Cluny para se casar com uma francesa que ele havia conhecido nos Estados Unidos. O casamento fracassara, mas não sem antes gerar uma filha, que o prendia à França para um futuro óbvio.

Jim me conseguira duas poltronas velhas, e Maarten e eu nos acomodamos nelas, tomando *eau de vie de prune*. O licor tinha sido minha primeira compra em Cluny, mas eu andava pegando mais leve após uma noite de lamentos embriagados.

— Sem família? — perguntei.

Ele meneou a cabeça.

— Minha esposa morreu. Você?

— Uma filha em Sheffield. Ela tem dezessete anos.

Sarah e eu trocávamos mensagens de texto esporadicamente. Ela preferiria que eu tivesse ficado, mas seria, inevitavelmente, engolida pelas recriminações, minhas e de Julia, até chegar um momento em que passaria metade da vida se preocupando com o que compartilhava, com quem ficava e de qual lado parecia estar. Eu sabia muito bem o dano que pais distantes podiam causar a um adolescente.

— O que você vai fazer quando terminar? — indaguei.

— É por isso que estou caminhando. Para analisar essa questão.

— E, até agora, nenhuma ideia?

— Ainda tenho muito tempo. Se não encontrar uma solução até Santiago, posso continuar refletindo no caminho para casa.

Pela manhã, observei Maarten arrastar seu carrinho recém-recauchutado para retomar o Caminho. Mal dava conta dos paralelepípedos, e eu já vislumbrava uma suspensão para a versão que seria puxada ao longo do Caminho do Pennine, da Trilha dos Apalaches e por milhares de peregrinos em sua jornada para Santiago.

Desenhar um carrinho melhor era fácil. Apenas reforçar as rodas já faria diferença, e aprimorar a suspensão melhoraria sua performance em terrenos acidentados. Mas eu estava procurando por uma inovação mais dramática.

O lampejo surgiu da aplicação das técnicas que eu era pago para ensinar.

— Então — falei aos quatro estudantes que tinham permanecido na sala após a aula —, estamos empacados. Como podemos encorajar o pensamento inovador?

— Com cerveja.

— Às vezes. Não contem aos seus pais que ouviram isso de mim. O que mais?

Pascale, vestida com seu casaco decorado com desenhos animados japoneses, ergueu a mão.

— Dr. Eden, podemos forçar os limites; estender os parâmetros até seus valores extremos.

— Continue. Quais parâmetros temos para brincar aqui?

— A distância entre os eixos?

— E quais são os valores extremos?

— Infinito e zero. As duas rodas trabalham juntas. Formando uma única roda. Mas...

— O que disse?

— Uma única roda.

— Não, depois disso.

— *Mas.*

Risadas.

— Nosso trabalho agora não é encontrar motivos para rejeitar a ideia de Pascale, e sim maneiras de fazê-la funcionar.

— Se a estabilidade é o problema, acrescentamos mais uma alça. Simples.

O design final se parecia mais com um riquixá ou uma pequena carroça do que com um carrinho portátil de golfe, mas era muito mais manuseável do que a versão de Maarten. A roda única permitia um sistema de suspensão sofisticado, que era impressionante de ver em ação à medida que a roda subia, descia e girava para se acomodar ao terreno.

O cinto com presilhas reforçava a impressão de que o usuário se assemelhava a um cavalo puxando uma carroça, mas deixava as duas mãos livres, permitindo o uso de bastões — *bâtons* —, que muitos caminhantes gostavam de usar. Maarten comentara sobre a dificuldade de ultrapassar rios e cercas, e eu acrescentei alças para permitir que o carrinho pudesse ser carregado nas costas a curtas distâncias.

Desde o início, eu estava procurando por um investidor. Depois de muitos e-mails, consegui despertar o interesse de um fabricante chinês e de dois distribuidores de equipamentos de área externa, um alemão e um francês. Eles estariam em uma feira de negócios em maio, mas não ficariam satisfeitos em apenas inspecionar meu protótipo. Queriam evidências de que o artefato sobreviveria a uma caminhada de longa distância. O francês pediu provas de que suportaria as condições de seu país, que eram, naturalmente, únicas. Eu não estava em condições de pagar por um teste estendido.

Ruminei o problema na minha cabeça por cerca de uma semana, mas continuava retornando à mesma resposta. Meu contrato na Ensae terminava na metade de fevereiro. Era hora de seguir em frente, de fazer algo mais substancial para reparar minhas finanças. O carrinho representava minha melhor chance de fazer isso. E a pessoa mais bem equipada para testá-lo, fazer reparos e melhoramentos ao longo do caminho e comunicar os resultados aos possíveis investidores era eu.

Podia fazer o *Camino* a partir de Cluny, puxando o carrinho por novecentos quilômetros entre a França e a Espanha, tirando fotos, fazendo vídeos e postando em um blog para despertar interesse. Precisava chegar a Santiago até 11 de maio, me permitindo dois dias para retornar à França para a feira de negócios. Se eu começasse assim que minhas obrigações como professor terminassem e caminhasse 25 quilômetros por dia, chegaria com uma semana de folga.

O inverno não era mesmo a melhor época para começar. Os albergues do intervalo de duas semanas entre Cluny e Le Puy provavelmente estariam fechados, e a trilha que atravessava o topo do

Maciço Central estaria coberta de neve, o que me obrigaria a pegar a estrada.

Minhas economias permitiam que eu gastasse cerca de cem euros por dia, o suficiente para hospedagem e alimentação. Não refleti muito sobre o fato de que estaria sem um centavo quando voltasse a Paris.

Eu lamentava estar partindo. Os estudantes e a faculdade me acolheram da melhor forma possível, embora não tenham me recebido no melhor momento da minha vida.

Cheguei ao cemitério no topo do morro. Eu havia lido que, pela lei francesa, os cemitérios precisavam disponibilizar água potável. De fato, logo após o portão havia uma torneira com uma indicação de *eau potable*. Quando a abri, água gelada jorrou sobre minhas pernas desnudas.

O cemitério tinha a melhor vista da cidade, e eu passei alguns minutos examinando os campos, tentando distinguir a trilha em meio à garoa e à luz, que minguava.

3
ZOE

A chuva havia começado para valer quando, arrastando minha mala quebrada, cheguei ao endereço de Camille, nas imediações da cidade. Uma minivan compacta entrou na via de acesso à casa e uma mulher saltou de dentro dela, batendo a porta ao sair. Ela usava uma forte sombra azul e esmalte da mesma cor. Com seus jeans apertados, a barriga à mostra — apesar do frio —, e botas de salto alto, era obviamente Camille — mas uma Camille ainda mais jovem do que quando a conheci. Devia ser sua filha, Océane. A impressão de maturidade desapareceu quando ela abriu a boca, gritando com o homem que estava com metade do corpo para dentro do veículo e metade para fora.

Não entendi uma palavra, nem precisava. Océane se virou e então atravessou o caminho até a porta, como um raio.

O homem olhou para mim e deu de ombros. Seria o pai dela? Eu não conseguia lembrar o nome dele. Antes que ele pudesse entrar novamente na van, uma versão mais velha de Océane cruzou o caminho apressadamente, gritando mais ofensas. Essa tinha a minha idade, magra daquele jeito esmirrado que as mulheres francesas às vezes são nos filmes, cabelos pretos curtos e bagunçados, cigarro na mão, mocassins nos pés. Camille. Ela esmurrou o capô enquanto ele dava a ré, então se virou, com a mesma precisão da filha, e passou como um furacão por mim. Um segundo depois, ela ficou paralisada e se voltou para mim, a boca aberta e a mão na cintura.

— Camille. Sou eu, Zoe — falei.

Ela me olhou como se eu fosse um alienígena. Acho que era mesmo. E estava encharcada. Talvez eu devesse ter ligado.

— Meu Deus! Você não ia chegar amanhã? Você precisa entrar!

Camille me abraçou e me beijou, então engatou o braço no meu e guiou a mim e minha mala para dentro.

A televisão estava alta. Um golden retriever apareceu trotando no corredor e começou a latir enquanto Camille me arrastava até a cozinha.

— Não consigo acreditar que você finalmente está aqui! Temos tanto o que conversar! Quanto tempo passou e quantas coisas aconteceram!

Ela tinha razão. Eu havia dito a mim mesma que precisava vê-la pessoalmente, que o que tinha acontecido era importante demais para as palavras escritas. Mas talvez eu estivesse com medo de que, se visse minha nova vida no papel, ela se tornaria real demais para mim.

Camille começou a tirar a comida da geladeira. A cozinha era uma bagunça, catálogos e revistas por todos os lados. Seu filho — Bastien, oito anos — estava no chão, em um canto, entretido com um videogame que emitia sons de tiros.

— Está sozinha?

— Sim, acho que eu...

— Digo, na vida. É por isso que você está aqui, *non*? — Ela havia pegado o telefone. Quando desligou, estava parecendo orgulhosa. — Jim. Ele vinha amanhã, mas vai vir hoje. É americano. Divorciado. Corretor de seguros em Nova York. — Camille esfregou o polegar no indicador. — Quais os seus planos?

Ela não esperou por uma resposta.

— Amanhã você vem almoçar com a gente, né? Vai ver a famosa abadia, aí na segunda vamos fazer compras em Lyon.

Océane se juntara a nós e começara uma discussão com Camille, talvez a mesma que estivesse tendo com o pai. Eu entendia bem a situação. Tinha tido tudo quanto é tipo de discussão imaginável com garotas adolescentes.

Camille abriu a porta da geladeira e pegou uma garrafa de vinho branco.

— Océane queria que o namorado passasse a noite na casa do pai dela. É claro que isso não é possível; ela só tem catorze anos. Mas disse a ele que está tomando pílula e agora ele está reclamando comigo.

Talvez eu não tivesse tido *essa* conversa. Minhas meninas já tinham ido para a faculdade antes de isso se tornar um problema.

Camille serviu duas taças grandes de vinho e me deu uma.

— O pai dela é um *poule mouillée.*

Um covarde? Houve outro antes dele. Depois do *crétin* de St. Louis.

— Você ainda tem uma vida... muito agitada.

Camille gesticulou com o braço.

— Não, não, tudo aquilo ficou para trás. Agora sou esposa e mãe. Cluny não é Paris. Mas você está encharcada. Océane, mostre a Zoe o quarto dela. O *seu* quarto.

Na hora da janta, eu já havia tomado banho e me trocado, e estava mais aérea do que cansada.

— Está aqui aproveitando as férias? — perguntou Gilbert, que Camille apresentara como seu "atual marido".

— Não exatamente...

Fomos interrompidos pela campainha. Jim devia ser uns cinco anos mais velho que eu, estava usando calça de sarja preta e um blazer que parecia caro. Ele lembrava um pouco George Clooney. Beijou as bochechas de Camille, cumprimentou Gilbert no que pareceu um francês perfeito e olhou para mim. Torci para que ele não fosse republicano. A última coisa de que eu precisava era uma discussão sobre política.

As apresentações foram feitas, então nos sentamos para jantar.

— *Lapin* — anunciou Camille, colocando uma travessa na mesa. — Lembro que você não come carne vermelha, mas tenho dois coelhos no freezer.

Camille conhecia a história sobre meu pai e meus irmãos matando um cervo quando eu tinha oito anos. Teria me tornado vegetariana de qualquer jeito, apenas não tão cedo. Camille nunca compreendeu.

— Então, o que a traz a Cluny? — perguntou Jim.

A mesa ficara em silêncio pela primeira vez. Sob o olhar de cinco pares de olhos, tudo que parecera impossível de escrever agora era também impossível de verbalizar.

— Camille vem me convidando há vinte e cinco anos.

Jim sorriu.

— Você vai ficar um tempo por aqui? Deveríamos sair.

Quando ele se voltou para Gilbert para pedir mais vinho, sinalizei freneticamente para Camille: *de jeito nenhum*.

— Tem algum inseto a incomodando? — indagou Gilbert.

— Eu poderia fazer o tour não oficial com você — ofereceu Jim.

— *Lapin?* — insistiu Camille, me entregando a travessa novamente.

Quando ela desapareceu cozinha adentro e Gilbert foi buscar outra garrafa, Jim perguntou:

— Primeira vez na França?

— Sim. Já viajei muito. Mas nunca saí dos Estados Unidos.

Ele sorriu; se eu quisesse mesmo alguém para passear comigo por aí, poderia acabar com alguém muito pior.

— *Fromage* da região — anunciou Camille.

Durante a última semana, eu estava seguindo uma dieta vegana, pensando em fazer uma mudança permanente, mas, depois de uma refeição de pão e endívia, eu estava faminta. E o queijo era fantástico. Três tipos, todos macios, um de leite de cabra, um azul.

Jim se levantou para sair e me deu um beijo em cada bochecha.

— Então, quarta-feira? Almoço?

— Hum...

Mas ele já tinha dado a resposta como certa. Parecer-se com o George Clooney provocaria isso.

— Eu não posso — disse à Camille assim que a porta se fechou.

— Mas ele é tão... perfeito.

— Não estou pronta.

— Sempre é preciso estar pronto — retrucou Camille.

Finalmente, falei o que passei a noite inteira tentando contar. Mas saiu baixinho, como uma história pela metade, sem coração e sem alma, o fato sem a substância.

— Keith morreu.

— *Mon Dieu!* Você não me contou — exclamou Camille, me envolvendo em seus braços finos. — Homens. O coração deles, sim? Imprevisível.

— Isso é muito triste. Quando foi? — Gilbert franziu o cenho.

Finalmente, alguém estava escutando.

— Três semanas atrás.

*

Desabei na cama de Océane. Pensei que dormiria por dez horas seguidas, mas eu estava plenamente desperta.

Camille estava... exatamente como eu deveria esperar. Eu a ajudei em uma época de necessidade durante a faculdade e sabia que ela faria o mesmo por mim, mas me "juntar" com os solteirões locais não era o tipo de ajuda de que eu precisava. Eu precisava é esvaziar minha cabeça: tempo para curar minhas feridas, compreender meus sentimentos inquietos e equilibrar meus chacras. Nada da minha nova vida parecia real; era como se todas as minhas emoções tivessem sido jogadas em uma caixa e alguém tivesse colocado um cadeado na tampa.

Pensamentos sobre a concha de vieira me mantiveram acordada por um bom tempo. O que ela estava tentando me dizer? Pela manhã, eu tinha minha resposta. O ganso tinha razão: uma espécie de jornada, um recomeço. Durante o café da manhã, contei a Camille que eu ia fazer uma caminhada para clarear a mente. Uma longa caminhada.

4
MARTIN

Eu havia planejado partir no dia seguinte, domingo, mas descobri, tarde demais, que minha credencial — um documento que eu precisava apresentar nos albergues para garantir acomodação — não estava disponível no atendimento ao turista. A mulher me repreendeu por fazer a caminhada na época errada do ano, quando certamente não se podia esperar que eles tivessem informações disponíveis, e então, com muita má vontade, ligou para o representante local da Association des Amis de Saint-Jacques e marcou uma reunião para a tarde de domingo.

— Sinto muito, mas é quando ele está disponível. *Monsieur.*

Eu precisava buscar um mapa para meu GPS do exército britânico. Precisava assinar a retirada, então pedi para enviarem para a loja de equipamentos para atividades externas. A equipe de logística em Londres confirmou a entrega, mas, até eu terminar tudo e acertar meu aluguel com Jim, a loja já tinha fechado.

Jim também contribuiu para que o domingo não fosse como o esperado. Ele me buscou na porta de casa e se ofereceu para pagar um café da manhã tardio. Talvez estivesse sentindo que estava perdendo seu único amigo. Falava um francês aceitável, mas existe uma barreira social que as pessoas de fora têm dificuldade em transpor.

Tomamos o café e comemos croissants e conversamos por um bom tempo sobre nada muito relevante, além do fato de que a francesa casada que andou correndo atrás dele no início do ano o havia apresentado a uma californiana chamada Zoe. Jim a chamara para um encontro.

Cheguei à loja de equipamentos para atividades externas quinze minutos antes do intervalo do almoço. O dono não estava lá, e fui atendido por uma mulher mais velha de nariz aquilino que me indicou uma estante com mapas de papel.

— *Un USB* — expliquei. — *Une livraison.* — Uma entrega.

Ela fingiu não compreender e, quando repeti, em um francês lento e preciso, meneou a cabeça. Como se podia esperar que ela soubesse dos acordos pessoais do dono da loja?

Nosso impasse foi interrompido pela chegada de uma mulher na casa dos quarenta anos. Usava roupas do dia a dia: jeans, uma blusa de lã comprida e tênis, mas havia algo nela que me fez pensar, primeiro, que talvez fizesse parte da comuna cristã da cidade vizinha de Taizé. Ela estava examinando os aparatos de caça com um desgosto disfarçado.

— *Bonjour, excusez-moi* — disse ela, dirigindo-se à *madame* com um sotaque que não apenas fazia o meu parecer com o do presidente da Académie, mas dedurava sua origem: Estados Unidos, e eu podia apostar que era da Califórnia.

Em uma época do ano em que havia poucos turistas na cidade, ela só podia ser o novo xodó de Jim. Fazia o tipo dele: atraente — olhos azuis, cabelos castanhos na altura dos ombros, riso solto —, anglófona e propensa a deixá-lo desamparado quando suas férias terminassem.

Ela continuou.

— *Je ne parle français très bien.*

Não falo francês muito bem. Nada a se discutir aqui.

Ela fez uma mímica de colocar algo nas costas.

— *Une* mochila.

Antes que eu pudesse me intrometer e fazer a interpretação, a *madame* respondeu, falando o idioma dela de forma perfeitamente adequada.

— É claro. De que tamanho a senhora gostaria?

Zoe — certamente era ela — tentou gesticular com as mãos, como se representasse uma caixa, e a *madame* foi para os fundos, me dando a chance de entrar de fininho atrás do balcão e procurar meu pacote. Eu estava remexendo os envelopes e as caixas pequenas quando ergui os olhos e vi Zoe me fitando com os braços cruzados. Quando a *madame* retornou, Zoe a puxou de lado e disse algo em seu ouvido. A *madame* me lançou um olhar de repreensão, embora agora eu estivesse folheando os mapas inocentemente.

A mochila que ela trouxe era de pelo menos setenta litros, que era mais ou menos o tamanho que Zoe havia indicado. Perfeita, se ela estivesse planejando enchê-la com roupas de grife e carregá-la do táxi até o *check-in* do Charles de Gaulle, e olhe lá. Quando a *madame* se virou para mim novamente, Zoe deu uma olhada na etiqueta. Eu podia ter dito a ela que era improvável que o preço estivesse ali.

— Quanto? — perguntou.

— Cento e oitenta e cinco euros.

— Ah. Você tem algo mais barato? Tipo da coleção do ano passado?

Ela riu e, para minha surpresa, a *madame* a acompanhou. Depois de uma rápida conversa em voz baixa, a *madame* desapareceu novamente nos fundos. Zoe permaneceu no mesmo lugar, claramente para ficar de olho em mim.

Eu estava prestes a me apresentar — "acho que talvez tenhamos um amigo em comum" — quando percebi a expressão superséria de desaprovação no rosto dela.

Em vez disso, peguei uma bússola do mostruário e fingi que ia colocá-la no bolso. Observei Zoe oscilar entre gritar comigo ou chamar a *madame*; então, quando ela estava prestes a chamá-la, coloquei a bússola, agora na minha outra mão, de volta no lugar.

Ela levou um tempo para perceber que eu a estava gracejando com uma brincadeira que alguém faria para uma criança de sete anos. Uma brincadeira que eu *fizera* — mais de uma vez — para Sarah quando ela tinha sete anos, dez anos atrás.

Ela meneou a cabeça lentamente, apontou para onde a *madame* tinha saído e fez uma mímica como se estivesse atirando em mim com uma pistola, com as duas mãos, em um estilo tira americano. A mensagem era clara: *que tipo de idiota tenta roubar de uma loja de armas?* Só que a ideia da *madame* voltando com uma pistola calibre 45 nas mãos era tão improvável que chegava a ser ridícula. Sorri e Zoe sorriu de volta, então cobriu a boca com a mão para conter o gesto.

Pensei: espero que Jim nos apresente em algum momento. Aí me ocorreu: amanhã eu estarei na estrada para Santiago com apenas eu mesmo de companhia. Senti uma pontada repentina. Já fazia muito tempo que eu não tinha um momento de descontração como esse — até mesmo um quê de conexão — com uma mulher. Eu provavelmente só me permitira por causa da conexão dela com Jim.

A *madame* reapareceu, tirando o pó de uma mochila menor.

— Pode ficar com essa de presente — disse ela.

O motivo pelo qual a mochila estava guardada longe da vista dos clientes ficou imediatamente aparente, embora talvez não para uma americana. Era uma *édition spéciale* da Copa do Mundo de 2010, com imagens do capitão francês e de seu técnico. A seleção havia se desgraçado e implodido em um temporal de querelas públicas que resultara em um inquérito parlamentar e em muita chacota lá no meu país. Aquilo era definitivamente um episódio que os franceses queriam esquecer.

Zoe foi embora com sua barganha, mas não sem antes dar um último sorriso na minha direção. A *madame* chacoalhou um molho de chaves para mim.

— *Fermé.*

— *Attendez...* Espere — falei, pedindo que ainda não fechasse as portas, mas não havia sentido em discutir.

Com sorte, o dono estaria de volta após o almoço. Ao sair, dei uma olhada no horário de atendimento. Fechado no domingo à tarde. E segunda-feira, o dia todo.

5
ZOE

No atendimento ao turista, uma mulher magra estava virando a placa para *Fermé*.

— Você pode esperar um minuto? — pedi. — Preciso de informações sobre o *Camino*, o *Chemin. S'il vous plaît.*

Ela acenou para que eu entrasse.

— Está tudo bem. Ainda temos cinco minutos.

Demorou um pouco mais. Ela tinha uns panfletos, mas eram mais sobre a história e as paisagens do que sobre questões de natureza prática. Os franceses pareciam saber falar inglês e ficavam felizes em conversar. O senhor do antiquário passara quinze minutos me dando uma aula de História e garantindo que a maioria dos caminhantes estava em uma jornada espiritual, e não religiosa, antes de me vender a concha de vieira.

— Você tem um guia? — perguntei.

— O guia só chega em fevereiro.

Certo. Eu saí de Los Angeles dia 13 de fevereiro.

— Qual é o seu destino? Vai para Santiago ou vai parar na fronteira espanhola?

— Qual a distância? Até a fronteira?

— Mil e cem quilômetros. Aproximadamente.

Por um instante, me senti assolada. Era um sentimento familiar, e eu sabia como lidar com ele — mas, nesta ocasião, o mantra funcionava tão bem que eu quase ri. *Um dia de cada vez.*

Meu voo para casa era dia 16 de março... Trinta dias. Dois dias para retornar a Paris. Então, 28 dias. Mil e cem quilômetros...

— Você tem uma calculadora? — indaguei, apertando os botões de uma calculadora imaginária.

Ele me entregou uma que estava debaixo do balcão.

Quase quarenta quilômetros por dia. Qual era minha velocidade de caminhada? Uns seis quilômetros por hora? Pouco mais de seis horas por dia. Se eu começasse cedo, terminaria na hora do almoço e teria a tarde livre para encontrar um lugar para ficar e ver as paisagens. Podia definir um orçamento de uns vinte euros por dia, com um pouquinho de sobra para voltar a Paris. Se o senhor do antiquário estivesse certo e as coisas ao longo do caminho fossem baratas ou gratuitas, seria o suficiente.

Entreguei a calculadora de volta.

— A fronteira espanhola, eu acho.

— Excelente. A parte francesa é mais difícil, mas tem menos pessoas, as paisagens são mais bonitas e a comida e o vinho são superiores. — Ela nem precisava dizer que as pessoas também são. — A Espanha é uma *autoroute* de peregrinos; todos os dias você tem que correr para conseguir um albergue, e também tem os...

Ela fingiu estar dormindo, e então começou a se coçar freneticamente. Percevejos.

— Tem um mapa? — pedi.

— O mapa está no guia.

Certo.

— Não é necessário. Siga as conchas de vieira. Há placas. Nas árvores e nos postes, você encontrará São Jacques indicando o caminho.

Uma caminhada tranquila pelo interior da França seguindo uma rota milenar. Vida simples com tempo para praticar exercícios de consciência plena e me renovar. Talvez já estivesse acontecendo. Eu havia me surpreendido na loja de equipamentos de caça, rindo pela primeira vez desde que Keith morrera. Mas, fazendo piadas com armas?

— Quando você parte? — quis saber ela.

— Hoje.

A resposta veio em um rompante, mas eu soube, na mesma hora, que era a certa. *Se não agora, quando? Se não você, quem?* Eu precisava cuidar de mim mesma, ter o meu tempo para lidar com a morte de Keith, antes que pudesse pensar em fazer compras com Camille, que não merecia ter alguém de seu passado distante despejando sua dor sobre ela. Océane poderia ter seu quarto de volta.

— Mas é inverno.

— Eu cresci em Minnesota. — *Aquilo* era frio. Aqui, estava uns quatro graus lá fora. Caminhar me aqueceria. — E a Espanha fica ao sul, não é?

Ela anotou o nome de um café.

— Monsieur Chevalier vai encontrar outro *pèlerin*. Peregrino. Às 14h. — Ela revirou os olhos, talvez porque havia outra pessoa estúpida o suficiente para caminhar no inverno. — Por um preço baixo, ele lhe dará passaporte para os albergues. Além de conselhos.

Almocei na casa de Camille. Foi mais tranquilo que o jantar. Gilbert havia saído com uns amigos, Bastien comeu na frente do videogame e, se Océane estava por ali, eu não a vi.

— Você precisa ficar! — reclamou Camille. — Não vai ter roupa suficiente! E creme para o rosto?

— Vou precisar deixar umas coisas aqui, se não se importar.

— Você terá muito tempo para pensar.

Ela encheu minha mochila de comida, me deu um longo abraço e seu número de telefone para quando eu percebesse que isso tudo era um erro insano e, por fim, me desejou sorte e *coragem*.

O café ficava no final da cidade. O bartender me indicou uma mesa no canto, onde um homem de uns sessenta anos, com um rosto gentil, óculos e uma cruz de esparadrapos na cabeça careca estava sentado. Câncer de pele, concluí. De tanto caminhar sob o sol.

— *Bonjour* — cumprimentei. — Monsieur Chevalier?

O francês olhou para mim por cima dos óculos com seus olhos castanhos emoldurados por cílios longos e as bochechas com covinhas.

— *Oui*. E seu nome é?

Ele falava com um sotaque que me lembrava de seu xará, Maurice Chevalier, e meio que esperei que ele começasse a cantar.

— Zoe Witt.

Expliquei que a moça do atendimento ao turista havia me encaminhado e estendi a mão. Monsieur Chevalier a pegou, mas se aproximou de mim e deu um beijo em cada lado do meu rosto.

— Aceita um café?

Minha expressão deve ter me denunciado.

— Já está pago — garantiu ele, e, erguendo três dedos, não para o bartender, mas para um homem alto que usava uma jaqueta xadrez familiar que estava esperando no bar. O "ladrão" da loja de equipamentos de caça.

Monsieur Chevalier pegou uma pasta do tamanho de um passaporte, que, ao ser desdobrada, revelava quadrados para serem carimbados, como um livro de insígnias de uma escoteira. Ele carimbou o primeiro quadrado, escrito "Cluny", com uma figura de uma concha de vieira e o que parecia ser um cordeiro. Eu havia ganhado meu carimbo de cordeiro simplesmente por ter começado.

— Quanto custa? — perguntei.

— É por conta da casa.

— Mas a moça do atendimento ao turista...

— Esta é sua primeira lição do *Chemin*. Aceite o que for ofertado. Você terá a chance de ajudar os outros e também aproveitará essas oportunidades.

O ladrão veio até a mesa com três cafés: dois cafés pretos pequenos e um maior para mim, com uma jarra de leite e dois sachês de açúcar.

— *Merci*.

Outra coisa para pagar mais adiante. O ladrão disse algo para Monsieur Chevalier em um francês veloz. Por sua postura corporal, concluí que ele estava fazendo uma pequena reclamação por ter que pagar a conta.

Ele estendeu a mão para mim e, enquanto eu a apertava, os olhos dele desceram para meu peito. Os franceses não eram melhores que os americanos. Mas senti algo mudando entre nós, e não em um bom sentido. Ele se sentou sem se apresentar.

Eu entendia. Antes de ele começar a fazer brincadeirinhas, eu o tinha pegado tentando roubar alguma coisa. Era constrangedor.

Ele parecia um pouco mais velho que eu, mas estava em boa forma. Um metro e oitenta, ou um pouco mais; cabelos castanhos, bem-cuidados; e, agora, olhos cautelosos, misteriosos. Um caçador, sem dúvida. Charmoso quando queria ser.

Monsieur Chevalier continuou falando comigo. Ele já havia feito o percurso de Cluny a Santiago cinco vezes, inclusive com uma viagem de ida e volta.

— Por que você vai fazer a caminhada? — quis saber ele.

— É difícil explicar. Sinto que perdi o contato com o universo...

Ele não forçou a barra. Em vez disso, compartilhou um pouco de sua própria sabedoria. Meus tênis não eram perfeitos, mas serviam para começar. Eu deveria trocar as meias todos os dias e não usá-las, se estivessem molhadas, à noite; bolhas — *ampoules* — eram inevitáveis, mas poderiam ser tratadas furando-as com agulha e linha, e deixando a linha no lugar. Eu precisaria de alfinetes para pendurar as roupas, que poderiam secar sobre a minha mochila durante o dia.

— Há apenas duas certezas no *Chemin* — concluiu Monsieur Chevalier. — A primeira são as *ampoules*. A segunda é que, quando chegar à catedral de Santiago, você vai chorar.

Como eu não estava planejando ir além da fronteira espanhola, o choro não iria acontecer, embora eu soubesse que precisaria derramar umas lágrimas em algum momento.

Monsieur Chevalier reparou na minha concha de vieira e ficou em silêncio por alguns instantes, refletindo sobre algo.

— Zoe — disse ele, seu sotaque fazendo meu próprio nome parecer exótico aos meus ouvidos —, essa concha irá até Santiago. E, quando terminar sua jornada, você encontrará... aquilo que perdeu, o que quer que seja.

Ele olhou por mais um instante para ela, talvez sentindo a energia que eu senti.

— Tenho a intenção de fazer a parte espanhola em abril. Talvez eu a encontre — continuou. — O *Chemin* vai mudar você.

Terminei meu café, peguei minha mochila e parti em direção à Espanha.

6
MARTIN

Quando Zoe se foi, apenas acenando rapidamente para mim com a cabeça, eu estava enxergando tanto ela quanto Monsieur Chevalier de um modo nada favorável. A versão careca de Gerard Depardieu, com seriedade forçada e uma pitada de fanatismo, foi previsivelmente atenciosa com a mulher mais jovem. Fiquei mais surpreso por Zoe estar prestes a dar um bolo em Jim para fazer o *Camino* por motivos espirituais misteriosos. E por suas finanças, supostamente insuficientes para uma mochila ou uma xícara de café, servirem para um souvenir de 275 euros.

O berloque de concha de vieira que eu percebera dependurado em seu pescoço quando apertamos as mãos estava na vitrine da loja de quinquilharias havia algum tempo. Um tempo atrás, eu me questionara sobre ele, pensando que talvez pudesse presentear Sarah, como uma lembrança da minha caminhada. Do final do século XIX, possivelmente vienense, possivelmente russo, dissera o vendedor, observando minha reação para ver qual eu preferia. Eu preferia algo acessível.

Ouvi em silêncio enquanto Monsieur Chevalier tagarelava animadamente sobre o *Camino*: ele realmente parecia saber o que estava falando, e provavelmente estava sendo mais generoso com seus conselhos do que teria sido se estivesse apenas comigo.

Depois que Zoe se foi, ele voltou a falar francês:

— Preciso ver suas botas.

— Não estão comigo. Mas já as usei antes. Sou um caminhante experiente.

Eu estava forçando um pouco a barra, mas já tinha feito uma caminhada de alguns dias no Lake District com meu amigo Jonathan, um brigadeiro do exército britânico, apenas um ano atrás.

— O *Chemin* não é uma caminhada comum.

— São botas boas e fortes. Estou bem satisfeito com elas.

— Para noventa dias, você vai precisar de botas leves. Botas pesadas são um grave erro. Bolhas são uma garantia. Além de problemas nos joelhos.

Se havia algo que assustaria a ponto de aceitar os conselhos dele, era o risco de lesões nos joelhos. Mas eu estaria puxando um carrinho pesado, e precisaria de todo suporte e toda aderência possíveis para meus tornozelos.

— Você vai carregar sua mochila?

Deixando de lado o detalhe técnico de que a estaria arrastando, e não carregando, não achei que houvesse muitas opções. Provavelmente não havia muitos carregadores de mala na região rural da França.

— Existe alternativa? — indaguei.

— É possível ter sua mochila transportada, por táxi.

Isso era novidade para mim. Eu sabia que havia serviços no *Camino Francés* na Espanha, mas minha pesquisa não apontara nada na França.

— Se você estiver incapacitado — continuou ele —, é compreensível. Caso contrário... Vai ficar em albergues?

— Estou planejando ficar em hotéis e *chambres d'hôte*. Pensei em pegar uma credencial só para garantir.

— Você deveria ficar nos albergues. Nessa época do ano, eles ganham pouco dinheiro. É até generoso da parte deles abrir as portas.

Monsieur Chevalier fez uma credencial para mim. Como todos os funcionários públicos da França, ele achou necessário demonstrar que seu trabalho exigia um alto grau de discrição.

— Eu lhe darei isto aqui, mas você precisa ficar nos albergues.

Não era à toa que as palavras *trivial* e *burocracia* ambas eram originárias do latim, "mãe" do francês.

Ele carimbou o primeiro quadrado com certa pompa e acrescentou a data.

— Quarenta euros.

Metade do orçamento do dia. Entreguei uma nota de cinquenta euros, que o *monsieur* inspecionou antes de me entregar o troco. Ele deve ter percebido minha reação.

— É menos de cinquenta centavos de euro por dia. Ao longo do caminho, você verá o quanto os voluntários fizeram para tornar sua jornada segura e confortável. Retribuir, ao menos um pouquinho, é correto.

Justo. Mas ele podia ter me poupado da lição.

Então, me olhou com atenção e me deu a bênção que tinha dado a Zoe.

— O *Chemin* vai mudar você. Muda todo mundo.

Ele certamente achava que isso seria uma coisa boa.

7
ZOE

Não havia nuvens no céu, e o sol de inverno provia certo calor. Os sinalizadores de concha de vieira azuis e amarelos — adesivos de uns treze centímetros quadrados — eram fáceis de avistar em postes de luz e em cercas, árvores, portões e prédios. A estrada ascendia em um ângulo íngreme na saída da cidade, depois ficava plana, me guiando até minha primeira floresta.

Era uma versão mais esmaecida da minha terra, com cores suaves e discretas. Uma das minhas memórias de infância mais felizes era chutar as folhas escurecidas do outono que cobriam o chão em uma camada grossa, assim como ali. As árvores secas e uma conífera aqui e outra ali me lembraram dos Natais no interior da Califórnia e do Colorado.

Sob as sarapintas do sol, avistei um cervo fêmea ao longe e a observei por um tempo, consciente do silêncio. Eventualmente, ela se virou e, em um único salto, pulou por cima de um tronco e desapareceu na escuridão.

A trilha me levou para dentro e para fora do bosque, chegando a uma área agrícola. Os pequenos terrenos cercados eram marcados por trilhas na lama e divididos por muretas de pedra. Uma grande vaca branca se levantou de seu leito na lama para observar meu progresso, e eu percebi como essa jornada seria tranquila. Sozinha na natureza, eu teria tempo para pensar, e sentir, e lembrar. Toquei meu pingente com uma das mãos. A concha de vieira formava um ninho para o pequeno pingente de coração que Keith havia me dado. Nós éramos diferentes, Keith e eu, mas tínhamos aprendido a compreender um ao outro e a trabalhar dentro dessas diferenças.

Neste exato momento, havia coisas mais urgentes a se pensar. Os antigos peregrinos tinham hospitais e monastérios que ofereciam comida e lugar para dormir. Muitos ainda existiam, e alguns ofertavam camas, segundo o panfleto do atendimento ao turista. Mas onde eles estavam?

Depois de duas horas, com o sol começando a se pôr, a trilha me levou a um pequeno vilarejo. *Sainte Cécile*, dizia a placa. A oficina e o café pareciam abandonados havia um bom tempo, e, pela janela de uma panificadora, avistei latas de tinta e lençóis de proteção. Os banheiros públicos estavam fechados. Havia apenas uma igreja e um restaurante — e um adolescente sentado na calçada. A música que ecoava de seu celular era alta e estranha em meio ao silêncio, e ele não reparou em mim. Uma das vacas no estábulo atrás dele ergueu a cabeça brevemente.

Uma mulher pequena, de cabelos grisalhos, me atendeu quando bati à porta do restaurante:

— *Fermé.*

— Será que eu poderia usar o banheiro? — perguntei.

Ela meneou a cabeça, e levei um tempo para perceber que ela não estava negando meu pedido — apenas não entendia o que eu estava falando.

— *Toilette*?

Era uma boa palavra a se lembrar. Eu não queria ter que fazer mímica.

Aquilo funcionou, e, enquanto estava no banheiro, pude pensar em minha próxima pergunta.

— *Un hostel? Un motel? Un trailer?* — questionei, abaixando a cabeça e repousando-a nas mãos.

Ela apontou para a estrada e ergueu os dez dedos. Dez quilômetros. Eu não iria conseguir chegar lá antes de anoitecer.

— *Pèlerine?* — quis saber ela, apontando para minha mochila. Levei um instante para reconhecer a forma feminina da palavra para "peregrino". — *Chemin de Saint-Jacques?*

Confirmei com a cabeça e ela continuou falando em francês, palavras que não compreendi, mas podia perceber que ela queria ajudar. Por fim, me deu um copo de água. Acho que pensou que eu iria continuar caminhando.

As vacas pareciam não querer companhia, o que me deixava com apenas um lugar para ficar: a igreja — bastante adequado para uma peregrinação. Aberta e vazia, não havia placas que proibissem a estadia. Havia algumas almofadas, e eu as alinhei em um banco.

Eu havia sido criada em uma família temente a Deus, embora fosse do meu pai que tivéssemos mais medo, mas, quando fui para a faculdade, deixei a igreja para trás. O complexo de culpa católico que Camille carregava durante nosso ano juntas não encorajara um retorno ao rebanho. O rompimento derradeiro se deu por conta da minha mãe. Quando eu contei a ela sobre a ajuda que tinha dado a Camille, ela me deserdou. Em resposta, renunciei à igreja. Em vinte anos, desde aquele dia, eu havia posto o pé em uma igreja duas vezes. A primeira foi no funeral da minha mãe. Ela morrera de câncer e eu não a via fazia três anos, desde nosso último confronto. Ela nunca conheceu as duas netas.

A segunda vez foi três semanas atrás, por causa de Keith.

Agora, eu ia passar minha primeira noite no *Camino* em uma pequena igreja francesa, escura e fria. Pelo lado positivo, eu não havia gastado um centavo desde que saíra de Cluny. Com todas as roupas que vestia, estava suficientemente aquecida — embora por pouco. Nossa Senhora e seu filho sorriam para mim do púlpito, e talvez Santa Cecília estivesse espreitando por ali. A realidade cruel de estar deitada em um banco de madeira me cobrindo com um casaco que não havia sido confeccionado para servir de cobertor de inverno me ensinou minha primeira lição do *Camino*. Minha concha de vieira podia até me levar à Espanha, mas, se eu quisesse viajar com conforto, precisaria me planejar.

8
MARTIN

Em vez de carregar uma concha de vieira mágica, fiz um planejamento minucioso, que agora precisaria ser atrasado em um dia. Organizei a acomodação para minha primeira noite em um *bed and breakfast* administrado por um inglês, em Tramayes, a dezenove quilômetros do início da minha caminhada. Para a segunda noite, reservei um quarto privado em um albergue em Grosbois. Meu investimento na credencial teria seu primeiro dividendo quitado.

Jim estendera meu aluguel em troca de cerveja e companhia. Dei a ele a notícia sobre a partida de Zoe e ele levou numa boa, mas ficou surpreso com a impressão que tive dela.

— Não me pareceu uma pessoa casca-grossa. Acho até que ela concordou em almoçar comigo porque não queria me magoar. Espero não ter sido o motivo que a fez sair da cidade.

Pensando bem, eu provavelmente tinha sido irracional em meu julgamento. Ela tinha direito a ter suas dúvidas com relação a um encontro arranjado por uma amiga. Dizer que "não pode pagar" para conseguir um preço melhor por uma mochila não é um logro tão absurdo assim — especialmente na França, onde os lojistas se recusam a dar desconto de qualquer centavo fora dos períodos de liquidação aprovados pelo governo. E não era culpa dela eu não ter comprado a concha de vieira para Sarah quando tive a oportunidade.

Meu kit estava esparramado no chão para uma checagem final.

Roupas para a caminhada: botas, três pares de meias; jaqueta Gore-Tex com capuz; calças de caminhada, protetor de calças impermeável; dois conjuntos de roupa de baixo térmica, blusa de fleece, quatro camisetas especiais para caminhada; chapéu/gorro/cachecol versátil de lã; luvas; óculos; óculos de sol; relógio. Para as noites, um par extra de calças de caminhada, calçados que funcionariam como botas de caminhada emergenciais e um colete de caxemira.

Equipamentos para acampamento: barraca, saco de dormir, esteira; toalha de microfibra; fogareiro a gás, panela de alumínio, talheres.

Artigos de higiene pessoal e kit médico. Eu havia pegado apenas o essencial: todo vilarejo na França parecia ter uma farmácia.

Eletrônicos: computador leve; adaptador de tomadas; celular que funcionava como câmera; minitripé; baterias recarregáveis para o GPS; carregador; fones de ouvido; cartões de memória. Eu poderia ter usado o celular como GPS, mas Jonathan tinha me mandado um aparelho de padrão militar e um cheque de duzentas libras em nome do exército em troca de um relatório ao final da caminhada.

— Você não vai querer ficar tentando secar o celular debaixo de um pé-d'água, logo quando você mais precisar.

Os mapas ainda estavam no cartão de memória na loja de equipamentos para atividades externas.

Garrafas térmicas; garrafa de água; lanterna; bússola; canivete suíço; o guia do ano passado do *Chemin*, do trecho entre Cluny e Le Puy — um livreto alaranjado que lista as acomodações e os serviços; passaporte; carteira com cartão de crédito, dinheiro e uma foto de Sarah; cartões de visita; credencial.

Eu havia decidido caminhar com bastões. Se havia alguma parte do meu corpo propensa a me decepcionar, eram meus joelhos. Um fora reconstruído, mas os dois precisavam ser tratados com igual cuidado. Os bastões de fibra de carbono, projetados para absorver o impacto, deveriam aliviar um pouco do peso.

Gaita de boca. Quando tinha meus vinte anos, costumava fazer um som, mas eu não tocava havia anos. Talvez pudesse aproveitar um pouco do tempo livre na trilha para revisitar meu lado artístico.

Uma série de acessórios e ferramentas, inclusive uma bomba para encher pneus.

— *Isso* vai caber *naquilo?* — indagou Jim, apontando primeiro para os diversos equipamentos no chão e depois para as três bolsas destacáveis que estavam nos compartimentos do carrinho.

— Com folga. E a suspensão pode aguentar oitenta quilos.

— Então leve mais alguma coisa.

— Como o quê?

— Algo que fique bonito nas fotos. É como uma casa que se aluga para o verão. Você sabe como são as casas por aqui, bem decadentes, muitas delas. Mas, por alguns euros, pode comprar umas belas taças de vinho, uma cafeteira, alguns quadros para a parede...

— Excelente. Vou levar tinta para dar uma nova vida às paredes dos albergues.

— Ouça o que estou falando. Leve uma ou duas taças, uma cadeira dobrável, uma cafeteirinha para aquele fogareiro. Aí você vai poder tirar uma foto de si mesmo na trilha, tomando um café, parecendo um...

— Um fanfarrão completo.

— Quem é que vai comprar esse carrinho? Pessoas com problemas de coluna. Itinerantes. Confie em mim, conheço meu público.

— Você conhece o público que fica sentado tomando vinho e café.

— São as mesmas pessoas. Elas gostam desses pequenos luxos. Eu esqueceria o carrinho e ofereceria um serviço de transporte para levar a bagagem.

— Isso já existe. Mas nenhum peregrino que se preze o utiliza, a menos que tenha alguma incapacidade.

— Ou que ninguém esteja olhando. Enfim, eu comprei um presente de despedida para você.

Jim me entregou um pacote de camisinhas, arrancando de mim uma risada.

— Duvido muito que eu vá usar isso aqui na França. Provavelmente não tem mais ninguém caminhando essa época do ano.

Assim que eu disse aquilo, percebi o embaraço.

Jim sorriu.

— Diga "oi" para a Zoe, se você a encontrar. E pense na cafeteira.

9
ZOE

Quando acordei na igreja, só conseguia pensar em café. Eu teria trocado todo meu nécessaire de cosméticos por um cappuccino. Uma mulher que entrara para rezar parecia surpresa em me ver. Ou talvez ela estivesse chocada com a minha aparência. Dei de ombros.

— Podia ter um albergue neste vilarejo — falei para mim mesma.

O restaurante não estava aberto, mas a funcionária que havia me ajudado na noite anterior estava lá. Ela não tinha leite de soja ou de amêndoas — e não compreendeu o conceito de "comércio justo" —, mas o *espresso* estava quente e forte. Dois euros: meu primeiro gasto no *Camino*. A água quente extra para torná-lo bebível era gratuita.

Levei alguns minutos para encontrar as placas com as conchas de vieira novamente. Comi uma das maçãs que Camille tinha me dado, aliviando o peso da mochila enquanto me alimentava. Abaixo de mim se viam aglomerados de casas e vilas aos pés dos morros. À medida que eu avançava, algumas casas pareciam maiores. Uma, difícil de avistar por entre as árvores, talvez fosse um *château*.

Após três horas de trilha, as conchas de vieira me fizeram passar por uma igreja até chegar à rua central de Tramayes, onde um fluxo de pessoas entrava e saía do supermercado. As outras lojas estavam fechadas. Segui as placas até os banheiros públicos e eles também estavam fechados.

Assim como o atendimento ao turista.

Tirei a mochila e olhei para os avisos na janela. Eu não precisava entender muito francês para traduzir os preços, que começavam em 25 euros, com exceção do que parecia ser um refúgio gratuito para peregrinos. Cozinha pequena, banheiro, água quente, chuveiro. Espere aí, na verdade era *sem* água quente e *sem* chuveiro. Eu não tomava banho desde que saíra da casa de Camille. Queria chorar.

Um casal alguns anos mais velho me parou.

— *Puis-je vous aider?* — perguntou o homem, todo arrumado, esguio, com cabelos grisalhos ralos. Posso ajudá-la?

— *Je ne parle français très bien.*

— *Je ne parle pas français très bien* — corrigiu ele, sorrindo. — Precisa aprender essa frase direito.

— Americana? — perguntou a loira esguia que usava jeans de marca.

Eles se apresentaram como Richard e Nicole, australianos. Tinham uma casa onde passavam férias no vilarejo.

— Você está fazendo o *Camino*! — exclamou Nicole.

— Tentando.

— Na França é assim mesmo — comentou Richard. — Nesta região, nada abre às segundas-feiras. No restante do país, nada abre no dia em que você chega, independentemente do dia da semana, como bem descobrimos.

— Vocês fizeram o *Camino*?

— Ano passado. Saímos daqui. Apenas dois mil quilômetros. Oitenta e dois dias. Foi transformador.

Se eles conseguiram caminhar até Santiago, eu conseguiria chegar à fronteira com a Espanha.

— O que você está procurando? — quis saber Nicole.

— No *Camino* ou neste momento? Um lugar para ficar. Um mapa. Para falar a verdade, qualquer coisa. Não me preparei muito bem.

— Nós usamos os mapas dos guias. Mas jogamos tudo fora quando terminamos.

Richard e Nicole trocaram olhares.

— Você pode ficar conosco — ofereceu Richard. — A próxima cidade é Grosbois, a dezenove quilômetros.

— Vinte e um, lembra? — corrigiu Nicole.

— De qualquer forma, você seria louca de tentar chegar lá hoje.

"Aceite o que for ofertado", Monsieur Chevalier havia dito.

Fomos até uma casa de pedras reformada, nos arredores da cidade. Quando Nicole soube que eu tinha passado a noite na igreja, ficou horrorizada, e, dez minutos depois, eu estava imersa em uma banheira.

Durante um almoço de sopa caseira de batata e alho-poró, repleto de histórias sobre o *Camino*, fiquei sabendo que Richard era consultor de gestão empresarial e diretor de uma empresa. Foi difícil não me contorcer. Mais difícil ainda quando Nicole disse que trabalhava para a maior mineradora da Austrália. Como advogada.

Ela deve ter interpretado minha expressão errado.

— Deve ser meio assustador fazer isso sozinha.

— Estou me saindo bem, até agora. Vivendo cada dia como ele se apresenta para mim.

Era fácil falar no segundo dia. Depois de um banho de banheira.

— Costuma ter um vilarejo a cada dez quilômetros, mais ou menos — encorajou Nicole. — Geralmente, menos.

Richard sorriu.

— Multiplique por cinco, divida por oito.

— Umas seis milhas — calculei.

— Exato. Ou você pode começar a pensar em quilômetros. Não é um sistema ruim.

Ajudei a lavar a louça, então encontrei umas folhas em branco e as levei com meus pincéis para o quintal. Desenhei a casa — mas não consegui resistir a colocar meus anfitriões em primeiro plano. Keith e as meninas sempre acharam meus desenhos hilários, mas eles eram minha família. Eu fizera Nicole glamourosa, mas com uma pitada de Joan Collins. Richard era mais Al Pacino.

Minha preocupação fora em vão.

— É a cara do Richard! — exclamou Nicole.

— É a *sua* cara — alegou ele, virando-se para mim. — Você se importa se eu colocar no nosso site?

— É claro que não.

— Será que você poderia desenhar algo para nossos cartões de Natal?

Nicole me levou até o andar de cima para ver se eles tinham alguma coisa que poderia ser útil para mim e não aceitou "não" como resposta. Por mais que a experiência tivesse sido transformadora, Nicole já se dava por satisfeita. Mas queria que seus equipamentos pudessem ter alguma utilidade. Ou talvez só quisesse se livrar deles, para que eles não pudessem usá-los de novo.

— O segredo — orientou ela — é carregar pouco peso. Eu carreguei seis quilos, e Richard, dez, incluindo o computador.

— Ele levou um computador?

— Primeira lição do *Camino*: cada um o faz à sua própria maneira.

Nicole pegou uma jaqueta de esqui.

— É da nossa filha. Ela nunca mais vai usar de novo. Não se preocupe, essa coisa em torno do capuz não é pele. Mas a jaqueta não é impermeável.

— Eu não poderia...

Mas já estava em minhas mãos. Logo também estavam os calçados de caminhada pouquíssimo usados de sua filha — que serviram perfeitamente —, roupas térmicas, um par de calças de caminhada e um de calças leves de plástico, para usar por cima quando chovesse. *Não caminhe de jeans*. Essa seria a lição número...? Ela acrescentou um saco de dormir de seda que não pesava quase nada, uma toalha que, dobrada, ficava do tamanho de um celular grande, e um pacote de Compeeds — curativos para bolhas. E uma garrafa térmica com duas canecas.

Nicole esvaziou meu nécessaire de cosméticos e separou minha escova de dente, a pasta e os absorventes internos.

— Agora — instruiu ela, apontando para o restante —, permita-se escolher um único item não essencial.

Lembrei-me dos meus pensamentos da manhã daquele dia... Mas desde quando desodorante não era essencial?

— Não é uma questão hipotética — afirmou Nicole com a firmeza de um advogado.

Peguei o desodorante.

— E as vitaminas? Estava pensando em aproveitar a caminhada para me tornar vegana.

— A escolha é sua.

— Preciso do meu bloco de rascunho e das minhas canetas — falei, acrescentando-os ao pacote.

Nicole tirou o desodorante.

— É inverno — disse ela. — Quando esquentar, você vai precisar de protetor solar, também.

Saí do recinto me sentindo como se tivesse sofrido uma repaginada total. Pela terceira vez em uma semana, eu estava deixando coisas para trás.

Coloquei o telefone de Camille no pacote plástico que Nicole havia me dado, com meu passaporte e minha credencial. Caso eu fosse encontrada morta por deficiência de vitaminas.

Quando eles pesaram minha mochila cheia, sem comida, água, e café, estava com pouco mais de seis quilos. Treze libras: um quarto do que eu tinha quando fiz *check-in* em Los Angeles.

Eu precisava perguntar.

— Vocês são de Sydney, né?

— Eu sou. Richard é de Adelaide — respondeu Nicole.

— Sydney fica longe de Perth?

— Mais ou menos a mesma distância de Nova York a Los Angeles. Por quê?

— Eu conheci um australiano de Perth, anos atrás. Shane Willis.

Era muito improvável.

Ela meneou a cabeça e me deu um sorriso torto.

Na manhã seguinte, Richard caminhou até o vilarejo comigo e nos comprou café. Ele se ofereceu para pagar pelos desenhos do cartão de Natal, mas não insistiu quando recusei.

— Obrigada por tudo — falei. — Eu não esperava...

— Que a riqueza capitalista pudesse ser altruísta. Está vendo? Funciona. — Ele permaneceu com uma expressão indiferente por uns instantes, então sorriu. — Mantenha a mente aberta. Siga o fluxo. O *Camino* é que caminha *você*.

Eu havia levado em consideração o desafio físico. Tinha pensado no tempo em que passaria sozinha e nas coisas sobre as quais eu ainda precisava refletir. Mas um desafio à minha visão de mundo, que me fez descobrir advogados corporativos e diretores de empresas generosos e que aceitavam vegetarianos liberais, jamais me ocorrera.

10
MARTIN

Na manhã de terça-feira, carreguei o carrinho pela escadaria do meu apartamento vazio, prendi as longarinas laterais no meu cinto, tomei o café da manhã no Café du Centre e fui até a loja de equipamentos para atividades externas. O proprietário pegou meu pacote de trás do balcão — exatamente onde eu estava procurando antes de Zoe me dedurar. Então, desempregado, desapegado e livre de qualquer dívida com qualquer pessoa, desci a rua principal de Cluny, levando tudo que eu tinha em direção a Santiago de Compostela.

O primeiro quilômetro da minha jornada foi na estrada, fácil de andar com o carrinho. Eu ainda não tinha carregado os mapas no GPS do exército, então tive que confiar na sinalização — conchas de vieira estilizadas, suas linhas radiais convergindo para indicar a direção.

Enquanto caminhava pelo lado esquerdo da pista, de frente para o tráfego, descobri que eu era objeto de curiosidade. Os motoristas reduziam para me olhar, e vários gritaram *Bon Chemin* ou *Bon courage*. Um motorista mais ou menos da minha idade parou.

— Está fazendo o *Chemin*?

— Sim.

— Até a fronteira?

— Santiago.

— *Formidable*. Onde você comprou isso?

— Eu que fiz.

— Então é um design francês.

Ele saiu do carro e examinou minha criação. *Formidable*, mais uma vez. Se ele fosse um fabricante de equipamentos de caminhada, talvez minha jornada tivesse chegado ao fim.

Quando uma concha de vieira me indicou uma trilha morro acima e a neblina da manhã se dissipou, revelando um dia frio e límpido, tive uma sensação de autossuficiência e simplicidade que faltava em minha vida havia muito tempo. Eu estava usando uma camiseta térmica, uma camisa de botões, uma blusa de fleece e uma jaqueta, calça cargo, gorro de esqui, luvas e óculos de sol. Fazia pouco mais que zero grau, mas não estava ventando.

Eu estava percorrendo o *Camino* por motivos financeiros, embora fosse ilusório fingir que eu também não enxergava como um desafio pessoal. Mil e novecentos quilômetros a pé puxando uma carga era uma empreitada física significativa. Eu havia ignorado a previsão de Monsieur Chevalier de que a jornada me mudaria. Mas, já no primeiro quilômetro, havia mudado. Eu me sentia bem: independente e livre.

Minha situação estava bem aquém do combo classe média de casa, carro e dinheiro no banco, que um dia fora o meu padrão. Mas eu estava um estágio à frente de seis meses atrás, quando não tinha absolutamente nada, estava meio cheinho, e vivia, em retrospecto, um caos emocional. Fiquei me perguntando como alguns dos meus colegas se virariam se um dia ficassem sem emprego e sem grana aos 52 anos. Jonathan, por exemplo.

Nós estávamos sentados na sala de estar de sua mansão georgiana, onde eu havia me instalado temporariamente, bebericando um Macallan dezoito anos — uma tentativa dele de oferecer uma bebida adequada para uma ocasião que precisava ser marcante, mas que não era uma comemoração. Ele ergueu o copo e fez o seu melhor.

— Ao menos ela não tirou tudo que você tinha.

— Não foi por falta de tentativa.

— Ah, para com isso, Martin.

Os documentos estavam na minha mala, fresquinhos da minha última reunião com o advogado. Eu tinha um extrato bancário positivo, uma compensação parcial por ter perdido a casa e tudo que havia nela. E por ter precisado me afastar do emprego, visto que Julia escolheu ser amante do meu chefe de departamento.

— Ela teria me depenado, se pudesse — afirmei.

— Entendo como você está se sentindo. Mas isso não é verdade. Conheço a Julia.

— Você sabia que ela estava transando com o Rupert?

— As pessoas cometem erros. A Julia... A maioria das pessoas quer que a outra siga adiante com a vida. — Jonathan pausou. — Ou que lhes perdoe, Martin.

— Um pouco tarde para isso.

— Quem é que está sendo vingativo agora?

— Acho que tenho direito de me sentir só um pouquinho chateado.

— Só estou dizendo que ela não é o tipo de pessoa que deixaria você sem nada.

— Pelo amor de Deus, Jon. Você não sabe como ela é. Eu achava que *eu* a conhecesse.

— Estou começando a pensar que a conheço melhor do que você.

Havia uma maneira de quebrar a ilusão do mundinho cor-de--rosa de Jonathan. Tirei meu talão e preenchi um cheque no nome de Julia, com a quantia que havia na minha conta.

— Aposto cinquenta pratas que ela vai sacar.

— Não seja ridículo.

— Você disse que ela não tiraria tudo de mim.

— Não tiraria, mas não provoque o destino.

A ideia fora espontânea, mas agora parecia ter sido a coisa certa a ser feita. Todo o meu patrimônio estava em um pequeno pedaço de papel que eu podia ter amassado e segurado em uma das mãos.

— Não estou provocando o destino. Estou provocando ela. Se Julia sacar, saberei que estou certo. Cinquenta libras e nada mais dessa baboseira de "erros dos dois lados".

— Não.

— Vou mandar de qualquer forma. É uma promessa. Então, cinquenta pratas ou não?

— Pode subir para quinhentas. Julia é correta.

Julia não era correta. Mas Jonathan era. Ele insistiu em me pagar as quinhentas libras, que bancaram minha viagem à França.

Minha sensação de bem-estar me levou até metade do caminho da longa ladeira. Parei para tirar o gorro de lã, olhei para trás e vi que estava a uma altura impressionante acima das fazendas. Às duas da tarde, a uns cinco quilômetros de Tramayes, parei e terminei o café da minha garrafa térmica. Aproveitei a oportunidade para checar a fixação da roda do carrinho. Eu estava experimentando não usar um contrapino para prender uma das porcas, pois queria que o máximo de partes possível estivesse disponível em lojas de bicicletas, que existiam em abundância na Europa.

Eu estava me sentindo revigorado e meu GPS sem mapa me disse que eu estava caminhando a uma média de quatro quilômetros por hora. Se conseguisse manter esse ritmo, poderia chegar a Grosbois por volta das oito da noite. Seria puxado, mas eu compensaria os dias que havia perdido e completaria de forma brilhante o início da jornada.

Liguei para o *bed and breakfast* em Tramayes e cancelei. Não me dei ao trabalho de mudar a reserva em Grosbois. Já havia reservado um quarto para essa data antes, então sabia que eles estavam abertos. Podíamos resolver tudo quando eu chegasse.

Tramayes dispunha do arsenal costumeiro que as cidades pequenas francesas disponibilizam: cabeleireiro, floricultura, *boulangerie*, *boucherie* e bar. Também havia um hotel-restaurante onde alguns clientes estavam acabando de almoçar, e eu decidi que merecia um café decente. A proprietária chamou o marido, com seu chapéu de chef e seu avental, para ver o carrinho.

— Vocês veem muitos peregrinos por aqui esta época do ano? — perguntei. Eles tinham uma vista privilegiada do *Chemin*.

— Você é o segundo hoje. Talvez o segundo do ano. A maioria vem na primavera e no verão. Para onde vai esta noite?

— Grosbois.

Ele meneou a cabeça.

— É longe demais. Melhor ficar por aqui.

Senti-me tentado. Minhas pernas estavam doloridas e eu ficaria feliz em encerrar o dia ali. Mas o que pesou no final foi o desejo de não avacalhar uma segunda vez com o inglês dono do *bed and breakfast* cuja reserva eu havia acabado de cancelar. E ficar em outro lugar na mesma cidade teria sido muito feio.

11

ZOE

Quando Keith morreu, eu estava lendo a carta de Camille, em papel perfumado, a caligrafia um tributo aos anos de palmatória das freiras francesas.

— Zoe.

Não reconheci de primeira a voz ao telefone.

— Jennifer? Está gripada? — perguntei à garota que trabalhava na loja com meu marido.

Keith tinha a minha idade. No funeral, eu não conseguia entender por que o universo tinha feito aquilo comigo. Fiquei sentada no banco da frente da igreja, em um silêncio incompreensivo, entre minhas filhas, com a mãe de Keith do outro lado de Lauren. Ele não tinha filhos biológicos.

— Não se preocupe com nada — dissera Lauren. — Você pode ficar conosco e nós vamos mantê-la bem ocupada.

Tessa apenas me abraçara.

Eu esperava encontrar o sentido daquilo tudo nas semanas e nos meses seguintes. Eu encaixotaria as roupas de Keith, reveria todos os álbuns de fotografias e choraria até pegar no sono em meio a lençóis ainda impregnados com o cheiro dele.

Mas não foi assim que aconteceu. Albie, nosso contador e um velho amigo de Keith, passou lá em casa no dia seguinte ao funeral.

— Como assim, não temos dinheiro? — indaguei.

Keith tinha uma loja de sapatos. Não era grande, mas nos provia o suficiente para pagar as contas e a mensalidade da faculdade das meninas.

— Sua conta conjunta está bloqueada — contou Albie, evitando me olhar nos olhos. — Ele estava com problemas havia algum tempo. Hipotecou a casa para conseguir um empréstimo. Você assinou os papéis.

— Eu não...

— Ele não queria preocupar você.

— Devemos dinheiro a alguém?

— Meu melhor palpite é que você conseguirá sanar as dívidas, por pouco. Depois que vender a casa. Mas não posso prometer nada.

Caminhei pela casa e comecei a me despedir de tudo. Eu sentiria falta dela pelas lembranças, pela história compartilhada. E pensei na carta de Camille, que chegara bem naquela época — na mensagem que eu podia tirar daquilo.

Levei uma semana para contar aos funcionários de Keith que eles estavam desempregados e me livrar de todas as coisas de que eu não precisava. Levei mais uma para organizar meu futuro imediato. Chequei minha conta bancária pessoal, na qual eu depositava minha renda do centro de bem-estar, dos ocasionais clientes de massagens e das vendas mais raras ainda de uma aquarela. O melhor negócio que minha agente de viagens conseguiu me deixou com dois mil dólares.

Quando liguei para Lauren para avisar que estava indo para a França, ela ficou sem palavras — talvez pela primeira vez na vida.

— Albie está vendendo a casa. Você tem a chave — falei.

— Mãe, você está ficando louca.

— Neste momento, é disso que eu preciso.

— Você precisa ficar com a gente!

Ela continuou falando, mas minha mente divagou. Lauren era organizadora de eventos — organizadora de *tudo*. Iria adorar ter filhos. E eu não queria ser um deles.

— Lauren — eu disse —, é um momento difícil para todos nós. Mas preciso de espaço. Camille é uma velha amiga.

Eu mal havia conversado com as meninas sobre o ano em que cursei a faculdade com Camille e sobre os problemas com minha mãe. Precisei de todo meu autocontrole para não atacar o pai delas, Manny.

Se eu contasse a Lauren que estava fazendo o *Camino*, ela teria certeza de que eu tinha enlouquecido.

Embora meu terceiro dia na estrada tivesse sido tão longo quanto os dois primeiros juntos, o tempo estava agradável e o terreno era fácil. A mochila mais leve fez diferença, mas eu jamais conseguiria cobrir quarenta quilômetros em um dia.

Los Angeles não é uma cidade para se caminhar. Você vai comprar leite de carro, mesmo que o mercado seja na próxima esquina. Terminei a última parte do morro que levava a Grosbois me sentindo destruída.

Quase não havia mais luz e, por um instante, esqueci minha fadiga e fiquei parada nos portões para admirar o *château*. Pequeno e desbotado — mas eu me sentia como se tivesse voltado alguns séculos no tempo.

Ouvi um grito no outro canto do jardim. Três adolescentes estavam tirando malas de um micro-ônibus. A mulher do atendimento ao turista não tinha falado que não haveria ninguém nessa época do ano?

A porta do *château* estava escancarada e eu entrei, fechando-a para que o calor interno não se dissipasse. Um homem de meia-idade com cabelos ralos quase trombou em mim ao sair de trás de uma cortina.

Consegui informar que eu queria uma cama no dormitório.

— *Ce soir, non, le dortoir n'est pas possible* — respondeu ele lentamente, meneando a cabeça e apontando para o prédio para onde os jovens estavam levando suas malas. — *Mais j'ai une seule chambre.* — Erguendo um dedo, ele apontou para o andar de cima. — *Au cause d'une annulation.* — Ele gesticulou para indicar uma ligação telefônica, então fez um movimento horizontal brusco com a mão, o indicador e o polegar unidos.

O dormitório não estava disponível. Mas havia um quarto. Uma *annulation*. Eu teria de nadar com a correnteza dessa vez.

Eu esperava algo mais em conta, mas, enquanto imergia na banheira após um dia de uma boa caminhada com meus novos equipamentos e com apetite para uma refeição com entrada, prato principal e sobremesa que fazia parte do pacote, com a concha de vieira ainda pendurada em meu pescoço, senti que o universo estava cuidando de mim.

12
MARTIN

Enquanto eu puxava o carrinho morro acima em Tramayes, ouvi um grito de *Bon Chemin* com sotaque anglo-saxão e, por um instante, pensei que pudesse ser Zoe, antes de perceber que ela provavelmente já estava bem adiantada. Quando me virei, avistei um casal. A mulher era loira e estava de jeans, botas e um casaco vermelho comprido. Acenei de volta.

Dei um gás nas três horas seguintes, querendo cobrir a menor distância possível depois que escurecesse. O embalo da cafeína acabou e me peguei olhando o GPS frequentemente para checar a distância.

Eu havia feito duas corridas longas de treinamento, de vinte quilômetros, mas hoje eu iria chegar a 37. As estradas secundárias deram lugar a uma trilha lamacenta íngreme que, por sorte, era curta, mas me desgastou um pouco. Depois, intercalaram-se trechos de florestas e fazendas, em terrenos irregulares, com intervalos ocasionais na estrada. Era uma vista linda a ser contemplada, mas eu estava focado em ganhar tempo. Pulei o bar no vilarejo de Saint-Jacques-des-Arrêts e perdi a igreja e seus afrescos, que o guia classificava como "imperdível".

Começou a escurecer por volta das sete horas, e tive que prender a lanterna no suporte para a cabeça. Segui lentamente, sem querer me perder ou cair.

Meu GPS registrou 37 quilômetros quando cheguei à cidade. Um corredor sabe que os últimos metros, com a linha de chegada à vista, podem ser os mais difíceis. Então, quando esbarrei com o carrinho na escadaria que levava à igreja, senti que ele caiu atrás de mim. Eu o soltei, me virei e vi a roda inclinada em um ângulo além do que a suspensão permitiria. No primeiro dia, o carrinho tinha quebrado. Nos últimos cem metros.

Eu estava exausto demais para enxergar a situação como qualquer outra coisa que não fosse desespero. Não havia sentido em tentar arrumar aquilo ali. Coloquei o aparato nos ombros, usando as tiras, embora a última coisa de que eu precisasse no final de um longo dia era um fardo de dezesseis quilos nas minhas costas. Subi as escadas e entrei na rua.

Havia uma placa: *Grosbois*. Foi só quando eu estava quase debaixo dela que minha lanterna iluminou o dígito abaixo da palavra: *2*, e uma seta apontando morro acima. Larguei o carrinho, fiz uns alongamentos e tomei o restante da água. Lembrei a mim mesmo da maratona. Os dez quilômetros que eu correra com um joelho inchado demandariam mais perseverança do que seria requerido ali.

Lembrei que os quartos em Grosbois tinham banheiras. Eles também serviam janta. Peguei o celular para avisá-los de que estava a caminho. Sem sinal. A cobertura na França é irregular, em parte porque os locais se opõem à instalação de novas torres. Mas havia uma mensagem de texto que devia ter chegado mais cedo.

Boa sorte, pai. Com amor, Sarah.

Meu problema não era falta de sorte, mas de bom senso. Se tivesse tido um pouquinho dele, eu estaria compartilhando uma taça de vinho diante de uma lareira com o dono do *bed and breakfast* em Tramayes.

Mantive os pensamentos sobre uma banheira quente e uma refeição durante o último trecho de uma trilha estreita e íngreme que atravessava uma floresta de pinheiros. Eram 21h30 quando cheguei, totalmente esgotado, ao *château*. No amplo jardim, havia um ônibus e dois carros estacionados.

Larguei o carrinho, bati à porta do prédio principal com força e, eventualmente, fui recebido por um homem baixo de uns 45 anos, parecendo um pouco corado do álcool.

Ele franziu a testa, meneou a cabeça e disse:

— *Désolé... Complet.*

Lotado. Como eles podiam estar lotados? E o dormitório?

Havia um grupo escolar hospedado ali. Eles se lembravam da minha reserva, sim, mas também da minha *annulation* — do meu cancelamento. E, *malheuresement*, o quarto agora estava ocupado. O pessoal da escola tinha tomado o dormitório inteiro. Eu poderia pedir para que me aceitassem, mas a decisão era deles.

Caminhei até o outro prédio e abri a porta. Uma multidão de crianças estava engajada em alguma espécie de corrida com obstáculos.

Voltei ao lugar onde havia largado o carrinho. Estava frio, então supus que podia ter voltado e implorado por um espaço no chão do *château*, mas eu não estava para conversa.

Enquanto armava a barraca, ouvi passos, me virei e vi, sob a luz da minha lanterna, alguém que levei alguns segundos para reconhecer: Zoe. Ela estava usando uma jaqueta branca felpuda que talvez parecesse um tanto exagerada para St. Moritz. Era difícil imaginar um traje mais inapropriado — não, surreal — para o *Camino*. Combinava com um pingente antigo. Quarto privado com banheira, naturalmente, *madame*.

— *Bonjour* — disse ela. — *Voulez-vous manger?*

Ela jogou um saco de papel pardo para mim. Eu o peguei e consegui murmurar *merci* antes de voltar a trabalhar na barraca. Não estava com fome, mas precisaria comer em algum momento. Depois que ela se foi, percebi que eu havia respondido automaticamente em francês, e que ela devia ter presumido que eu não falava inglês. Era mais fácil manter as coisas assim.

13
ZOE

Ao deixar Grosbois, me vi em uma floresta que cheirava a folhas de pinheiro úmidas. Tentáculos de uma névoa branca serpenteavam por entre as avenidas sombrias de árvores, e a quietude só era interrompida ocasionalmente por algum gotejamento de água ou pelo pio de algum pássaro. Estava frio, e havia momentos em que o vento soprava com tanta força que me lembrava de minha infância em Minnesota, indo a pé até o ônibus escolar, com meias de algodão e um casaco enorme que eu herdara de meus irmãos. Mas, mesmo com a ridícula jaqueta de esqui e as roupas térmicas, eu me sentia bastante confortável. Uma placa me avisou que eu estava a 915 metros de altitude — três mil pés. O caçador — que, aparentemente, também era um peregrino — devia ser mais louco do que eu de dormir em uma barraca com esse tempo. Talvez ele estivesse pagando algum tipo de penitência. Por roubar lojas.

Caminhei por quatro horas sozinha na névoa, seguindo as conchas de vieira, começando a me perguntar se em algum momento eu encontraria alguma cidade. Tentei me lembrar das frases motivacionais que figuravam a cada semana no quadro da ioga e me contentei com Ralph Waldo Emerson: *A natureza sempre veste as cores do espírito.*

Ganhou por pouco da observação de que, se Alice não sabia para onde ia, qualquer caminho servia.

Bem quando o isolamento estava ameaçando me assolar, ouvi uma voz. Uma soprano estava cantando uma ária de *Carmen* — eu não conseguia lembrar o nome. No silêncio da floresta, era algo de outro mundo, místico. Após o que deve ter sido um minuto, a cantora emergiu da névoa, uma garota magra demais para sua voz, caminhando com dois mastins enormes.

Os cachorros me avistaram primeiro e puxaram as guias. Ela parou de cantar e indicou que eu não tocasse neles. Como se eu fosse tocar... Fiquei imóvel e sorri enquanto ela seguia em frente, retomando a ária alguns instantes depois. Foi só quando eu não conseguia mais ouvi-la que tomei um pouco do café que o proprietário do hotel tinha colocado na minha garrafa térmica e voltei a andar.

A névoa se dissipou, e a beleza ao meu redor me ajudou a perceber como eu era abençoada, apesar de tudo: a trilha em si, sua superfície como um tapete marrom-avermelhado macio; os raios de sol penetravam de vez em quando por entre as árvores para iluminar uma folha congelada, formando gotas em suas pontas; relances da serra onde as florestas eram entremeadas por casas distantes e pequenos vilarejos.

Parei em Propières. Parecia haver apenas um lugar para ficar na cidade — um pequeno hotel. Eu não estava com dor, apenas cansada, como se não tivesse caminhado seis quilômetros em uma hora. De toda forma, senti um alívio imenso quando larguei a mochila no bar — um bar de esportes repleto de homens. Um por um, eles interromperam suas conversas até estarem todos olhando para mim. Sua hostilidade era inconfundível. Dois rapazes grandes se levantaram de seus bancos. *Certo.*

Cruzei os braços e os encarei, tentando parecer mais confiante do que eu me sentia.

— *Je suis*... procurando por *une chambre.*

Meu francês estava retornando lentamente.

— *Americaine?* — perguntou um.

— *Oui.*

Subitamente, eles começaram a sorrir, mas não apenas do meu sotaque. Sua linguagem corporal e os meneios de cabeças eram inconfundíveis: *ela não entende.* Isto é: *ela acha que tudo bem uma mulher entrar em um bar de esportes.*

Danem-se eles. A França era um país ocidental. Sua cultura não merecia tratamento especial.

Fiz meu melhor para não ser intimidada. Disse a eles que, nos EUA, uma mulher pode entrar em um bar sem ter que lidar com a misoginia, e que, se o comportamento deles era uma representação de seu país, então a França estava bem desatualizada. Ou ao menos foi o que tentei dizer, até onde meu francês permitia.

— América *bon* — falei, fazendo sinal de positivo com os dois polegares. — França *non bon.* — Sinal de negativo.

Eles responderam com uma explosão de risadas.

— Os Estados Unidos são uma merda — disse um, em inglês, e os outros deixaram claro que concordavam. Não apenas uma merda, mas motivo de chacota.

Antes que eu tivesse a chance de canalizar minha patriota interior, uma mulher apareceu do corredor e agarrou a mim e a minha mochila. Ela apontou para a imagem dos jogadores de futebol. Não era sexismo, apenas torcedores fanáticos. Era como se eu fosse fã dos Yankees e tivesse entrado em um bar do Mets. Inferi que o xingamento era, na verdade, direcionado à seleção de futebol dos

Estados Unidos. Eu podia aceitar isso. Fiz uma anotação mental para descobrir quem eram os jogadores estampados na minha mochila. E para continuar trabalhando no francês, pois assim não soaria tão ridiculamente estúpida.

O hotel tinha, afinal, refeição para peregrinos, mas o custo do meu quarto e do jantar foi de sessenta euros, mesmo após o desconto por eu não querer o *canard*, só os legumes. A sopa estava ótima, mas desde quando massa era um legume? Complementei com queijo. Quanto tempo um vegano sobreviveria aqui?

No dia seguinte, choveu. Quando senti as primeiras gotas, procurei abrigo em uma pequena capela. Em poucos minutos, estava desabando o mundo, e, em mais ou menos meia hora, o ladrãozinho passou, puxando um carrinho. Minha surpresa ao vê-lo seguindo adiante sob a chuva foi suprimida pela percepção de que eu já o tinha visto no dia em que chegara a Cluny. Gritei *bonjour*, mas ele simplesmente continuou em frente. Pelo visto, eu ter levado algo para ele comer em Grosbois não mudou sua atitude com relação a mim. Um cara realmente esquisito.

Não consegui encontrar um albergue em Le Cergne, apenas um hotel com um restaurante chique. Fiz meu *check-in* e saí em busca de comida mais barata. Estava ávida por algo quente. Uma porção generosa de algo quente. Acho que nunca senti tanta fome assim antes.

Havia uma pizzaria. Assim que senti o cheiro, pensamentos de todos os recheios possíveis, nada saudáveis, inundaram minha mente. Em especial, salame. Eu me orgulhava de estar em sintonia com meu corpo, que agora estava pedindo por pizza com queijo, salame, bacon e tudo mais. Me obriguei a optar pela opção vegetariana. Nossos ancestrais trabalhavam muito, mas apenas os abastados podiam comer carne.

— *Un grand* — falei, usando as mãos para indicar que queria uma pizza grande — vegetariana.

O dono meneou a cabeça e apontou para um prato de pizza médio. Meneei a cabeça para ele também.

— *Maximum*.

Ele pareceu surpreso, e ficou mais surpreso ainda quando terminei aquela pizza e pedi outra — dessa vez, uma média. Eu tinha aprendido que o *TTC* nas contas dos restaurantes significava que a gorjeta estava inclusa, então deixei um desenho dele desfalecendo com o peso da pizza que estava entregando. Ele o estava pregando na parede, rindo, quando eu saí. Ao menos algumas pessoas apreciavam meus esforços para criar carma positivo.

Quando chegou a hora do almoço, no dia seguinte, eu já estava em Charlieu, a maior cidade desde Cluny, e tinha encontrado o atendimento ao turista.

— Estou fazendo o *Camino*.

— Credencial? — pediu a mulher de trás do balcão.

Tudo bem. Eles eram restritos quanto às regras se iam atender apenas peregrinos. Tirei meu "passaporte". Em vez de checá-lo, ela o carimbou com uma imagem impressionante da abadia e o devolveu.

— Você pode me dar uma lista de lugares para ficar?

— A lista está no guia.

— Você tem um guia?

— Eles só chegam em fevereiro.

— Preciso de um lugar barato.

— Os albergues, mas a maioria está fechada. Não está na temporada. Talvez um *chambre d'hôte*? — Em resposta ao meu semblante inexpressivo, ela acrescentou: — Quartos na casa de alguém. Cama e café da manhã. Às vezes, janta também. Para essas acomodações, você precisa fazer uma ligação.

Não com o meu nível de francês.

Ela ligou para mim. Ninguém atendeu no albergue. Mas havia um *chambre d'hôte* disponível.

E, quando cheguei lá, depois de duas horas de caminhada, era maravilhoso. A cama era macia, havia um banheiro com uma variedade de cosméticos e minha anfitriã, uma professora aposentada, dividiu uma refeição vegetariana comigo e falava inglês o suficiente para mantermos uma conversa simples. Então, ela me deu a conta. Cinquenta e cinco euros. Justo para o que oferecia, mas mais do que eu podia pagar.

Eu podia reduzir a verba do almoço para cinco euros por dia. Pão era barato. Mas todas as noites — com exceção da estadia na casa de Richard e Nicole e da igreja em Sainte-Cécile — tinham me custado bem mais que minha verba de quinze euros. Ou eu teria de retornar à casa de Camille, ou teria de encontrar um peregrino que falasse inglês e que soubesse o que está fazendo.

14
MARTIN

Na noite em que passei em Grosbois, dormi com as roupas do corpo. Acordei, gelado e morrendo de fome, às duas da manhã e abri o pacote de comida que Zoe havia me dado: pão, queijo e terrina. Engoli tudo, coloquei minha blusa de fleece e apaguei até ouvir o ônibus escolar indo embora e, em seguida, a voz do homem que havia se recusado a me dar acomodação na noite anterior.

Enfiei a cabeça para fora da barraca, na manhã nebulosa, e ele se apressou em pedir mil desculpas. É claro que eu não devia ter dormido em uma barraca. Chegou a dois graus negativos de madrugada. "Entre quando estiver pronto."

Meu corpo estava tenso, mas não dolorido. Tomei um café da manhã tardio — café, torrada, geleia e omelete — em um lugar mais quente. O *monsieur* se juntou a mim e me ofereceu um quarto para tomar banho. Eu não ia recusar.

O quarto não havia sido limpo, e a grande cama desarrumada me lembrou do que eu havia perdido. Na mesa havia um desenho do *château*. Era um esboço bem-executado que até embelezava o antigo prédio. No primeiro plano havia uma caricatura do anfitrião, que seria depreciativa se não fosse tão boa — o artista havia capturado não apenas a aparência dele, mas também algo de sua essência.

Fiz alguns minutos de alongamento, então tomei um banho demorado. Outra das profecias de Monsieur Chevalier havia se concretizado: eu tinha uma bolha no dedão do pé esquerdo. Passei uma agulha com linha por ela, deixando a linha no lugar, conforme a recomendação, então lavei minhas meias e as prendi na minha mochila para secarem.

Eu não podia mais adiar dar uma olhada no carrinho. Para meu alívio, o problema era a porca que eu havia tentado usar. Levei apenas alguns minutos para colocar a roda de volta no lugar e apertá-la com a chave de boca do meu kit de ferramentas. Embora meus dedos estivessem congelando, eu gostei do trabalho.

Fiz uma autoavaliação. Eu estava me virando bem. O primeiro dia não era parâmetro; foi uma jornada dupla. Hoje seria mais fácil.

O proprietário, ainda se desculpando por ter me deixado dormir na barraca, preparou um sanduíche, encheu minhas garrafas térmicas e carimbou minha credencial. Foi um carimbo mais difícil de conseguir do que qualquer um que eu ganhei na escola.

Fui cauteloso no início da jornada até Les Écharmeaux, a sensatos 24 quilômetros. Minha respiração se misturou à neblina e, depois de mais ou menos um quilômetro seguindo as placas de conchas de vieira, a tensão das minhas pernas se dissipou.

A trilha levava à floresta de pinheiros e a um silêncio intenso, embora não opressor. Me senti, mais uma vez, liberto, apenas eu e meu carrinho, a sensação potencializada pelo fato de eu ter provado que não dependia de ninguém para uma acomodação e que fora igualmente autossuficiente com relação a meu primeiro problema mecânico.

O carrinho foi se locomovendo atrás de mim sem quaisquer problemas, mas havia algumas subidas longas. Eu as venci, apesar da velocidade lenta, necessária para manter minha respiração estável. Quando cheguei ao topo de um trecho longo, com uma placa indicando que eu estava a 915 metros de altitude, parei e chequei minha pulsação. Cento e trinta e quatro batidas por minuto. Bem no meio da minha zona de frequência cardíaca de treinamento. Se eu chegasse até Santiago, estaria bem em forma.

Durante minha preparação, eu não havia refletido sobre como seria caminhar sozinho boa parte do dia, sem fazer mais nada por três meses da minha vida. Eu havia planejado a jornada como uma empreitada comercial, mas também percebia que seria uma oportunidade de reflexão.

Agora, estava começando a entender como seria. A surpresa foi que eu não estava entediado. Mais precisamente, eu não ia conseguir me perder em contemplações e ir deixando o caminho para trás. Na primeira vez em que me engajei em um devaneio, fui puxado de volta à realidade pela percepção de que as placas de conchas de vieira haviam desaparecido. Refiz meu caminho e, dez minutos depois, senti uma pontada de pânico. Voltei mais um tanto, mas levei mais cinco minutos para encontrar a bifurcação onde eu havia tomado o caminho errado. Foi um alerta. Caminhar requeria atenção constante ao ambiente — o que não era meu forte.

Meu desvio não intencional me ensinou uma coisa. As conchas de vieira eram ótimas, até você passar batido por uma delas. Depois que saísse da trilha, era mais difícil encontrar o caminho de volta. Mesmo que eu conseguisse refazer o caminho, haveria outro problema. As conchas estavam dispostas de modo a serem vistas por quem estava *indo* para Santiago. Se eu chegasse à trilha pelo outro lado, talvez não percebesse que estava tomando o sentido contrário.

*

Cheguei a Les Écharmeaux quando o sol estava se ponto e fiz *check-in* no hotel, onde acessei a internet, carreguei meus mapas, lavei minhas roupas e as pendurei para secar nos aquecedores. Na sala de jantar do hotel, fiz uma excelente refeição de *boeuf bourguignon*, queijo, *nougat glacé*, e 250ml de Beaujolais — sozinho, cercado por mesas vazias com cadeiras empilhadas em cima delas.

Meu terceiro dia, a caminho de Le Cergne, continuou com o padrão que eu esperava se manter pelo restante da jornada. Embrulhei meu almoço, caminhei de forma estável, mesmo que lenta, pelos morros e fiz uma pausa a cada cinco quilômetros. O GPS estava funcionando bem; passadas algumas centenas de metros, eu sempre o tirava do bolso, para observá-lo rastrear meu caminho, checar a distância até o próximo ponto de notificação e até o destino do dia, monitorar minha velocidade média de movimentação — respeitáveis 4,1 quilômetros por hora — e minha média geral, que era, mais preguiçosamente, 3,6 quilômetros por hora.

O único ponto negativo foi um dilúvio, que provocava quedas frequentes de pedaços de gelo das árvores, dois dos quais caíram em mim. Minha jaqueta funcionou bem para me manter seco, mas eu não podia fazer muito para proteger o rosto. Na hora do almoço, encontrei um toco de árvore plano a uma curta distância da trilha e me forcei a parar por 15 minutos, com o propósito de poupar meu corpo, mas ficar sentado na chuva nunca é agradável.

O tempo estava se abrindo quando voltei a me mexer. Eu havia caminhado no máximo duzentos metros quando fiz uma curva e avistei uma jaqueta branca familiar. A mulher estava sentada sob a proteção dos degraus de uma pequena capela, comendo uma maçã. Ela gritou e acenou e eu consegui acenar de volta, mas não havia sentido em parar agora.

Talvez eu devesse ter parado. No final do quarto dia, jantando um hambúrguer em um restaurante em Briennon, eu ainda não me sentia solitário, mas estava começando a me perguntar quanto tempo levaria até eu ansiar por um pouco de companhia.

15
ZOE

Eu agora estava caminhando pelas imensas terras agrícolas entre vilarejos, o interior da França que vemos em cartões-postais e livros de turismo. O caminho era bem sinalizado, não apenas por conchas de vieira, mas por crucifixos. Pequenos e grandes, rústicos e elaborados, Jesus em paz, Jesus se contorcendo em agonia. Eram difíceis de ignorar em uma rota que passava por todas as igrejas de cada vilarejo. Os peregrinos modernos podiam ser mais espirituais do que religiosos, mas as relíquias católicas estavam gravadas em pedra.

Avistei o padrão complexo do telhado da antiga igreja de La Bénisson-Dieu por cima das cercas e dos galhos desnudos de carvalhos e olmeiros. A única *boulangerie* da cidade estava fechada quando cheguei, às 13h. Que tipo de padaria fecha para o almoço? Até as 16h?

Dando a volta na muralha da igreja, quase trombei em outro caminhante, que estava sentado comendo um doce, com as costas apoiadas na parede e as pernas estiradas na passagem. Ele parecia jovem — era só pernas e braços, como os adolescentes às vezes costumam ser.

— *Bonjour* — cumprimentei.

Olhos grandes acima de maçãs do rosto salientes me espiaram por trás de um gorro.

— *Bonjour.* Americana?

— *Oui.* Zoe.

— Sou Bernhard. Da Alemanha. — Ele atirou uma sacola de papel para mim. — Pode comer, se estiver com fome. A padaria distribui de graça. São sobras e eu sou um *pèlerin.*

Carma positivo, pago antecipado. Senti uma conexão imediata.

Quando ele se levantou, era bem mais alto que eu; havia mais músculos debaixo daquele agasalho do que eu pensara. Ele tinha 25 anos e estava caminhando sozinho, a quinhentos quilômetros de sua casa, em Estugarda. Dissera que havia brigado com o pai por causa de política, estilo de vida e sua rejeição à burguesia, e agora, sem ter casa nem dinheiro, tinha pegado a estrada. Era uma história com a qual eu conseguia me identificar, embora fosse mais jovem quando lutei aquelas batalhas.

Eu era a primeira *pèlerin* que ele encontrava, e, fosse por solidão ou pela chance de praticar inglês, ele ficou entusiasmado em caminhar comigo. Conversamos sobre o *Chemin* e sobre política americana. Bernhard era esperto e bem-informado. Eu havia encontrado a pessoa de que precisava: um rapaz com alguma experiência em viajar com pouca verba.

— Onde você tem dormido? — perguntou ele.

— Hotéis e *chambre d'hôte.*

— Quanto tem pagado?

Contei a ele.

— É demais. — Bernhard tinha razão quanto a isso. — Você é uma *pèlerin.* A hospedagem deveria ser gratuita. Eu recorro à "Maria".

— Às freiras?

— Ao órgão oficial. A *mairie.*

A prefeitura. Os escritórios dos órgãos públicos.

— O que eles fazem pelos peregrinos?

— Eles encontram acomodação. Tenho dormido com muitas mulheres.

Concluí que algo havia sido perdido na tradução dele.

— Você paga?

Bernhard sorriu e meneou a cabeça. Havia algo de cativante nele e na leve camada de pelos que encobria seu queixo. Eu poderia imaginar que as mulheres sentiam seu espírito maternal florescer com um sorriso seu.

Em Renaison, Bernhard anunciou que iria parar por ali. Decidi ver se a generosidade das mulheres francesas poderia se estendida a seus pares. Bernhard desapareceu no banheiro para lavar o rosto, depois de sugerir que eu fizesse o mesmo.

— Uma boa aparência é importante.

Ele retornou com os cabelos molhados jogados para trás e com o botão de cima da camisa aberto. Não consegui deixar de pensar que Tessa e Lauren ficariam impressionadas. A mulher de meia-idade na *mairie* sorriu para ele e fez uma ligação. Sua amiga podia hospedar nós dois.

A casa de Madame Beaulieu ficava a uma curta distância da *mairie*. Ela tinha um bom quarto para cada um de nós e insistiu em lavar nossas roupas. No jantar — depois que eu repassei meu frango a Bernhard — foram servidos massa, pão e queijo, e, para sobremesa, uma torta de maçã absolutamente deliciosa.

O único ponto negativo foi a parafernália — e a ladainha — religiosa. Meu francês fraco garantiu que eu fosse poupada de boa parte do sermão, mas Bernhard conversou animadamente enquanto ajudava a limpar tudo. Madame Beaulieu parecia estar cuidando de nós devido a uma sensação equivocada de coleguismo religioso: nos dando o chamado *accueil jacquaire* — o acolhimento de São Jacques.

Quando fomos embora, na manhã seguinte, ela deu um beijo em cada um de nós e nos desejou *Bon Chemin*. Bernhard traduziu:

— Ela disse para pagar o que você achar que deve. Para os trabalhos da igreja.

Fiquei dividida entre minha animosidade pela religião e a gratidão pela generosidade de Madame Beaulieu. Não havia quantia alguma que eu pudesse colocar na latinha dela que não minasse uma parte da minha integridade. Deixei 15 euros, mas disse a Bernhard que não queria mais acolhimentos como esse.

No dia seguinte, a trilha subia e descia os morros, frequentemente no asfalto, o que era duro para os meus pés. Dos penhascos rochosos acima de Loire, eu podia ver a névoa se erguendo da água. O caminho descia até Saint-Jean-Saint-Maurice, com sua sobranceira sobre o rio.

Eu havia começado a caminhar antes de Bernhard, mas ele me alcançou, ficou comigo por um tempo, então seguiu adiante.

Ele estava esperando na pequena igreja.

— Vamos usar o *gîte*, o albergue.

Ótimo: essa era mesmo a ideia.

— Cinco estrelas. — Bernhard esclareceu que estava se referindo à nota virtual dada pelos *pèlerins*, e não ao sistema dos hotéis Four Seasons. As tarifas dos *gîtes* variavam, mas geralmente eles ofereciam uma boa refeição noturna. A maioria também tinha cozinha. — Mas eles não preparam café da manhã. Melhor tomar no bar, onde pão e doces custam só um euro. Ou saem de graça.

Eu disse que cozinharia.

O *gîte* municipal era um pequeno prédio no centro do vilarejo. Uma mulher de uns quarenta anos nos encontrou do lado de fora e nos levou até o albergue. Havia uma pequena cozinha, um dormitório para seis pessoas e um banheiro apenas, com dois chuveiros, sem divisória. No corredor, havia uma pilha de lenha ao lado do fogão. Dez euros por beliche, mais cinco para comer. Bem mais barato que um *chambre d'hôte* ou um hotel, mas, mesmo assim, meu dinheiro não seria o bastante para chegar à fronteira. Talvez eu encontrasse o que havia perdido — paz de espírito? — antes disso. Até então, eu estava ocupada demais para pensar em qualquer coisa.

Eu não dividia um quarto ou um banheiro com ninguém que não fosse meu marido ou minhas filhas havia vinte anos. Tentei imaginar o dormitório cheio de peregrinos de várias idades, nacionalidades e gêneros, e uma fila para os chuveiros com todo mundo de short e com suas toalhas.

Fui colocar minha mochila em um beliche e a mulher surtou.

— Você precisa deixar sua mochila no corredor — explicou Bernhard —, para evitar transportar percevejos.

— Percevejos? Está dizendo que aqui há percevejos?

— Provavelmente, não, mas é... preventivo. *Prophylactique.*

Ele sorriu para nossa anfitriã e, então, para mim.

Havia cestos onde podíamos depositar nossas coisas. No quarto, escolhi o beliche mais distante. A menos de um metro. Bernhard esparramou suas coisas nos outros dois.

A cozinha tinha um quadro de avisos coberto de informações turísticas, prateleiras repletas de pratos lascados, e potes e panelas variados. Fui até a *épicerie* local — neste caso, um mercado anexo a um restaurante gourmet — e comprei massa e legumes para mim, e uma lata de molho bolonhesa para Bernhard. Quando voltei, ele havia tomado banho e estava no dormitório, ainda molhado e usando apenas uma cueca justa.

Enquanto eu cozinhava, Bernhard acendeu a lareira e abriu uma garrafa de vinho que havia ganhado da mulher dos percevejos. O fogo aqueceu o pequeno albergue com uma rapidez surpreendente. Com a mesa posta para dois, iluminada por uma vela que Bernhard encontrara, aquele podia ser um jantar íntimo romântico — se eu não estivesse com alguém com idade para ser meu filho.

A anfitriã voltou depois que acabamos de comer. Bernhard estava fazendo seu charme, e eu deixei os dois conversando enquanto me limpava e fazia um desenho rápido. Fiz a mulher bem mais jovem do que ela era, não que isso a fosse preocupar, mas realmente parecia que ela estava flertando. Quando o entreguei a ela na manhã seguinte, durante um café da manhã de pão branco e geleia, ela corou. Deixei Bernhard dormindo e saí, descobrindo que a noite havia coberto a paisagem com uma camada de neve.

16
MARTIN

Sempre havia o risco de pegar neve nessa época do ano. Não percebi que estava nevando enquanto dormia no *bed and breakfast* à margem do rio em Saint-Jean-Saint-Maurice, no final do meu sexto dia.

O carrinho não se saiu muito bem na superfície escorregadia, mas também não foi o desastre que o carrinho de golfe de Maarten teria sido. A roda grande garantia uma boa distância do solo, e o perfil estreito se mostrou essencial enquanto eu galgava pelas trilhas da floresta de pinheiros. O problema estava na parte humana: manter a tração a pé, especialmente morro acima. Escorreguei e caí duas vezes, derrubando o carrinho comigo na segunda. Nenhum estrago causado: a superfície era macia.

Cinco horas depois de ter iniciado o dia, cheguei a um vilarejo com um *bar-tabac* aberto. Sentado no meio-fio do lado de fora, estava um rapaz loiro magricela, com uma mochila grande ao seu lado. Ele se levantou de supetão quando cheguei.

— *Bonjour* — cumprimentei, acrescentando: — *Anglais.*

Ele apertou minha mão e respondeu no meu idioma:

— Sou Bernhard. Da Alemanha.

Bernhard recusou minha oferta de café: sua garrafa térmica estava cheia. Mas esperou eu terminar o meu e aproveitou para examinar meu carrinho.

— Onde você comprou isso?

Contei a história a ele.

— Ah, então está explicada a montagem malfeita. Não quero ofender; você foi forçado a montá-lo com elementos que não são feitos para esse propósito. A produção em massa permite que todos os componentes sejam projetados para um fim específico.

Obrigado pela aula de engenharia.

— É um protótipo.

— A roda única é um erro.

— Você acha?

— Tenho certeza.

Deixei para lá. Ele era quase uma caricatura do típico engenheiro alemão arrogante, o que casava perfeitamente com sua juventude. Eu já tinha visto aquilo antes: estudantes estrangeiros — e turistas — se esforçando para reafirmar sua identidade em um lugar diferente e exagerando nas características supostamente naturais de seu local de origem. Eu provavelmente fazia o mesmo.

Quando voltamos à neve, vi pegadas e as mostrei a Bernhard.

— Zoe — concluiu ele, e me explicou que os dois tinham passado a noite anterior no mesmo albergue, mais de uma vez.

Caminhar com companhia era uma experiência nova. As trilhas estreitas e a concentração necessária para se deslocar na neve inviabilizavam a conversa na maior parte do tempo, mas havia trechos mais largos em que caminhamos lado a lado.

Ele gostava de falar, e tinha visões típicas de classe média de esquerda, não muito diferentes das minhas quando tinha a idade dele.

Sua posição quanto à peregrinação era tão extrema, à sua própria maneira, quanto a de Monsieur Chevalier.

— Não deveriam cobrar nada nos albergues. Não dos peregrinos.

— Mas e os albergues particulares?

— Albergues não deveriam ser um negócio lucrativo. É responsabilidade do governo prover acomodação para os peregrinos.

Eu tinha certa empatia por ele. Todos os vilarejos da França, até mesmo os menores, têm uma *mairie*, com administradores associados, mesmo que não tenha nenhum outro serviço. Talvez algumas acomodações básicas para peregrinos nos vilarejos menores, bem como nas cidades maiores, seriam um uso racional de recursos. Sem contar uma máquina de café. Se é para ter um Estado socialista, que pelo menos aproveitemos os benefícios.

Nós nos despedimos quando parei em um *bed and breakfast*. Bernhard, em um primeiro momento, não ficou impressionado por eu não ter ficado em um albergue, mas eu o convenci com o simples argumento de que estava investindo de volta na economia rural. As visões políticas dele pareciam não ser mais bem fundamentadas que suas opiniões sobre o desenho do carrinho.

Nos dias seguintes, sem sequer termos combinado, Bernhard me alcançava no meio da manhã e caminhávamos juntos por um tempo, até eu fazer uma pausa e ele seguir adiante. Quando perguntei sua idade, ele tentou se esquivar, mas eu chutaria uns vinte anos. Conversávamos sobre as praticidades do dia a dia no *Camino*, e ele se esforçou ao máximo para me educar quanto à política do meu próprio país. Comentou que ainda passava as noites com Zoe nos albergues e que saía mais ou menos uma hora antes de nós dois todos os dias. Chegou a mencionar, mais de uma vez e de uma forma um tanto autoritária, que eu e ela deveríamos nos juntar para poupar nos gastos com acomodação. Aparentemente, Zoe havia gostado da ideia.

17
ZOE

Bernhard se preocupava ainda mais com o dinheiro do que eu. Em Pommiers, se ofereceu para negociar acomodações caseiras para nós dois — no meu caso, sem amarras religiosas. Ele me disse que esperasse do lado de fora.

— Está tudo acertado — anunciou ao sair da *mairie*. Ele não estava sozinho. — Eu vou dormir na *madame*...

Madame era uma mulher atraente, um pouco mais nova que eu. Ao lado dela estava um homem baixo na casa dos sessenta anos, com alguns cabelos brancos, encolhendo a barriga enquanto enfiava a camisa dentro da calça.

— E você — continuou Bernhard — vai dormir no *monsieur*.

— *On va manger au restaurant*.

O homem deu um sorriso largo. A janta estava inclusa.

— *Parlez-vous anglais*? — perguntei. Será que ele falava inglês?

— Um pouco.

Talvez seu entusiasmo fosse contagiante, se eu não me sentisse como se Bernhard acabasse de ter me negociado como uma acompanhante paga: um jantar em troca de uma cama.

A *madame* de Bernhard estava trancando a porta. Eu o agarrei.

— Você precisa dizer a ele que eu não posso.

Bernhard pareceu confuso. Tivemos uma conversa rápida, depois da qual ele me disse que já estava tudo acertado. *Monsieur* pagaria pela refeição. Deixei por isso mesmo.

No carro até a casa do meu anfitrião — Henri —, descobri que ele falava mais que "um pouco" do meu idioma. Ele era funcionário público — um *fonctionnaire* — e não se conseguia um emprego dessa natureza sem saber inglês, embora ele tenha se desculpado por estar um pouco enferrujado. Ele pegou minha mochila e a colocou no porta-malas, fazendo questão de deixar a parte estampada para baixo.

— Mas você não torce para a seleção francesa? — indaguei.

— Para aquela seleção, não.

Chegamos a uma casa grande e confusa, onde ele fez café e me mostrou fotos dos filhos e dos netos, que moravam em vilarejos próximos. Henri era divorciado e havia se mudado para aquela casa para cuidar da mãe, que morrera um tempo depois.

Tentei explicar para ele que eu não precisava comer fora e ficaria feliz em cozinhar. Até mesmo massa.

— *Je suis* vegetariana.

— Será um prazer acompanhar você. Comer legumes e verduras não será problema nenhum.

Fomos até o restaurante em um carro antigo, cuja porta do passageiro não abria por dentro. O estofado fedia a cigarro.

Levamos meia hora para chegar ao nosso destino: Saint-Jean--Saint-Maurice, onde Bernhard e eu havíamos passado a noite anterior. Estacionamos no restaurante sofisticado onde eu havia, naquela mesma noite, comprado os ingredientes para nosso jantar.

O chef do restaurante conhecia Henri: beijos e abraços e um francês veloz. Compreendi a palavra *végétarien*.

— *Poisson?* — perguntou ele, olhando para mim.

Às vezes, eu comia peixe quando precisava de proteína. Já tinha caminhado o bastante para ter essa necessidade. Concordei com a cabeça.

Henri explicou que deixara o cardápio a encargo do chef, que era o dono do restaurante. Ele voltou com uma garrafa de vinho branco. Um jovem garçom com marcas recentes de acne trouxe pão e uma entrada com três porções do tamanho de uma colher de chá de patê: vermelha, verde e marrom.

Henri estava me estudando como um pai que observa o filho abrir os presentes de Natal. Subitamente, a loucura daquilo tudo me assolou: eu estava em um restaurante francês com um cavalheiro amigável e inteligente, um *avô*, que havia me oferecido sua hospitalidade e tentava me deixar mais relaxada. Não era o "aceite o que for ofertado" que repetia em minha mente, mas Tessa, dizendo: "Pelo amor de Deus, mãe, relaxa."

Sorri e me permiti curtir o momento.

Os patês eram de beterraba, maçã, e algo que não consegui identificar — saboroso e cremoso, com um gosto sutil que era difícil de adivinhar. Depois comemos uma tortinha recheada com vários legumes frescos, que se sobressaíam como em uma almofada de alfinetes.

O peixe era rodovalho, cortado com perfeição em filés e delicioso. Um prato de queijos veio em seguida: macios e duros, de brancos a vermelhos e azuis, alguns tão peludos que eu os teria jogado fora. E tudo estava ótimo. Virar vegana? Que nada: eu estava é começando a pensar em abrir uma rotisseria de queijos quando voltasse para casa.

Por fim, doces e creme, e *petit fours*. Comi sem uma gota de culpa. Não importava o quanto eu estivesse comendo: minhas roupas estavam ficando mais largas.

No caminho de volta, Henri, que havia me mantido entretida durante o jantar com histórias sobre o tempo que passara na América do Norte, ainda estava preocupado em relação à refeição.

— As entradas... boas?

— Estavam deliciosas. O que era aquele patê marrom?

— Foie gras. Ele mesmo faz. Não é, tecnicamente, vegetariano, mas foi uma quantidade bem pequena.

Em casa, Henri me serviu uma taça de algo forte. Ele queria continuar conversando, mas eu estava exausta. Ele me levou ao quarto de hóspedes, e eu peguei no sono assim que coloquei a cabeça no travesseiro.

Fui acordada às 8h por uma batida à porta.

— Café?

— *Dix*... Dez minutos — pedi, me levantando apressadamente para me vestir.

— Você vai ficar mais uma noite? — perguntou Henri enquanto comíamos o croissant, ainda quentinho do forno do padeiro. Percebi que ele não esperava uma resposta positiva.

Eu já tinha me sentido mal no restaurante. Quando fui embora, ganhando dois beijos no rosto e café na minha garrafa térmica, tomei a decisão de não tirar mais proveito da solidão ou do senso de obrigação religiosa de alguém. Eu não podia começar meus dias esperando que a caridade me ajudasse a sobreviver. Le Puy ficava a quatro dias dali. Eu não iria continuar em frente a não ser que encontrasse uma forma de bancar o restante do meu *Camino*.

*

Bernhard me alcançou na hora do almoço.

— Foi uma ótima noite, *oui*?

Por sua expressão, a dele havia sido. Seu gorro havia escorregado testa acima, tornando-o alongado e esquisito.

— *Non* — respondi com firmeza. Dei o restante do meu café para ele.

— Louise preparou um *sacisson* excelente. Esta noite...

— Esta noite vou ficar no *gîte*.

— Tenho uma opção melhor. Hoje à tarde, vou encontrar o outro *pèlegrin* e descobrir para onde está indo. Você pode dividir um quarto com ele. De graça. Zero.

Ele fez um círculo com o polegar e o indicador.

— Que outro peregrino?

Bernhard franziu a testa.

— Você o conhece. O cara do carrinho.

Ótimo. Dividir um quarto com um ladrão francês — eu provavelmente acordaria sem meu passaporte. Já era desconfortável o suficiente com Bernhard, mas ao menos ele falava inglês e não era perigoso.

— Não... Preciso ficar sozinha.

Bernhard terminou o café e seguiu adiante até o próximo vilarejo e sua próxima *madame*.

18
MARTIN

Apesar das pegadas na neve e dos relatos de Bernhard, eu não havia visto Zoe desde que passara por ela nos degraus da igreja em Le Cergne. De toda forma, eu não sentia falta de companhia. Tinha trocado os hotéis solitários pelos *chambres d'hôte*, que eram, em sua maior parte, administrados por mulheres. Minha rotina noturna consistia em lavar roupa, compartilhar uma refeição caseira com a proprietária, checar e-mails, digitar um texto para o blog e fazer quantas ligações fossem necessárias para garantir acomodação pelos próximos três dias. Isso não havia se tornado monótono, mas ainda havia um longo caminho pela frente.

Eu criava nomes para as minhas *hôtes*. Sem alguns artifícios a que relacionar minhas lembranças, talvez os dias se fundissem um no outro em uma única experiência nebulosa.

Havia a Madame Úmida, uma mulher de uns sessenta anos cujo comportamento combinava com a cabana sem forro que me serviu de quarto em uma noite chuvosa. Secar minhas roupas no radiador também não deve ter ajudado.

Não apelidei a Madame Deplorável porque ela parecia triste — embora sua expressão raramente fosse radiante —, mas porque ela era deploravelmente mesquinha. Os *bed and breakfast* da França tinham regras — como era de esperar —, e algumas coisas já eram de praxe: uma taça de boas-vindas, os 250ml de vinho durante o jantar, o carimbo na credencial. Os jantares eram simples, mas bem--feitos e generosos. Havia apenas duas respostas possíveis à pergunta "o que você quer para o café da manhã?". *Chá* ou *café*. Pão e geleia eram o padrão e, às vezes, vinham acompanhados de frutas, iogurte ou croissants.

Madame Deplorável oferecia o que deveria ser o mínimo para passar pela inspeção. Depois de 24 horas caminhando no frio, uma única salsicha, uns fios de espaguete mascarados de legumes e uma jarra de um vinho barato anêmico não constituíam uma refeição. A sobremesa foi uma maçã. Até a toalha que ela me deu era pequena.

E, talvez inevitavelmente quando se faz esse tipo de coisa há um tempo, teve a Madame *Chaud Lapin*. Ninfomaníaca: uma expressão do meu livro de coloquialismos franceses que eu jamais arriscaria usar em uma conversa de verdade.

Ela devia ter uns quarenta e poucos anos e era bastante atraente — cabelos pretos, grandes olhos castanhos, bem diferentes da aparência esquelética tão comum nas mulheres parisienses de sua idade. Falante, ria com facilidade e se mostrava interessada na minha história pessoal.

Uma garrafa de Saint-Amour substituiu os costumeiros 250ml de algum Gamay anônimo, e ela abriu uma segunda enquanto servia o queijo. *Décolletage* é uma palavra francesa. Também pudera: pelo tamanho do decote que ela exibia no recinto superaquecido, aquilo não podia ser um acidente.

Fazia quase um ano que eu havia me separado de Julia e não tinha razão nenhuma para me sentir culpado, não havia ninguém a ser responsabilizado a não ser eu mesmo. No dia seguinte, como os temas de tantas músicas populares, eu estaria na estrada, seguindo adiante. Eu havia mantido a moralidade com Julia. Dormir com a Ninfomaníaca significaria abrir mão de parte dessa superioridade. Seguir em frente.

Conseguimos tomar apenas metade da segunda garrafa, mas a Ninfomaníaca serviu uma taça de bagaceira e me pediu para chamá-la de Aude. Tudo estava se encaminhando. A mão que ela colocou em meu ombro confirmou, e marcou o último ponto em que eu poderia ter recusado delicadamente.

Seguimos para o quarto dela e as coisas fluíram como era de esperar. Não foi a melhor noite da minha vida, mas certamente não foi a pior, e quaisquer pontos negativos foram culpa minha. Cansado, bêbado e saciado, peguei no sono na cama dela e acordei com o barulho do café da manhã sendo preparado na cozinha. Sob a luz matutina, analisei o quarto com mais atenção e percebi que eu não fui a única pessoa a ter pernoitado ali nos últimos tempos. Do meu lado da cama havia um despertador — o que não é indício de nada, se não houvesse um do lado dela também. Abri a gaveta: moedas, pílulas, algemas. Uma olhada rápida no armário confirmou minhas suspeitas: vestidos de um lado; camisas, paletós e calças do outro.

Eu não precisava ter me dado ao trabalho de bancar o detetive. Durante o café da manhã, Aude me convidou para ficar mais uma noite. Seu marido só retornaria no dia seguinte, já tarde. Será que havia sido assim com Julia — sexo selvagem seguido por trivialidades? "Martin vai trabalhar até tarde amanhã de novo?" "Quer uma xícara de chá antes de ir embora?"

Carreguei o carrinho e Aude apareceu com minha garrafa térmica cheia, almoço para viagem, e uma expressão que conseguia transmitir que a noite anterior não acontecera por um desejo carnal, mas por uma necessidade mais profunda que ela enxergara em mim. Saí pisando no que restava da neve e me sentindo claramente triste.

No meio da manhã, parei para respirar um pouco depois de uma subida puxada. O vento soprava forte, e eu estava focado em servir meu café, quando percebi meu carrinho se movendo por conta própria, longe do meu alcance e ganhando velocidade na descida. Levantei na hora, derrubando o líquido quente na jaqueta, então saí correndo atrás dele, voltando pelo caminho que eu fizera, descendo pela neve com as botas pesadas. Estendi um bastão e quase parei o carrinho quando ele pareceu desacelerar em um morrinho, mas tropecei e o perdi de novo. Se alguém estivesse assistindo, provavelmente acharia hilário, como uma comédia pastelão.

Alguém *estava* assistindo. No pé do morro estava Bernhard, sem se dar ao trabalho de esconder o riso. O carrinho parou a poucos metros dele, comigo logo atrás.

Bernhard tirou um saco de papel do bolso de dentro da jaqueta e o ofereceu a mim. O croissant ainda estava quente, mas eu recusei com um gesto.

— Você deveria instalar um freio — comentou ele, abaixando-se ao lado do carrinho. — Aqui... para travar a roda.

— Tenho certeza de que posso me virar — falei, mudando de assunto ao perceber que soara rude. — Onde você passou a noite?

— Dormi com uma mulher — respondeu ele, sorrindo. — Quanto você pagou pelo seu *chambre*?

— Quarenta e seis euros.

— Você é louco.

— Quanto os albergues estão cobrando?

— Não ficamos mais em albergues. Vamos à *mairie*. Escolhemos vilarejos onde nenhum albergue está aberto.

Ele explicou sua técnica, que Zoe também havia adotado. Na noite anterior, ela conseguira não apenas uma cama, mas também uma refeição em um restaurante com um coitado solitário de meia-idade.

— Se você pode bancar 46 euros por um quarto, deveria convidar a Zoe para ficar com você. Ela pode pagar uns dez, quem sabe cinco euros. Não custa nada convidá-la e... — Ele deu de ombros.

— Você já conversou sobre isso com a Zoe?

— Melhor você mesmo perguntar. Por que ela veria algum problema?

— Talvez ela não queira dividir um quarto com um homem que ela não conhece.

— É assim que o *Camino* funciona. Como eu disse, já dormi com ela. — Aquele safado sabia exatamente o que estava dizendo, e estava fazendo aquilo para me irritar. — As pessoas jovens entendem isso. Nos encontramos e dividimos um quarto, sem problema nenhum. Vocês parecem meus pais falando.

Decidi que eu estava em uma situação bem próxima de um *in loco parentis* para dar a ele um sermão sobre explorar a generosidade dos moradores locais. Nos separamos em um clima nada agradável quando parei para fazer mais uma pausa e ele seguiu em frente.

19
ZOE

O *gîte* de Montverdun ficava em um antigo monastério do século IX. A superiora do convento, que estava no balcão de informações na recepção, me deu a chave enquanto fechava tudo.

— Só tem você esta noite. Pela manhã, se for sair antes de eu chegar, pode deixar a chave na caixa.

Abri a enorme porta e fiquei ali parada, perplexa. Havia algo no mosaico desbotado das paredes de pedras pretas e marrons e no medo de ter só para mim aquele lugar antiquíssimo que transcendia a religião. Pensei em todos os monges que haviam caminhado sobre aquelas pedras, nos peregrinos que haviam chegado ali doentes e desesperados, e exultei por ser tão abençoada.

Depois de deixar as compras do mercado na cozinha, com seu fogão enorme e as longas mesas que poderiam acomodar trinta pessoas, fui até a igreja. Parecia muito mais frio lá dentro, mas parei debaixo da abóbada, olhei para cima e vi uma pintura desbotada, e fiquei me perguntando sobre quem havia pintado aquilo, e a quantas pessoas ele teria conferido alento.

Eu estava contente por ter um descanso de Bernhard. Mas não era nele que me peguei pensando.

Quando Keith me chamou para sair pela primeira vez, eu estava divorciada de Manny havia seis anos. Ele entrou no restaurante vegetariano onde eu trabalhava de vez em quando. Eu disse "não". Um mês depois, eu estava namorando Shane, um australiano que estudava design de jogos na UCLA. Ele havia voltado para casa, mas tínhamos planejado passar as férias juntos em Bali. Se desse certo, eu pensaria em pegar as meninas e ir morar com ele em Perth.

Depois que Shane foi embora, fiquei com dúvidas. Ele era mais novo que eu e não tinha um emprego de verdade. Manny não era um pai muito presente, mas, se eu levasse as meninas para a Austrália, elas nunca veriam o pai, nem os avós. A mãe dele havia me apoiado bastante desde o instante em que descobri que estava grávida, no início do relacionamento. Quanto mais eu pensava no assunto, mais Shane parecia um risco — e muito parecido com Manny.

No último dia em que eu podia comprar uma passagem barata para Bali, Keith tentou de novo e eu aceitei. Enviar um e-mail para Shane acabou sendo mais difícil do que eu esperava.

Então, aconteceram atentados terroristas em Bali bem quando deveríamos estar lá. O destino havia me presenteado com uma escolha segura em todos os sentidos. Keith havia herdado a loja de sapatos quando o pai morrera. Ele sempre apoiava as meninas e insistia para que eu continuasse correndo atrás da minha arte. A mãe dele me acolheu na família.

Lauren, ainda pré-adolescente, não aceitou com tanta facilidade.

— Mãe, você não precisa dele!

E Camille, incrivelmente, também não.

— Mas e o seu australiano? Achei que vocês estivessem apaixonados.

Eu também amava Keith, mas nossa paixão durou pouco tempo. Ele era um cara de aparência mediana, de vida mediana, que ficava feliz em ser... mediano. Queria uma esposa e filhos e, embora não tivéssemos conseguido ter os nossos próprios, ele acolheu Lauren e Tessa com alegria, sem nunca titubear em meio aos surtos adolescentes de Lauren e sem falar mal de Manny. Ele era o cara que toda mulher deveria querer. Mas acabei percebendo que o que ele queria era me resgatar.

A solidão do monastério foi um alívio. As pimentas chilli secas que eu estava carregando comigo desde o supermercado em Charlieu, combinadas com minha fome de leão, transformaram meu *penne con ratatouille* em um banquete individual, e eu me sentia calma e centrada após uma taça de sidra. Eu tinha que correr pelos corredores e atravessar a praça em meio ao vento gelado enquanto me dividia entre a cozinha quente, o banheiro e o dormitório, mas havia algo de mágico nos sussurros da história.

Minha vida em Los Angeles parecia a um mundo inteiro de distância. Esfreguei as mãos nas paredes ásperas de pedra e desejei que elas me contassem seus segredos; em vez disso, elas me disseram que eu corria o risco de congelar. Novamente, fui forçada a retomar o pragmatismo. Mas, deitada no beliche que eu escolhera ao lado do aquecedor, debaixo de três cobertores, a única em um dormitório para dez, eu soube que podia fazer aquilo sozinha, sem a ajuda de ninguém.

20
MARTIN

Eu estava a uma hora de Montarcher, descendo o que esperava ser meu último morro do dia, quando vi, à minha direita e logo abaixo, uma figura pequena. Ela — e eu sabia que era *ela*, porque ninguém mais no *Chemin* usava uma jaqueta branca de capuz — estava a mais ou menos meio quilômetro de distância. Seguindo na direção errada.

No caminho para Montarcher, a GR3 — uma das trilhas da Grande Randonnée que atravessam a França — cruza o *Chemin*, mas depois continua em frente, enquanto o *Chemin* vira à direita. Zoe não tinha visto a curva.

Estava nevando intermitentemente durante o dia todo, e eu tentava aproveitar ao máximo minha pausa com aquele tempo. Eu tinha apenas mais dois dias e meio no *Chemin de Cluny* antes de chegar a Le Puy e iniciar o movimentado *Chemin du Puy*, onde esperava encontrar mais opções de acomodação e comida. Na noite anterior, a anfitriã do *bed and breakfast* havia sugerido que eu fosse jantar no bar, onde comi sozinho — de novo — o cardápio dos peregrinos, composto por salames e batatas. Não tinha do que reclamar quanto à qualidade, mas o único componente verde da refeição era o licor de *verveine*, que era cortesia.

Eu jamais alcançaria Zoe puxando o carrinho, então o estacionei — em segurança — e arranquei no que esperava ser uma corridinha possível de manter. Nos últimos cem metros, eu estava gritando seu nome, mas ela não me ouviu até que eu estivesse a poucos metros.

— Você está indo pelo caminho errado — avisei.

Zoe só ficou olhando para mim. Ela tinha plena confiança em seu sentido de localização ou estava simplesmente perplexa por eu ter aparecido do nada, sem o carrinho?

— Você... fala inglês.

— Sou bastante bom nisso. Faz parte de nascer na Inglaterra. Você não sabia?

Eu podia vê-la relembrando os momentos na loja de equipamentos para atividades externas, no café com Monsieur Chevalier, e na minha barraca em Grosbois — onde percebi que ela estava falando comigo em francês e eu não me dei ao trabalho de esclarecer que também falo inglês.

— Certamente Bernhard lhe disse...

— Não passamos nosso tempo falando de você.

E, depois de termos finalmente esclarecido que tínhamos um idioma em comum, ela não se habilitou a dizer mais nada.

Zoe olhou de volta para o morro, encarando a mesma situação que eu — uma subida que podia ter evitado. Dava para ver que ela estava irritada, presumivelmente consigo mesma por ter tomado o caminho errado. Descobrir que sou inglês, a atual nacionalidade de escolha dos vilões dos filmes americanos, certamente potencializava o efeito.

— A marcação é insuficiente — eu disse. Para falar a verdade, havia uma placa enorme.

Subir sem o carrinho era fácil, e me ofereci para levar a mochila dela. Seu rosto se fechou. Sorri internamente. Pensei: onde estava Monsieur

Chevalier — o Cavaleiro de Cluny — quando ela precisava dele? Onde estava seu confidente alemão? Onde encontrar qualquer tipo de ajuda que não na forma de Martin Eden, de Sheffield, Inglaterra?

Caminhamos juntos, em silêncio, até eu chegar à curva que levaria ao meu *bed and breakfast*.

— Até onde você precisa ir? — perguntei a ela. — Talvez você possa ficar...

— Estou bem, obrigada.

— Não, é sério, o tempo está péssimo.

— Consigo andar um quilômetro e meio sozinha — respondeu ela. E continuou caminhando.

Percebi que eu estava sorrindo.

21

ZOE

Cheguei a Le Puy literalmente abrindo a porta da cidade. *Pèlerins* entram por um jardim no topo do morro, abrem uma porta de madeira em uma parede de pedras, então descem por uma trilha pelo bosque até avistarem o primeiro vislumbre de uma cidade dominada por duas pedras enormes: uma com um monastério construído por um monge em seu retorno do *Camino*, e a outra exibindo uma madona gigante com seu filho, como o Cristo Redentor que observa o Rio de Janeiro. Se você ignorasse a madona, Le Puy era apenas uma cidade bonita aninhada em um vale pitoresco.

Eu havia completado a primeira grande etapa da minha jornada, mas havia mais que o dobro da distância por vir. Meu dinheiro não duraria mais uma semana. Não explorar a hospitalidade das *mairies* nas duas noites anteriores me obrigou a ficar em um *gîte* na região rural e em um quarto de hotel em Bellevue-la-Montagne.

Por que não terminar minha jornada em Le Puy? Depois de quinze dias, eu não tinha nada a provar, certamente não a um britânico com um carrinho e seu presunçoso "você está indo pelo caminho errado". E o pior era ele fingir ser francês, e eu tinha certeza de que Bernhard devia fazer parte da brincadeira.

À medida que a trilha serpenteava por entre as duas rochas, fui atraída pelo monastério empoleirado acima de mim. Fiquei maravilhada pelo fato de alguém se inspirar a fazer uma construção tão difícil em uma época em que não havia guindastes e maquinaria pesada.

Era esse o tipo de inspiração que eu estava buscando? Minha experiência das últimas duas semanas fora a de encontrar conforto na simplicidade da rotina diária, de ter tempo para pensar em qualquer coisa, mas sem sair da trilha, de encontrar um lugar para dormir e lavar minha muda de roupas — sem sequer ter a opção de escolher o que vestir. Eu havia redescoberto os prazeres da comida, e do sono tão profundo que não deixava espaço para remoer qualquer outra coisa. O *Camino* existia em uma frequência diferente do restante da vida — mas parte de mim saboreava essa diferença, abraçando-a como a um velho amigo.

Le Puy era moderna o bastante para ter um *cybercafé*. Eu não entrava em contato com minhas filhas — e com Albie, o contador, e a bagunça que eu deixara em suas mãos — havia duas semanas. Fiquei surpresa pela eternidade que parecia ter se passado e por eu ter sentido tão pouca saudade de casa.

Havia vários e-mails de Lauren e Tessa — "Por onde você anda?" "Você está bem?" Albie tinha vendido os carros, mas a casa provavelmente levaria um tempo. Camille queria saber quando eu iria voltar — e se eu tinha conhecido alguém interessante. Se eu precisasse de ajuda, deveria ligar. "Prometa."

Eu disse a Camille que estava gostando da caminhada e respondi às meninas que estou bem, que não precisam se preocupar. Cliquei em "enviar" antes de perceber que eu ainda não havia contado a elas sobre o *Camino*.

O albergue em Le Puy era maior do que qualquer outro onde eu já tinha me hospedado, e eu não estava sozinha. Havia um estudante de fotografia, Amaury, que começava um projeto de duas semanas sobre o *Chemin*, e uns alemães que haviam vindo de Genebra pela Rota de Jakobsweg. Eles voltariam no ano seguinte para mais duas semanas. Quatro mulheres que eu nunca tinha visto haviam ocupado o quarto ao lado do dormitório: brasileiras, disse a gerente, iniciando o *Camino*. Elas estavam na missa — aparentemente, ainda havia *pèlerins* religiosos.

Ainda era cedo para a maioria de nós, mas tive minha primeira experiência com colegas de quarto. As brasileiras chegaram tarde e nos mantiveram acordadas até depois da meia-noite, com sua conversa alta. De toda forma, senti a sensação de fazer parte de alguma coisa.

Pela manhã, decidi que caminharia até ficar sem dinheiro.

22
MARTIN

Treze dias e 320 quilômetros após sair de Cluny, eu desci a estrada íngreme que levava a Le Puy-en-Velay, terra das lentilhas verdes e ponto de encontro de três rotas do *Chemin*. Cheguei ao atendimento ao turista poucos minutos antes de fechar e comprei o grosso guia *Miam Miam Dodo,* descartando meu livreto alaranjado. O próximo trecho era de cinco semanas, até Saint-Jean-Pied-de-Port. A etapa um havia sido concluída.

Se meu carrinho e eu havíamos sobrevivido até então, superando o terreno mais difícil da rota, não havia motivo para não continuarmos em frente por mais 66 dias. Eu estava dentro do orçamento planejado e haveria mais albergues daqui em diante, se precisasse economizar.

Eu havia reservado um quarto em um hotel mediano e me senti deslocado quando cheguei ao saguão espelhado, com sua recepção e procedimentos de *check-in*. Nos hotéis baratos entre Cluny e Le Puy, eles simplesmente me davam uma chave quando eu chegava, e calculavam a conta e carimbavam minha credencial quando eu ia embora. Não era necessário passaporte, bastava o pagamento em dinheiro.

Observei meu reflexo. Eu não fazia a barba desde a noite com a Ninfomaníaca. Minha calça de caminhada, enfiada nas meias grossas, estava suja de lama, e a jaqueta comprida não parecia mais limpa. Um perfeito explorador. O contraste com o empresário que apresentava seu passaporte à minha frente não poderia ser mais dramático.

No quarto, tomei banho no banheiro imaculado. Colocar meu colete de caxemira e pentear os cabelos me recompuseram como o acadêmico engenheiro que eu era duas semanas atrás, mas mantive a barba. Depois de examinar meus pés e o que restara das bolhas estouradas, decidi que não havia mal nenhum em seguir o conselho de Monsieur Chevalier e investir em botas mais leves.

A cidade era bem servida de lojas de equipamentos para atividades externas — todas elas fechadas no domingo à tarde.

De volta ao hotel, passei um tempo atualizando meu blog, então saí para jantar, esperando ter um bom leque de opções. As lojas fechadas deviam ter servido de alerta: as ruas estavam quase desertas. Usei meu celular para procurar restaurantes no Google. Uma longa caminhada — guardadas as proporções, é claro — me levou a um restaurante de cuscuz que estava aberto, mas não estava servindo refeições.

— O chef foi para a Espanha.

Eles me indicaram um restaurante concorrente, do outro lado da cidade, que estava, como era de esperar, lotado.

Juntei-me a uma mulher alta e bonita, talvez um pouco mais velha que eu, seus cabelos curtos escuros marcados pelos fios brancos, para formar uma fila de duas pessoas.

— Inglês? — perguntou ela.

Será que a bandeira da Grã-Bretanha estava estampada na minha testa?

Confirmei com a cabeça.

— Ótimo — disse ela, com um sotaque que eu chutaria ser espanhol ou italiano. — Meu francês é péssimo. Você esbarrou com três mulheres por aí?

Meneei a cabeça.

— Desculpe.

— Elas foram à missa. Todas elas. Sou a Renata.

Ela apertou minha mão com firmeza.

O maître indicou que entrássemos quando um casal foi embora. Ainda não havia uma mesa para quatro disponível, e convidei Renata a se juntar a mim enquanto ela esperava.

Seu inglês era excelente, e fiquei sabendo que ela e as amigas sumidas — todas brasileiras — começariam no dia seguinte a caminhada em Le Puy até Saint-Jean-Pied-de-Port. Renata era de São Paulo, historiadora. Gostei dela e torci para que suas amigas não encontrassem o restaurante.

Tínhamos começado com uma jarra de vinho tinto e um prato de petiscos quando elas chegaram. Houve uma algazarra de apresentações, dominada por uma mulher de uns quarenta anos, loira platinada, usando um vestido branco justo, com as pernas de fora e saltos altos.

"Há quanto tempo você está caminhando?" "De onde?" "Carregando quanto peso?" "Meu Deus, trezentos quilômetros!" Sua admiração era um tanto dissimulada, visto que ela e as amigas tinham oitocentos quilômetros pela frente de sua própria caminhada. Mas, em termos de flerte, aquela loira colocava a Ninfomaníaca no chinelo.

Ela me convidou para me juntar ao grupo, mas elas pareciam estar planejando uma longa noite, e eu tinha consciência de que o dia seguinte seria exaustivo. Meu novo guia indicava que o estágio entre Le Puy até Saint-Privat-d'Allier era traiçoeiramente difícil.

23
ZOE

A subida para sair de Le Puy não era nada de mais: eu andava subindo morros como aquele havia duas semanas. Mas algo tinha mudado: o número de pessoas. Eu não era mais a única que trazia uma concha de vieira — a maioria dos caminhantes tinha conchas de verdade amarradas em suas mochilas, algumas com cruzes vermelhas pintadas ou imagens de São Tiago. Conversei com elas antes de deixá-las para trás. Havia um casal empurrando uma criança em um carrinho, um homem com roupa de corrida descansando, e um grupo de quatro pessoas com um cachorro. Todos em seu primeiro dia. Muitos europeus, como fiquei sabendo, faziam duas semanas por vez, recomeçando de onde haviam parado no ano anterior. Nenhuma das pessoas que conheci iria até Saint-Jean-Pied--de-Port. Quatro dias antes, eu tive a sensação de que havia atingido outro nível de preparo físico, e esse sentimento havia se prolongado. Não me dei ao trabalho de comprar um guia — estava me saindo bem até agora sem um.

Keith jamais faria o *Camino*. A loja — e, agora, pelo visto, o dinheiro — teria atrapalhado os planos de férias, e ele não entenderia o propósito. Precisaria andar demais; não havia pontos turísticos famosos o suficiente...

O *Camino* era mais a minha cara. Não a Zoe "atleta", para quem a ioga era o exercício mais difícil praticado em casa. Mas a Zoe que curte o momento, que precisa de espaço e de paz, que vive um dia de cada vez. Eu não queria a *autoroute* dos peregrinos de que ouvi falar no atendimento ao turista em Cluny, mas também não queria ficar sozinha o tempo todo. Agora parecia que eu teria companhia, e seria bom conhecer algumas pessoas diferentes.

A caminhada ficou mais difícil. A rota do *Camino* estava seguindo a trilha GR65, e as linhas vermelhas e brancas pintadas nas árvores e nos postes apenas substituíam as conchas de vieira. Perdi a sensação de estar sendo guiada pelo espírito de São Tiago. Depois da lambança em Montarcher, fiquei mais prudente com as trilhas que se cruzavam temporariamente, e permaneci atenta às conchas ocasionais.

Meu trabalho foi recompensado com vistas espetaculares dos vales e da serra. Parei para descansar por meia hora. Depois do intervalo, os músculos das minhas pernas e dos meus ombros tensionaram. Durante todo o dia, meus sentidos estavam focados no exterior, e eu me esqueci de prestar atenção em meu corpo. Alguns alongamentos de ioga ajudaram, mas aí meus pés começaram a doer. Eu estava me movendo a mais ou menos metade da velocidade de quando começara. "Longa é a milha para aquele que está cansado", disse Buda.

No meio da tarde, o céu mudou para tons intensos de cinza e preto, e os raios de sol iluminaram meu destino noturno: o topo de um morro na cidade de Saint-Privat-d'Allier. *Topo do morro* significava *subida*. Por sorte, era curta.

Como sempre, a igreja se sobressaía — nesse caso uma estrutura incrível do que devia ter sido um monastério. No albergue de Le Puy, disseram que haveria muitas acomodações, e passei por dois *gîtes* no caminho para o atendimento ao turista a fim de descobrir qual era mais barato.

Eu havia esquecido que era segunda-feira: o escritório estava fechado. Na rua principal, havia um bar com anúncios de quartos para alugar. Entrei e, sentado sozinho a uma mesa, com o laptop aberto e uma xícara de chá ao lado, estava o Homem do Carrinho. O *inglês*.

Ele agora exibia uma barba rala. Parecia mais com um caminhante do que com o caçador que eu imaginava que ele fosse. Não tinha uma aparência repulsiva — mas, de todos os peregrinos que estavam na trilha agora, por que ele?

"O *Camino* muda você", Monsieur Chevalier havia dito. Talvez o Homem do Carrinho estivesse tentando melhorar sua personalidade. Ele *tinha* me poupado de caminhar quase vinte quilômetros a mais sem receber nenhum agradecimento da minha parte. Eu poderia ao menos mostrar a ele que era civilizada.

24
MARTIN

Zoe parou quando me viu. Nosso último encontro na neve fora tenso, mas eu estava disposto a considerar que era porque ela tinha ficado com vergonha, por ter se perdido, e irritada, por ter que voltar atrás. Eu também teria me sentido assim.

Não tivemos um início muito bom em Cluny. Seu conluio com Bernhard para tirar proveito da generosidade local não havia contado pontos a seu favor, mas não havíamos trocado mais que uma dúzia de palavras. Eu deveria ao menos dar a ela a chance de falar por si mesma.

Acenei para que ela viesse até a mesa e ela permaneceu em pé, carregando a mochila, parecendo ter enfrentado um longo dia.

— *Bonjour* — disse ela.

Aquela única palavra estava permeada por sarcasmo suficiente para dar margem a uma afirmação mais longa: obrigada por me deixar assumir que você era francês quando eu poderia ter me sentido menos solitária na trilha se soubesse que havia um colega caminhante bem-informado de idade próxima à minha que falava a minha língua.

Mantive as coisas leves.

— Está perdida de novo?

— Vá se ferrar.

Ela se virou.

— Ei, aonde você vai? — perguntei.

— Ao McDonald's, comprar um hambúrguer e um milk-shake... Aonde você acha que estou indo?

— Imagino que você esteja planejando andar por aí até descobrir o que eu posso lhe contar agora. Só um albergue está aberto e está lotado.

— E como você sabe disso?

— Tenho um guia. É bem útil. Eu recomendo.

— Este café...

— Ainda não teve tempo de atualizar a placa.

— Tenho certeza de que existe alguma opção.

— Suponho que todos os vilarejos tenham algum senhor solitário...

Eu me arrependi daquelas palavras no momento em que as dizia, não apenas porque foi rude, mas porque, naquele exato momento, deixei de acreditar na história de Bernhard. O semblante de Zoe era uma combinação de raiva e desgosto. O que quer que tenha acontecido, não foi da forma como Bernhard descrevera. Por um instante, pensei que ela fosse cair no choro, mas a raiva venceu.

— Seu babaca... convencido. *Você* está *me* dizendo... Você, que estava mandando recadinhos de que queria dividir um quarto comigo, sem cobrar nada, apenas... — Dessa vez, foi ela quem divagou. — Aquele merdinha.

Nenhum de nós falou mais nada por um momento, enquanto eu e, presumivelmente, ela refletíamos sobre quanto do que sabíamos um sobre o outro fora por intermédio de Bernhard.

Zoe olhou para mim.

— Só para deixar bem claro, você sugeriu ou não dividir um quarto comigo em um *bed and breakfast* por sua conta?

Olhei direto nos olhos dela.

— Não, não sugeri. Bernhard disse que você ia pagar.

Ela levou um instante para perceber que eu estava brincando. Dei um sorriso amigável para confirmar.

— É melhor você pisar em ovos comigo — alertou ela, mas tirou a mochila e se sentou. — Vou tomar um café. Onde você vai ficar, então?

— Não vou ficar. Vou seguir em frente. O hotel do outro lado da rua deve abrir às seis, mas é segunda-feira. Não quero caminhar no escuro se não abrir.

Eu já havia ligado para Rochegude, o vilarejo seguinte, e confirmado que o albergue estava aberto. O trecho era classificado como íngreme e irregular, mas eu chegaria antes do anoitecer.

— Não vou mais caminhar hoje — afirmou ela. — Se o hotel não abrir, vou tentar o albergue, aquele que está cheio. Acho que eles vão arranjar um espaço para mim.

— E se não arranjarem?

— Sabe, uma coisa que aprendi na vida é que, às vezes, é preciso confiar no destino.

— Se ele estiver a seu favor. Caso contrário, você ficará feliz por ter trazido uma barraca.

Ela riu. Parou.

— Eu peguei o seu quarto em Grosbois?

— Suponho que sim. Desculpe por ter estado um pouco rabugento naquele dia.

— Um *pouco*?

— Eu estava farto.

— O proprietário disse que você não tinha comido.

— *Farto* no sentido de *exausto*. Fiquei grato pela comida. Você por acaso desenha?

— Às vezes.

— Vi o esboço que você deixou. Você manda bem.

— Obrigada. Foi o proprietário quem mostrou para você?

— Não, ele me deixou usar seu quarto para tomar banho. Ainda estava lá.

— Eu podia ter dito ao Bernhard que já tínhamos dividido um quarto, então. — Ela abriu um sorriso largo.

— Ainda quer aquele café ou posso pegar uma cerveja para você? Ou um vinho?

— Cerveja me parece ótimo. E você poderia me dizer seu nome.

— Martin. Você não sabia?

— Alguns dias atrás, achei que você fosse francês. E ladrão. Suponho que não seja.

— Por quê? Porque sou um inglês chamado Martin?

— Não, porque eu estava errada com relação a todo o resto.

Peguei duas cervejas e ela disse:

— Isso vai ajudá-lo a dar um gás para a última etapa.

Tomei metade do copo em dois goles.

— Vou arriscar o hotel.

As seis horas chegaram rapidamente. Uma segunda cerveja depois, com o sol já baixo no horizonte, não havia sinal do proprietário. Zoe tinha razão: o albergue provavelmente podia ser persuadido a oferecer um espacinho no chão, e eu ainda tinha minha barraca.

Nossa conversa não fugira muito do *Camino*, e senti que ela também estava sentindo falta de alguém para conversar. No blog, eu me concentrava em transmitir uma mensagem comercial, e meus papos com Bernhard foram prejudicados pelo fato de eu estar tentando me conter e ele ficar procurando brechas para se beneficiar. Eu havia enviado alguns e-mails banais para Sarah e suas respostas haviam sido similarmente concisas.

Do outro lado da rua, uma van estacionou. Paguei a conta e corri para encontrar o proprietário no momento em que ele estava destrancando a porta.

— O hotel está aberto? — perguntei em francês.

— *Bien sûr, monsieur et madame.*

Estávamos com sorte, ele explicou, visto que havia apenas um quarto livre.

— Aparentemente, só tem um quarto disponível — contei à Zoe. Merda — parecia que eu estava inventando, seguindo o roteiro de Bernhard. Ergui um dedo.

— Só um? — Zoe riu. — Foi o que ele disse.

— Tudo bem, você pode ficar com ele — falei.

— Podemos dividir e definir na moeda quem dorme no sofá.

— Tem certeza? Mas você pode ficar com a cama. Tenho uma esteira para dormir.

— Não vou discutir.

— Por que você não vai tomar banho enquanto eu pego umas bebidas? O que você costuma beber, querida?

Me xinguei mentalmente. Uma caminhante havia generosamente se oferecido para dividir o quarto comigo e eu me comportei como um predador.

— Outra cerveja ou uma taça de vinho seria ótimo. Não sou de beber muito.

Eu estava entregando a chave do quarto a Zoe quando Renata, a mulher alta do restaurante em Le Puy, entrou, novamente na dianteira. Ela parecia mais cansada que Zoe. Primeiro dia. Trocamos sorrisos compreensivos.

Zoe subiu as escadas e, em resposta à sobrancelha erguida de Renata para a única chave, expliquei que íamos dividir o último quarto disponível.

As outras brasileiras chegaram alguns minutos depois. A loira que havia flertado comigo na noite anterior trocara o vestido por uma calça de caminhada incomumente justa, mas continuava maquiada. Elas subiram e voltaram, depois de se trocarem, antes de Zoe retornar.

A loira, mais uma vez com seu vestido curto, parecia ser a responsável pela programação.

— Estamos na França. Vamos beber Ricard!

Não tinha por que explicar que, embora estivéssemos na França, não estávamos em Marselha.

Ela foi para trás do bar. O proprietário apareceu correndo.

— Diga a ele que está tudo bem, nós compramos a garrafa inteira.

O *monsieur* não estava convencido de que essa era uma boa ideia. Por outro lado, ele estava bem ocupado.

— Quanto? — perguntei a ele, baixinho, em francês.

— Pela garrafa, cinquenta euros — respondeu ele. — Isto aqui não é um supermercado.

— Sessenta euros — falei à loira. Pensei que o proprietário mereceria a gorjeta no final da noite.

Ela o fez tirar uma foto do grupo — em todas as nossas câmeras e celulares — com nós dois na frente, com os braços entrelaçados.

Ela serviu cinco taças. Uma das mulheres — mais ou menos da mesma idade, mas completamente oposta em aparência e comportamento — tentou recusar, mas a loira não tolerava estraga-prazeres.

25
ZOE

Depois de relaxar por um bom tempo na banheira, eu me sentia uma nova mulher; talvez a cerveja tenha ajudado. Também me tranquilizou em relação a Martin. Concluí que a atitude dele era apenas uma característica de seu país. Usei a banheira para lavar todas as minhas roupas e estava começando a colocar as peças íntimas para secar quando lembrei que ia dividir o quarto. Pendurei tudo em um aquecedor e o cobri com meu casaco. Eu poderia descobri-lo quando Martin fosse dormir. E tentaria acordar antes dele.

Quando cheguei lá embaixo, havia quatro mulheres no bar. Uma, vestida para uma festa, com seu vestido branco justo e as pernas de fora, estava quase no colo de Martin, que se levantou rapidamente.

— Tome um pouco de Pernod — ofereceu ele, tirando a garrafa das mãos da Rainha da Animação e me servindo um copo.

Era aquela bebida que eu havia visto homens de boina tomando em bares às 11 da manhã. O cheiro de anis era forte o suficiente para me apagar. Uma mulher de aparência conservadora estava olhando para seu copo como Alice contemplando o frasco com a etiqueta de "Beba-me".

Tomei um gole e senti o álcool queimar. Ofereci a chave a Martin.

— Já resolvi tudo — disse ele. — O quarto é todo seu.

A Rainha da Animação estava sorrindo. Certo.

— Sou Margarida — apresentou-se ela quando Martin se afastou, supus que por vergonha. — Como o coquetel, mas com D. — A mãe dela devia ter recebido um sinal quando escolhera seu nome. — Eu e a Fabiana vamos dividir o quarto.

Eu devia ter me lembrado que o estereótipo britânico incluía o cavalheirismo.

Enquanto Martin estava lá em cima, eu me apresentei às outras mulheres. Concluí que eram as brasileiras que me mantiveram acordada no albergue em Le Puy. A mulher alta, com o corpo parecido com o de Grace Jones, era Renata. A com aparência conservadora — religiosa —, Fabiana. Ela parecia ter decidido que era seguro tomar o Pernod.

A líder do grupo era Paola, uma mulher de uns cinquenta anos, com o instinto maternal aflorado, que organizava um tour privado todos os anos a um trecho do *Camino*. Depois de chegar a Saint-Jean-Pied-de-Port, ela faria uma pausa de três semanas antes de liderar a segunda caminhada de algum lugar na Espanha até Santiago. Suas três clientes planejavam se encontrar novamente com ela, assim como sua filha adolescente.

Paola tinha bastante conhecimento, mas precisava de algumas orientações de Nicole, a australiana — a mochila que a brasileira trazia parecia maior que a minha quando comecei a caminhada.

— Meus joelhos não estão bons — confessou ela.

— Não posso ajudar com joelhos — falei. — Mas faço massagens nos pés e nos ombros.

— Quanto? — perguntou Paola.

Respirei fundo.

— Cinco euros para dez minutos em cada região, sete por quinze minutos em ambas.

Keith teria caído duro se tivesse me ouvido.

Margarida me disse que todas elas iriam optar pelo cardápio *pèlerin*. Fui convidada a acompanhá-las. Frango e massa. Enquanto eu enterrava os dedos nos ombros de Paola, o barman levou sua mochila lá para cima.

Eu estava terminando os pés de Margarida quando Fabiana veio até mim. Ela encheu o copo novamente.

— Você acha que tudo bem os peregrinos fazerem isso? — perguntou.

Eu não tinha certeza se ela estava falando da bebida ou da massagem.

— Eu acho — respondi — que os antigos peregrinos aceitariam o que fosse ofertado.

Margarida acrescentou que, se Fabiana não estivesse com os pés bons, não teria como haver peregrinação. Ganhei mais cinco euros.

Fazer massagem em alguém, mesmo que seja só nos pés, cria uma conexão. Senti que Fabiana estava carregando muita carga emocional, talvez culpa. Margarida era fechada, me mantendo longe de seu espaço. Não achei a energia delas totalmente negativa, mas um pouquinho de cada vez seria suficiente.

Se houvesse peregrinos suficientes com pés doloridos, eu poderia bancar minha caminhada até Saint-Jean-Pied-de-Port — e me sentir bem com relação a como eu estava progredindo.

Então, Bernhard chegou.

— Zoe! Você e Martin? — Ele devia ter visto o carrinho. — Vou querer uma massagem também.

— Vinte euros — falei. — Por pé.

*

Martin estava tirando as coisas do carrinho quando desci, depois de me limpar das massagens — e de reorganizar as roupas que secavam. A jaqueta de esqui agora tinha listras marrons na parte interna.

— Bernhard vai jantar com as brasileiras. O outro lado do restaurante me parece ótimo.

Martin tinha conversado com Renata em Le Puy, mas não sabia o nome das outras mulheres. Ele não precisava apontar para elas para identificá-las.

— A Tímida — começou ele.

— Estava pensando em Devota. Essa seria a Fabiana — respondi.

— A Mamãe.

— Fácil demais. Paola. É a líder.

Martin hesitou por um momento, como se tivesse esquecido a Rainha da Animação.

— A outra.

— A Barbie do *Camino*? — perguntei, provocando uma risada em Martin. — Margarida.

— Quer vinho?

Eu já tinha tomado cerveja e um copo de Pernod. Só tinha arrecadado dezenove euros, e ainda havia um quarto de hotel para pagar. Meneei a cabeça.

— Por minha conta. Um presente. Eu insisto. Você acertou em querer esperar pelo hotel.

Pedi uma salada e batatas fritas — *frites*. Martin pediu pato. E uma garrafa do vinho local. Era bom: eu podia me imaginar me acostumando com ele. Não era uma lição muito boa a se guardar do *Camino*.

— Então — disse Martin —, a parte mais importante que você ainda não me contou sobre a sua caminhada é por que decidiu fazê-la. Além do chamado da concha de vieira. Por que você está na França?

— Não subestime o destino.

Martin ergueu uma sobrancelha.

— Bem — falei —, existem muitas pessoas no mundo que acreditam que nosso destino está nas mãos de um velhinho de cabelos brancos sentado acima de nós e distribuindo recompensas e castigos como... um velhinho de cabelos brancos. Aquilo em que eu acredito faz mais sentido que isso. Algumas coisas são predestinadas. Destino, sina, carma, como você quiser chamar. O universo tem planos, nós só não somos espertos o suficiente para saber como ele funciona.

— Então por que você acha que o destino a colocou nessa jornada?

— Meu marido faleceu. Subitamente. Cinco semanas atrás.

— Jesus. Eu sinto muito.

Senti uma onda repentina de emoção. Desviei o olhar e tomei um gole de vinho.

— Eu ainda não sei lidar muito bem com isso.

— Muitas pessoas fazem o *Camino* porque estão de luto — comentou ele após um instante. — Você ainda tem um longo caminho pela frente.

— Só vou até a fronteira.

— Mesmo assim, é um longo caminho.

O jantar foi servido. Minha salada com queijo quente de cabra tinha uma montanha de folhas verdes — coberta com pedacinhos de bacon. Tomei mais vinho e separei o bacon em um guardanapo de papel. Relutantemente. O *chèvre* era o melhor que eu já tinha comido.

Martin explicou seu relacionamento com Jim, o corretor, e me perguntou como eu conhecia Camille.

— Fomos colegas de quarto na faculdade em St. Louis — expliquei. — Eu estava estudando arte, e ela, letras. Camille já tinha passado um ano no Japão.

— E vocês se deram bem... Sentiram uma conexão?

— Para falar a`verdade, eu não gostei dela no início. Ela era maluca, exageradamente dramática, e os homens viviam atrás dela mesmo assim. Dividir um quarto foi como viver no olho de um furacão: havia momentos de calma, mas você sabia que o temporal iria se agitar e...

Ele riu.

— Então, o que aconteceu?

— Ela se meteu em encrenca.

Voltei no tempo, imaginando o rosto da minha colega de quarto, aquela europeia linda, confiante e sofisticada chorando como um bebê. Eu havia percebido como tinha sido uma grande cena tudo aquilo.

— Ela estava apaixonada. Mas ele deu um pé na bunda dela. O *crétin*, era assim que ela o chamava. No fim das contas, nós duas largamos a faculdade. Ela voltou para a França e eu me casei e tive filhos.

— Mas você a ajudou?

— Ela... não conseguia lidar com os piquetes. Havia muitos protestos pró-vida acontecendo em St. Louis. Ela se apavorou e, no final, o único médico em quem eu consegui convencê-la a confiar estava fora da cidade, então eu a levei até lá.

Bernhard e Margarida estavam rindo alto do outro lado do restaurante.

— E você? — perguntei a ele. — Em que você pensa durante todo o tempo que passa em silêncio?

— Na distância até o próximo vilarejo; se vai chover; onde vou comer...

Se eu não estivesse fazendo o *Camino*, teria pensado que ele estava se esquivando da pergunta, mas a verdade era que eu também passava um tempão pensando em trivialidades.

— Então, o que você está tentando deixar para trás?

Foi uma pergunta instintiva. Eu havia bebido muito vinho.

Martin pareceu surpreso, então deu de ombros.

— Já passei dessa fase. Não havia nada de errado com Cluny, mas... era hora de fazer algo diferente.

Agora ele estava se esquivando. Senti que ele estava escondendo muita dor, mas não ia compartilhar nada emocional. Típico dos homens. Típico desses *malditos* homens.

Fechei os olhos e senti a raiva dando lugar a uma tristeza avassaladora.

— Com licença.

Levantei-me e fui até o toalete. E desabei.

Soluços pesados arfavam por meu corpo, e as lágrimas não queriam cessar. Quando ouvi alguém do lado de fora — só havia uma cabine —, tentei me concentrar na minha respiração até estar calma o suficiente para sair.

Quando saí, encontrei Martin parado ali, parecendo preocupado e gentil, e isso reacendeu tudo de volta. Ele colocou os dois braços ao meu redor, com delicadeza, certamente tentando ser atencioso. Era demais para mim. Eu me afastei, dizendo:

— Desculpe... Eu bebi demais.

E corri escada acima.

26
MARTIN

Graças a Deus — ou à Renata — eu tinha meu próprio quarto. Eu teria ido dormir na barraca para não ter que dividir o quarto com Zoe depois do papel de idiota que eu tinha feito. "Eu bebi demais", diz ela, e Martin — *O que você costuma beber, querida?* — chega junto. Certamente deve ter parecido dessa forma.

Esperei por ela de manhã, com um pedido de desculpas e uma explicação na ponta da língua, mas ela não apareceu. O proprietário me contou que Zoe tinha dispensado o café da manhã — e a cidade. Ela não podia ter deixado mais claro que queria distância dele. Parte de mim queria consertar as coisas: eu havia gostado da nossa conversa, e senti que nossa relação estava evoluindo para caminharmos amistosamente juntos e, quem sabe, fazer as refeições. A outra parte estava aliviada por ter escapado das complicações.

Os vinte quilômetros até Saugues incluíam a subida mais difícil até então: quinhentos metros de altitude em pouco mais de um quilômetro. Meu guia contava uma história segundo a qual o carteiro de Saugues costumava esperar na entrada da cidade com caixas de papelão para os peregrinos despejarem todas as tralhas que decidiram mandar de volta para casa.

Aclives íngremes era o *bête noire* — o pior pesadelo — do carrinho. Ou, ao menos, o meu. Ele se saía bem no terreno irregular, até mesmo na neve e no gelo, mas subir era como puxar um arado. Eu seguia em pequenos trechos de cinquenta metros, observando o GPS registrar cada aumento de altitude até poder parar por cinco minutos, tomar um gole de água e retomar. Mesmo com o termômetro da minha jaqueta marcando seis graus, eu estava usando apenas camiseta.

Pouco depois do meio-dia, cheguei ao topo do último cume e olhei para trás, para o vale. Alguém havia colocado um banco ali. Esperei alguns minutos até minha respiração estabilizar, tomei um pouco de água e examinei a trilha adiante, procurando por uma jaqueta branca. Não conseguia ver ninguém, e um vento frio gelou meu suor e me fez procurar pela blusa de fleece.

Cheguei a Saugues no meio da tarde, me aboletei no primeiro bar que encontrei e sentei para observar a chegada dos peregrinos. Estava prestes a ir embora quando Renata apareceu — sozinha, mais uma vez. Ela ficou contente em compartilhar uma cerveja e uma lata de azeitonas.

— O que achou da subida? — perguntei.

— Não tão ruim. Eu treinei por três meses antes de vir. As outras, nem tanto. E estou carregando apenas isto. — Ela apontou para a mochila pequena. — O táxi leva nossas mochilas. Depois do primeiro dia, as outras concordaram em fazer assim. Foi uma decisão democrática.

Democrática, mas não unânime, dizia a expressão dela.

— Onde estão as outras?

— Elas passaram reto quando você foi buscar as bebidas. Enfim, me conte sobre o seu...

— Carrinho? É uma longa história.

— Gosto de histórias longas. Você pode me contar durante o jantar.

Suponho que alguns homens se preparariam para um primeiro encontro fazendo uma visita ao alfaiate local. Em vez disso, fui procurar por botas de caminhada. Encontrei uma loja de equipamentos para atividades externas, bem localizada para atender àqueles que precisassem revisar seus equipamentos após dois dias na trilha.

No momento em que meu pé se encaixou em um par de calçados para caminhada Gore-Tex, eu soube que nunca mais usaria minhas botas pesadas de novo. Quando estava pagando, avistei uma mochila familiar atrás do balcão, ou ao menos uma estampa familiar: um souvenir do fiasco do futebol francês em 2010. Coloquei os óculos e me aproximei para olhar melhor. Obviamente não era nova. Seria coincidência demais.

— Por favor, o que é essa mochila? — perguntei em francês.

Não foi uma pergunta inteligente. Meu sotaque inglês deve ter ficado óbvio. O bigodudo que estava me atendendo a jogou para longe e deu a entender que nenhuma pergunta seria respondida. Tentei mesmo assim.

— Era de uma mulher?

Ele não cedeu. Entregou meu cartão de crédito e o recibo, e não se deu ao trabalho de colocar as botas em uma sacola.

Será que Zoe tinha jogado a toalha e vendido suas coisas para comprar uma passagem de ônibus para Cluny? Será que ter revisitado as lembranças de seu falecido marido, talvez confrontando-as pela primeira vez depois de ter, literalmente, fugido, tinha sido demais? Ou pior: será que tinha sido minha tentativa desajeitada de reconfortá-la?

Pensamentos nessa linha persistiram durante o que poderia ter sido um jantar agradabilíssimo com Renata. Ela comia carne, trabalhava por conta própria e era ateísta convicta. Não tinha filhos e havia terminado um relacionamento de longa data recentemente. Eles haviam dividido os bens sem precisar recorrer a advogados e continuavam amigos. Ela havia se preparado para a caminhada.

— Fiquei preocupada em não acompanhar as mais jovens, mas são elas que não conseguem me acompanhar.

— Você parece estar fazendo isso quase sozinha.

— Um pouco. Mas eu não queria ter o trabalho de planejar nada.

Ela não estava a fim de conversar sobre suas companheiras, e eu respeitei sua discrição. Em vez disso, conversamos sobre a história da caminhada e suas conexões com a pesquisa dela na Universidade de São Paulo sobre as relações atuais entre a América do Sul e os países colonizadores.

— Onde as outras vão comer? — perguntei.

— Não sei. Também não contei a elas.

Ela sorriu.

Fui com ela até seu hotel, e ela me deu um beijo de boa-noite, de uma forma um tanto casta, mas não sem antes me contar que elas iriam parar em Saint-Alban-sur-Limagnole na noite seguinte e, depois, em Lasbros. Eu tinha voltado a fazer reservas com antecedência e tinha o mesmo itinerário.

Naquelas três semanas no *Chemin*, eu havia jantado com três mulheres interessantes: Renata, Zoe, e Aude, a Ninfomaníaca. Talvez as várias peregrinações de Monsieur Chevalier não tivessem se dado totalmente por motivos religiosos.

Eram apenas nove da noite, então fui procurar por Zoe. O *gîte* municipal estava fechado, e o albergue particular, trancado. Se ela tinha decidido abandonar a caminhada, como eu achava ser o caso, não tinha motivo nenhum para permanecer por ali.

27
ZOE

A caminhada difícil até Saugues me ajudou a manter a noite anterior longe dos meus pensamentos. Tomei o café da manhã em um bar no pé de um morro onde eu podia ver a trilha serpenteando caminho acima. Fiquei sentada por um tempo me perguntando por que eu estava fazendo aquilo — não precisava continuar caminhando só porque podia bancar. Pensei nas minhas filhas, na familiaridade de casa. Em conversar sobre o fiasco da noite anterior com minhas amigas e permitir que a dor se curasse.

Passei a mão no berloque de concha de vieira, e o coração de ouro que Keith tinha me dado encostou nos meus dedos. Será que ele estava tentando me dizer algo que eu não queria ouvir?

Enquanto isso, o universo estava me mandando uma mensagem não tão sutil. O vento estava frio de rachar, e minhas mãos corriam o risco de congelar. A minha frente estava a planície de Aubrac, provavelmente ainda mais gelada. Eu precisava de luvas — luvas adequadas — para poder seguir viagem. Ou podia me dar por satisfeita, quem sabe vender todos os meus equipamentos e pegar um ônibus para Paris.

A subida até Saugues pareceu um encerramento, e comecei a me imaginar acomodada em um assento no avião para casa. Então, descendo pela rua principal, avistei uma loja de artigos de acampamento. A mensagem não podia ter sido mais clara.

Eu estava aguardando na fila, começando a ter dúvidas se eles iriam querer minhas coisas, quando um rapaz atrás de mim deu um grito.

— *Horreur!*

Eu me joguei ao chão — não tive tempo para pensar em como seria improvável que um terrorista fosse atacar Saugues. Os funcionários ficaram olhando perplexos para mim enquanto eu me levantava. A energia negativa da experiência da noite anterior devia ter me deixado mais perturbada do que eu percebera. A arma que havia provocado o pavor parecia ser minha mochila.

— *Je suis désolée* — disse, me desculpando, embora provavelmente não parecesse. — *Je suis un pèlerin et le pack libre... gratuit.*

Foi de graça. Então, se conformem. Será que aquela seleção tinha *algum* fã?

Três funcionários tiveram uma conversa acalorada, e um deles, um cara mais velho, de bigode, sorriu.

— *Madame*, temos uma mochila para você. Superior.

Os colegas dele desapareceram na sala dos fundos e retornaram com uma mochila.

Tinha um tamanho parecido com o da minha, era cinza e vermelha, com uma marca de queimado na aba de cima. Eles estavam colocando um broche nela: uma miniatura da bandeira americana.

— Não preciso de outra mochila — falei. — Preciso... Preciso de luvas.

— Luvas, também!

Ele pegou um par de luvas da mesa.

*

O albergue particular era uma casa com quartos colados um no outro e um varal no quintal dos fundos. Amaury, o fotógrafo que eu havia conhecido em Le Puy, estava lá e saiu para tirar umas fotos da cidade, após uma massagem. Conversamos o básico — meu francês estava melhorando — e decidimos que as melhores opções de albergue para o dia seguinte ficavam em Saint-Alban-sur-Limagnole, a 27 quilômetros dali. Seria meu dia mais longo, até então.

Também havia uma mulher suíça, Heike, na casa dos cinquenta anos. Ela caminhava com sua parceira, Monika, que estava voltando de carona para pegar seu trailer. Seu plano era caminhar até o destino, então se alternar para pegar caronas de volta e buscar o veículo. Elas queriam evitar complicações com peregrinos ou funcionários de albergues na região rural da França que pudessem fazer sermões católicos sobre seu relacionamento. Até então, não haviam tido problemas, mas ainda era apenas o segundo dia. O albergue só servia para jantar e ter um pouco de companhia.

As brasileiras não apareceram. Pareciam estar usando vários tipos de hospedagem. Talvez Martin as estivesse vendo mais do que eu.

Eu tinha aprendido que existem três tipos de lama: grudenta, movediça e escorregadia. Ao caminhar para Saint-Alban-sur-Limagnole, encontrei todas elas. Foi quase impossível liberar a sola do meu calçado da camada de cinco — talvez sete — centímetros sem prender o outro pé ou cair de bunda no chão.

Encontrei Fabiana e Margarida uma hora depois de ter saído. Elas tinham tirado as botas e Margarida estava deitada no chão, fugindo do vento, atrás de um paredão de pedra — sob um guarda-chuva.

— Gringa! — gritou Margarida. — Como está se saindo?

— Bem — respondi, com sinceridade. — Onde estão as outras?

— Renata está na frente — esclareceu Margarida. — Como sempre.

— E Paola?

— Joelho ruim — contou Fabiana. — Vai nos encontrar na próxima cidade.

Continuei andando, secretamente satisfeita por não ter que parar. Eu estava comendo bem mais que o normal, mas talvez não estivesse ingerindo proteína suficiente. Minhas roupas estavam largas e eu me sentia mais em forma do que nunca.

Tentei entender o que dera errado no jantar com Martin. Supus que ele tivesse encarado minhas lágrimas como fraqueza feminina, o que era irritante — eu não costumava chorar. Nem mesmo no funeral. Fiquei irritada com a forma como o clérigo que a mãe de Keith insistira em chamar não capturou nada sobre ele. Pelo menos não foi tão ruim quanto o pastor que arruinou o funeral da minha mãe.

Minha mãe. Eu jamais entenderia como minha mãe pôde deserdar a filha pelo pecado de se importar com outra pessoa. Aquilo ainda me doía.

Quando cheguei ao topo de outro morro, fui cumprimentada com aplausos. Um homem de estrutura larga mais ou menos da minha idade e com uma altura parecida estava sentado em uma pedra, a mochila ao seu lado.

— Isso aí, meu bem. Essa mãe aí não era fichinha.

— "Meu bem?"

O americano sorriu.

— Vi as estrelas e as listras na sua mochila. Você é a primeira conterrânea que vejo. Sou de Houston, meu nome é de Ed Walker, parece destino, não acha?

Hã?

— "Walker", de "caminhante". Deveria ser "Walker, o caminhante morto". Mais um desses morros e talvez eu esteja mesmo.

— Zoe Witt — apresentei-me. — Não tem muito destino no meu nome. — Se houvesse, talvez eu tivesse pensado em uma resposta perspicaz para o "meu bem" dele. — Eu costumava ser "Waites", mas não gostava muito. Me casei aos vinte anos, então fui Rosales por um tempo.

— Rosales... E foi um mar de rosas?

— Não exatamente.

— Nem o meu... Ela foi embora, levou o dinheiro e as crianças. Agora quem sumiu fui eu.

— Quantos anos têm os seus filhos?

— Dez e... Você desaprova, não é?

— Não é da minha conta.

— Pensei que talvez aprendesse alguma coisa sobre mim mesmo nessa caminhada. Até agora, tudo que descobri é que detesto caminhar. Então, me ensine alguma coisa. Me fale no que está pensando.

Ele havia pedido.

— Crianças precisam dos pais. Do pai e da mãe.

Quase complementei: "Foi por isso que larguei o homem que eu amava", mas me interrompi a tempo. De onde aquilo tinha vindo? Será que era verdade? Em vez disso, falei:

— As crianças se culpam por tudo que acontece de errado.

— Você acha que eu as abandonei?

— Não importa o que eu acho. É isso que elas vão achar.

— Eu deveria ir para casa?

— Com que frequência você liga para elas?

— Comecei a caminhada há apenas três dias. O que você tem achado da comida? Deveria ser a melhor do mundo. Até agora, não é.

— Não estamos, exatamente, em Paris.

Ele riu.

— Estamos no alto. No limite da planície de Aubrac. Contaram pra você que ela fica bloqueada pela neve?

Nós dois olhamos para o céu: nenhum sinal de mudança no tempo. Mas foi um lembrete para nos mexermos.

O terreno havia mudado. Entre as florestas de pinheiros, havia agora planícies extensas atravessadas por torres de energia. Eu precisei das luvas. Com as mãos fora dos bolsos, podia usar os braços para me equilibrar no terreno escorregadio.

Saint-Alban-sur-Limagnole havia sido construída em torno de um *château* que era, agora, um instituto psiquiátrico. O albergue ficava morro abaixo, anexado a um hotel. Sinos da igreja me recepcionaram.

Paola, Renata e Heike já estavam lá. Ofereci-me para cozinhar e Paola fez questão de fazer as compras.

Uma hora depois, eu tinha uma panela de chilli vegetariano no fogo. Monika, a outra metade do casal suíço, chegou com o trailer e duas garrafas de vinho.

Quando Bernhard apareceu, eu o mandei comprar mais feijões.

Três outros se juntaram a nós: duas irmãs idosas francesas e um homem italiano com problemas no quadril. O padre dissera a ele que percorrer o *Camino* de bicicleta não era penitência suficiente para um pecado cometido por um cristão, e ele o estava refazendo a pé desde Le Puy. Não via a esposa havia um tempo — talvez essa fosse a intenção do padre.

Enquanto o chilli fervia, mudei de cozinheira para massagista. Margarida, as duas irmãs e o italiano do quadril formaram uma fila. Bernhard ficou do lado enquanto eu massageava os ombros de Margarida. Fabiana foi à missa.

Alguém havia posto a mesa com uma variedade de pratos diferentes, e Margarida plugou seu iPhone na caixa de som do albergue. Nossa entrada de nachos cobertos com guacamole foi saboreada ao som do que eu supus ser rap brasileiro. Quando o chilli foi posto na mesa, a música era mais no estilo reggae e todos nós — inclusive Fabiana — estávamos cantarolando junto.

Quando começamos a comer o chilli, o grupo ficou em silêncio. Heike e Monika estavam suando. As irmãs francesas tomavam grandes goles de água entre as garfadas.

— Deixei apimentado demais? — perguntei.

— Não, não — garantiu o italiano.

— Não está apimentado — reforçou Bernhard. — Para falar a verdade, está... fraco.

— Tem razão — concordei. — Mais alguém além de Bernhard quer mais, antes que eu deixe mais picante?

As brasileiras preferiram a versão apimentada.

Peguei o pacote de pimentas chilli que já havia salvado algumas refeições da insipidez (lição do *Camino* da Zoe: sempre leve pimenta), e esmigalhei uma dúzia no que restava da panela. Coloquei de volta na mesa e me servi.

No restaurante mexicano que eu costumava frequentar, talvez o meu chilli fosse classificado com três pimentinhas vermelhas. Bernard deu uma garfada e seus olhos saltaram do rosto. Ele tomou água, depois foi à cozinha, retornando com uma garrafa de leite cheia. Então, enquanto todos assistiam, comeu tudo e tomou quase todo o leite, com lágrimas escorrendo por seu rosto. As brasileiras pareceram gostar da comida — e do espetáculo — tanto quanto eu.

28
MARTIN

Senti o aroma inconfundível de uma comida que deveria ser da América Central ou do Sul quando desci para comer. Sentado na sala de jantar, percebi que o cheiro não estava vindo da cozinha do hotel, mas do dormitório adjacente. No quadro, a única oferta para o único hóspede da noite era lentilhas e salsicha — o que não seria problema, se eu não estivesse sentindo o cheiro de uma alternativa.

Com uma garrafa de Kronenberg e meu computador como companhia, trabalhei em meu blog. Não havia muito o que atualizar sobre o carrinho, e eu estava deixando meus posts um pouco mais pessoais. Da mesma forma, os comentários estavam cada vez mais focados na minha jornada. O principal site do *Camino* havia inserido um link para o meu.

Quando o proprietário-garçom-chef estava trazendo a conta, um segundo hóspede apareceu, um careca encorpado de uns quarenta anos.

— *Cognac*. Duplo — pediu ele, em um inglês com sotaque americano, ao homem que vinha na minha direção. Ele ergueu dois dedos para traduzir a segunda palavra, então acrescentou "*merci*", sem chamá-lo — ainda bem — de "*garçon*".

O resultado foram dois copos individuais de conhaque.

— Acho que ele entendeu o "duplo" como "dois copos" — falei.

— É, também acho. Ei, amigo... Você é australiano?

— Inglês.

— É quase a mesma coisa. Sou de Houston, meu nome é Ed Walker, parece destino, não acha? Deveria ser "Walker, o Caminhante Morto". Você também está fazendo a caminhada?

Afirmei com a cabeça.

— Martin Eden, de Sheffield.

— Um nome famoso.

— Mais nos EUA do que no Reino Unido — ponderei.

Apenas americanos e aficionados por literatura conheciam o romance de Jack London.

— O sonho americano. Começar do nada, conquistar o mundo.

— Meus pais não sabiam. Pelo meu pai, podia ser qualquer nome, menos Anthony.

— Mas qual o problema com Anthony?

— Anthony Eden. Primeiro-ministro conservador.

Era como se eu estivesse falando francês.

— Quer? — ofereceu o americano.

Sorri e ele me entregou a outra taça.

— Vai jantar? — perguntei.

— Já comi. Um hambúrguer no quarto. Tinha que fazer umas ligações.

— Eles fizeram um hambúrguer para você?

— Eu simplesmente fiquei repetindo "hambúrguer", e ele só me mostrava o cardápio em francês. No final, eu venci.

Eu esperava que ele não entendesse essa experiência isolada como parâmetro da cultura francesa no comércio.

— Você veio de Le Puy? — quis saber ele.

— Cluny. Estou caminhando há dezoito dias. Mais ou menos quatrocentos quilômetros.

— Meu Jesus.

Deixei que o espanto dele pairasse sobre mim durante alguns instantes, achando certa graça daquilo.

— E você?

— Le Puy.

— E vai até onde?

— Saint-Alban-sur-Limagnole. Aqui. Fim da linha.

Ele ergueu dois dedos para o proprietário novamente, que trouxe a garrafa pela metade e a deixou na mesa.

— Pensei em fazer isso para me encontrar. Não diga nada. Sei o que parece. Mas eu enfrentei um divórcio terrível e concluí que um tempo longe seria a melhor coisa a ser feita.

— Mas então por que está parando?

— Como eu disse, eu queria descobrir quem eu era, o que eu queria. Levei três dias.

— Sem querer ser grosseiro, mas o que você aprendeu?

— Você não está sendo grosseiro. Eu aprendi que não quero me foder sem motivo, não gosto de ficar sozinho; gosto de trabalhar com a cabeça, não com as pernas. — Ele tomou um gole de conhaque. — E tenho sido um babaca com meus filhos desde o divórcio, então vou voltar e fazer alguma coisa a respeito disso, em vez de ficar perambulando pela porra da floresta.

Ele encheu nossos copos.

— Você já foi casado? — perguntou.

Terminamos a garrafa. O proprietário tinha ido embora. Seria um bom momento para parar, mas Ed pegou uma garrafa pela metade de *eau de vie de framboise* de trás do bar, deixando duas notas de cinquenta euros no lugar. Gastando como um marinheiro bêbado em seu último dia.

Acabamos por volta da uma da manhã — bastante tarde para mim, no *Camino* — e subimos, cambaleantes, as escadas, cantando "Shiver Me Timbers", Tom Waits e Joe Cocker de porre.

Forcei-me a tomar dois copos grandes de água antes de desabar, de roupa, na cama.

Os 23 quilômetros até Lasbros no dia seguinte foram mais difíceis que os 39 que eu havia percorrido no primeiro dia. Eu não estava apenas com ressaca: sentia-me envenenado. Minha conversa com Ed sobre divórcio e filhos havia desenterrado coisas que ainda martelavam na minha cabeça, então eu também tinha que lidar com isso.

Eu não estava a fim de uma noite de festa com as brasileiras. Cancelei minha reserva, comprei pão e frango em Aumont Aubrac, e segui por mais cinco quilômetros antes de montar a barraca e apagar.

Pela manhã, acordei tarde e caminhei os dois quilômetros que restavam até Lasbros, onde o dono do albergue permitiu que eu fizesse café e torradas. Conferi a previsão do tempo. Vinte por cento de chance de nevar à tarde. Oitenta por cento no dia seguinte. Eu havia planejado parar em Nasbinals, deixando sete quilômetros de planície aberta para o dia seguinte, mas fazia sentido vencê-la de uma vez antes que se tornasse impossível atravessá-la.

A noite sob o ar gelado curou a ressaca. Em Nasbinals — provavelmente uma cidade bonita quando não havia obras nas ruas —, comprei um bolinho e me sentei em um banco para avaliar o tempo. Não era muito promissor, mas, se eu ficasse por ali, só iria piorar.

29
ZOE

— Você vai parar por aqui hoje, espero — disse Paola, enquanto eu tirava a mochila.

Eu e as brasileiras havíamos ficado em albergues diferentes na noite anterior, em Lasbros, mas eu tinha tomado uma taça de vinho quente diante de uma lareira crepitante com as suíças, feito massagens nas duas e tido uma boa noite de sono.

Depois de chegar a Nasbinals, passei uma hora no atendimento ao turista olhando os mapas que mostravam trilhas antigas partindo de toda a Europa até Santiago. Inclusive a minha. Vibrando com uma energia positiva, parti rumo ao albergue, mas Margarida saiu correndo do bar e me puxou para dentro.

As brasileiras haviam juntado as mesas, e outros rostos familiares estavam por ali: Heike e Monika, Bernhard, e Amaury, o fotógrafo.

— O próximo trecho é a parte difícil, não é? — perguntei.

— Uma pessoa se perdeu na planície de Aubrac ano passado — contou Amaury. — Tiveram que mandar uma equipe de busca.

— Quantos anos essa pessoa tinha? — quis saber Bernhard. — São só nove quilômetros.

— Com o tempo ruim, é difícil para qualquer um, sendo experiente ou não — repreendeu-o Paola. — Infelizmente, o tempo está virando. Amanhã, vamos de táxi.

O tom de voz dela dizia: *sem discussão.*

Bernhard não percebeu.

— Renata vai comigo. E Zoe, se ela não tiver medo.

— Ninguém do meu grupo vai a pé a não ser que eu diga que é seguro.

Embora eu não fosse nenhuma fanática — e eu estava descobrindo que havia vários no *Camino* —, parecia errado pegar um táxi, talvez porque eu já tivesse chegado até ali sem precisar de um. Eu podia me enclausurar até o tempo melhorar, mas isso teria um custo e me deixaria para trás. Ou será que eu devia confiar no julgamento de Bernhard, e não no de Paola?

Margarida me trouxe uma "cerveja especial", e fui agraciada com o gosto de mirtilos. Era diferente, mas boa. Ao tomar outro gole, avistei Martin do lado de fora, segurando os bastões em uma das mãos enquanto comia um pedaço de pão com a outra. Parecia que ele ia continuar andando. Levantei-me de supetão.

— Acho que vou tentar caminhar esta noite, antes da neve — anunciei, revirando a jaqueta para encontrar dinheiro para a cerveja.

Ergui os olhos bem a tempo de ver Bernhard imitando minha ação, dando um salto na cadeira, a língua para fora como um filhote de cachorro.

— Vá se ferrar, seu babaca — falei. — Se quer ficar com os adultos, então cresça.

Bernhard sorriu e olhou em volta em busca de apoio: *ela ralhou comigo e continuo numa boa.*

Eu podia consertar isso. Quando peguei minha mochila e caminhei até a porta, ele estava se coçando para encontrar obscenidades para gritar para mim. E eu ainda estava tremendo quando, um minuto depois, arfando, alcancei Martin.

30
MARTIN

Fiquei mais que surpreso por ver Zoe: eu tinha me conformado com a conclusão de que ela havia desistido em Saugues. E, depois do papelão em Saint-Privat-d'Allier, eu certamente não pensei que ela fosse procurar apoio emocional em mim de novo.

Mas, no momento em que ela perguntou se poderia caminhar comigo, eu percebi que havia algo de errado.

— Você está bem?

— Não muito. Acabei de virar a mochila de Bernhard no chão e derramar cerveja de mirtilo nela toda. Ele ficou um tanto chateado.

— Um *tanto*? Você está falando que nem um inglês. "Decerto Bernhard tenha ficado um tanto irritado."

Ela começou a rir, quase histericamente, da minha péssima imitação de um paspalhão da alta sociedade, fazendo algumas interrupções para acrescentar detalhes que a faziam — e a mim também — gargalhar de novo. O saco de dormir dele encharcado de cerveja, ele tirando a revista pornô, enfiando-a de volta na mochila e então percebendo que ainda havia coisas ali dentro que ele agora banhara em cerveja.

Estávamos a meio quilômetro da cidade quando finalmente nos acalmamos.

— Estou perdendo a cabeça — disse ela. — Ele é só uma criança. E lá no restaurante em Saint-Privat...

— Eu lhe devo um pedido de desculpas...

— *Você* deve a *mim*? Acho que não. Você só estava tentando...

— Fui um idiota. Você tinha acabado de me contar sobre o seu marido e eu não tive muito tato...

— Acho que tem algo de errado comigo. Já faz quase seis semanas que ele morreu e eu mal chorei.

— Você não precisa explicar isso para um inglês.

— Sempre inabalável, né?

— Você fica suprimindo suas emoções e, depois de um tempo, tudo explode quando você menos espera.

— Eu não estava tentando suprimir nada. Sou californiana. Nós conversamos para resolver as coisas.

— Você não tinha ninguém com quem conversar.

— Eu tinha... Minha amiga Camille. Mas...

— Você se afastou. Talvez seja algo com o qual você não está pronta para lidar. Ainda.

Ela não me pediu para continuar. Ainda bem. Eu já tinha esgotado minhas habilidades psicanalíticas, e havia questões mais urgentes no momento.

— Você tem um *smartphone*? — perguntei.

— Desculpe, por quê?

— Eu queria checar a previsão do tempo. Minha bateria morreu; passei a noite na barraca ontem e não pude carregar.

— Quer voltar?

— Não. Acho que esse aplicativo do tempo só atualiza de hora em hora, de qualquer forma. Na última vez em que olhei, dizia que havia trinta por cento de chance de nevar. Não está nevando agora, e cada quilômetro percorrido sem nevar é um quilômetro a menos. Mas, se você não estiver se sentindo confortável, eu volto com você.

— Eu vou com você. Obrigada.

31
ZOE

Em um primeiro momento, a trilha não parecia diferente das outras que eu tinha feito, e havia apenas uns poucos montinhos de neve na lateral, mas logo já estávamos lá em cima. Nos cumes, ficamos à mercê de um vento que parecia estar vindo do Ártico e ameaçava não apenas nos congelar, como também nos derrubar.

Uma concha de vieira desgastada em um poste nos mandou atravessar campos lamacentos úmidos, onde o progresso era lento e não havia caminho bem delimitado, nem nada para pintar ou pendurar as placas. Martin checava o GPS o tempo todo.

Enquanto passávamos o carrinho de Martin por cima de uma cerca, meu pé escorregou e eu torci o tornozelo. Pisei com cuidado e coloquei o peso do corpo em cima.

— Desculpe — disse ele. — Eu costumo amarrá-lo nas minhas costas para fazer isso. Vamos estar sentados diante de uma lareira daqui a duas horas.

Então, começou a nevar. Os grandes flocos de neve eram bonitos e um tanto mágicos no começo, mas, em uma questão de minutos, nossa visibilidade se reduziu a poucos metros. Meu nariz, que antes estava gelado, agora alternava entre a dor e a dormência. Tentei enterrar a cabeça na parte fofa do capuz — o que não era muito fácil de fazer quando você precisa ver onde está pisando e para onde está indo, mesmo que as chances de avistar uma concha de vieira em meio à nevasca fosse praticamente de zero. O vento assobiava ao passar por meus ouvidos.

Martin tinha, de alguma forma, transformado o gorro em uma máscara de esqui. Ele não largava o GPS e me fez sinal de positivo enquanto apontava para a frente, então falou ao meu ouvido, por cima do barulho do vento. Sua respiração era reconfortantemente quente.

— Tem uma cabana adiante. A mais ou menos meio quilômetro. Fique de olhos abertos.

Era difícil, com a neve caindo na nossa direção, mas eu não podia me dar ao luxo de perder Martin de vista. Havia anos que a neve não fazia parte dos meus invernos, e, em dias assim, nós ficávamos dentro de casa — fora que eu era uma criança da cidade, não estava acostumada a caminhar debaixo da neve no meio do nada. Esse tipo de clima era um evento anual na América do Norte, tanto que virava destaque nos noticiários. Nevascas que matavam pessoas. Pela primeira vez na vida, senti a força malévola da natureza de perto — e era apavorante o quanto eu me sentia insignificante e pequena.

Todas as histórias que eu um dia ouvira nos noticiários estavam agora rodopiando na minha cabeça — se a natureza estivesse vestindo as cores do meu espírito, como já dizia Ralph Waldo Emerson, então eu estava em maus lençóis, e nenhuma outra frase motivacional conseguiu abafar "corpos encontrados após degelo e tempestade mata família inteira". Pensei no meu corpo sendo desenterrado, congelado. A concha de vieira não estava destinada a chegar a Santiago? Talvez as meninas pudessem vendê-la a um peregrino para ajudar a pagar pelo transporte dos meus restos mortais para casa.

— Estamos perdidos — gritei, indo para o lado de Martin.

Ele me olhou, então colocou o braço em torno do meu ombro em um abraço desajeitado — desajeitado por causa de mochilas e carrinhos e bastões e jaquetas e luvas.

O vento e a neve não deram trégua, e nós mal parecíamos estar nos movendo. Meu tornozelo latejou quando escorreguei de novo.

Então, avistei a cabana. Quase batemos nela: alguns metros para qualquer um dos lados e teríamos passado direto. Martin assentiu com a cabeça, mas parecia tão aliviado quanto eu.

— Muito bem. Bom trabalho. Você tem algo mais quente para vestir? — gritou ele por cima do vento.

Confirmei com a cabeça.

— Certo, então se troque rápido.

Sair da tempestade foi um alívio. Martin esperou do lado de fora enquanto eu tirava a jaqueta e a blusa de fleece e colocava o moletom por baixo. Meus dedos estavam congelados e brancos — achei que nunca fosse conseguir.

— Não estamos longe — afirmou ele quando saí, e devemos ter levado apenas meia hora até chegarmos cambaleando à estrada. Podíamos ver a cidade de Aubrac à frente.

— Nunca achei que eu fosse ficar tão feliz em encontrar uma igreja — falei.

Martin olhou para mim como se eu precisasse dizer mais alguma coisa.

— Não teríamos conseguido sem o seu GPS.

— Você deveria comprar um. Costumam vir nos *smartphones*. Aí você também teria um telefone.

Eu estava começando a entender aquele cara e seu humor sarcástico. Coloquei a mão no ombro dele.

— Obrigada. Está bem?

Ele sorriu dessa vez.

Saí correndo e cheguei ao hotel antes dele. No bar vazio, tiramos camadas de roupa, neve e água pingando por todo o piso de azulejos, então desabamos em poltronas diante da lareira.

— Caramba — exclamou Martin.

— Minha nossa.

Eu estava tentando massagear os dedos dormentes das mãos. Pedimos bebidas e tirei as botas. Meus pés estavam formigando, e eu torcia para que fosse um sinal de que eu não perderia nenhum dedo. Martin estava conversando com o bartender.

— O jantar — explicou ele quando voltou, com um café fumegante e uma cerveja que parecia gelada — é às 19h30.

— Provavelmente a mesma hora do *gîte*.

— Só abre em abril.

— Você só pode estar brincando. De quanto tempo de férias as pessoas precisam neste país?

— Tem um em Saint-Chély. Fica só a duas horas de caminhada.

Ai, meu Deus.

Martin bebericou sua cerveja.

— Você parecia tão cheia de energia nos últimos cem metros, dá para ver que está ansiosa para continuar. — Ele não esperou por uma resposta. — Deixa de ser boba. Hoje é por minha conta.

— Não preciso que você cuide de mim.

— Apenas tome seu café.

Eu estava com fome, cansada e havia recebido uma boa oferta. Amanhã eu poderia me preocupar com meus problemas, pensar no meu resgate. Sem fazer massagens, eu não conseguiria pagar pelo jantar ou pelo quarto. E certamente não faria massagem em Martin.

O quarto tinha uma banheira. Fiquei imersa na água por meia hora, até que cada parte do meu corpo voltasse mais ou menos ao normal. Antes de me vestir para o jantar, fiquei um tempo parada no meu quarto, com minha própria cama, ouvindo o vento lá fora, para refletir sobre tudo que tinha acontecido e lembrar a mim mesma o quanto eu era abençoada.

Só que se "vestir para o jantar" no *Camino* se resumia a colocar sua única muda de roupas: legging, uma blusa comprida, e sem sutiã. Camille teria cortado os pulsos antes de sair assim — sem contar meu nariz vermelho, que parecia que ia inchar e descascar. Não havia cosméticos para disfarçar.

A comida de Martin tinha um cheiro ótimo, e a minha era uma salada bem balanceada com queijo quente de cabra como proteína (sem bacon, conforme solicitado) e uma torta de frutas que parecia saudável.

Eu ainda não sabia muito sobre Martin. Ele me contou que tinha tido um divórcio desgastante, mas eu sentia que ele não queria tocar no assunto. Em vez disso, conversamos sobre nossas filhas e compartilhamos nossos piores momentos como adolescentes.

— Não sei bem o que eu fiz para merecer uma ariana e uma taurina — falei.

— Acredita em signos?

Nem todo mundo gostava de astrologia, mas alguém tinha respostas melhores?

— Sou sagitariano — contou Martin. — O que isso lhe diz?

— Se você não tivesse contado, eu teria adivinhado. O cavaleiro da armadura brilhante. Com ou sem o GPS.

— Não para minha filha.

Esperei.

— Trocamos mensagens — continuou ele. — Não é ideal. Mas é melhor do que ela ficar feito cabo de guerra entre dois pais hostis.

— É isso que ela quer?

— Não acho que adolescentes de dezessete anos fazem muita ideia do que é melhor para eles.

— Aposto que você fazia.

Martin pareceu desconcertado.

— Ela tem a mãe — disse ele por fim. — Apesar de todos os meus problemas com Julia, ela é boa com Sarah.

— Tive que me virar sozinha por anos antes de casar de novo. Foi difícil.

Martin parecia exaurido. Supus que o carrinho exigisse muito dele. Talvez fosse o peso que estava transportando, mas ele parecia estar se esforçando mais do que eu.

— Melhor eu me deitar — falei.

Martin insistiu em uma última bebida. Keith não costumava beber depois do jantar e sempre ia para a cama cedo; eu havia me adaptado ao ritmo dele. Agora, não havia necessidade.

— A pais sobreviventes — brindou Martin, erguendo o copo com licor verde.

— E a sobreviver à caminhada — propus. — Graças ao seu GPS.

32

MARTIN

Jon: Não sei se foi o frio ou a noite sem recarga, mas seu GPS *me deixou na mão hoje. Na única vez em que eu precisei. A bateria acabou no meio de uma tempestade de neve no Maciço Central. Tive que usar a pequena bússola do zíper da minha jaqueta e continuar fingindo que estava checando seu maldito aparelho para que a americana que tinha confiado nele (mais do que em mim) não entrasse em pânico. Não seria legal que isso acontecesse no Afeganistão. Vou colocar no relatório. M.*

Mandei o e-mail e, logo em seguida, uma mensagem curta para Sarah, avisando que eu estava vivo. O conselho de Zoe sobre o papel de pai não tinha nada de novo: Ed Walker me dera basicamente o mesmo recado duas noites antes.

Recebi uma resposta quase instantânea. *Saudades, pai. Bjo.*

Eu sabia que Sarah sentia minha falta. Eu estava me esforçando para não sentir falta dela, tentando fazer a coisa certa. Sabia, por experiência própria — e nada agradável —, que ter um pai amoroso era melhor que ficar no meio de uma briga constante. Sim, Zoe, eu sabia o que eu precisava quando tinha dezessete anos. Supunha que ela discordava do que eu tinha feito. Ela não conhecia a Julia. Ou os meus pais.

Pela manhã, tomamos o café da manhã no hotel e partimos juntos.

A paisagem e os prédios estavam encobertos pela neve. O vento tinha cessado e, fora da planície, a locomoção era em linha reta. Não havia ninguém por perto, e, na maior parte do tempo, a batida de nossos pés era o único som.

— O paraíso de neve — falei.

Aquelas palavras saíram sem a ironia que eu costumeiramente teria empregado a elas. Zoe sorriu e, se nós dois não estivéssemos usando luvas, eu provavelmente teria segurado sua mão.

— Tenho uma reserva em Chély para esta noite — contei — e estou inclinado a não cancelar desta vez. Apenas caminhar oito quilômetros tranquilamente e fazer uma pausa.

— Por mim, tudo bem. Mas vou ficar no albergue. Chega de abusar dos outros.

— Encontro você no café da manhã?

— Combinado.

Tive uma tarde tranquila em Chély, lavando roupa, dando uma geral no carrinho e revisando meus planos. Eu estava seguindo o cronograma à risca, mesmo com a partida tardia de Cluny.

Depois do jantar, peguei o celular para mandar mensagem para Sarah, mas ela já tinha se antecipado.

Oi, pai. Cadê vc?

Chély, sul da França.

Num hotel?

Sim.

Sozinho?

Sim.

Quanto vc andou?

Justo hoje...

Uns 8 km. Meu trecho mais curto. A média é em torno de 25.

E em milhas?

Faça a conta. Se ainda estiver planejando uma carreira científica.

Pensando em tentar Medicina. Provavelmente não alcanço a nota de corte. Não conte pra ngm.

Para quem eu iria contar? Julia e eu não nos falávamos desde que saí da Inglaterra. Outra mensagem chegou antes que eu pudesse responder.

Tá caminhando com quem?

Pessoas diferentes. Na maior parte, sozinho.

E hj?

Por que o interesse?

Chuto que é mulher.

Você não está chutando. Leu no meu blog. MAS o marido dela acabou de morrer. E ela é americana ;-)

Americana!!! Ela é legal?

Acredita em astrologia. Vegetariana.

Minha lista de pontos negativos acabara.

Qual o nome dela?

Candy ;-)

Ah, claro.

Preciso ir pra cama.

São só 21h!!!

22h aqui. Levanto cedo.

Boa noite, seu velho. Amo vc.

Mandei um "*bjo*" e apaguei.

*

Não levantei tão cedo assim. O café da manhã nos hotéis da zona rural da França nunca começava antes das 7h30, às vezes só às 9h, e eu tinha aprendido a não sair para caminhar com o estômago vazio na esperança de encontrar alguma coisa no vilarejo seguinte. Os estabelecimentos comerciais franceses tinham uma longa lista de motivos para não abrir: certos dias da semana, almoço, feriados anuais, feriados públicos desconhecidos, motivos familiares, e o genérico *fermeture exceptionnelle*.

Saímos às 9h, rumo a Espalion. O tempo tinha aberto, o sol estava brilhando e nós dois estávamos descansados.

Zoe era uma boa companheira de caminhada. Ela falou sobre as filhas, e era reconfortante ser lembrado de que todos os adolescentes tinham problemas e que as filhas dela tinham se virado, mesmo sem ter um pai presente. Keith, o marido falecido, não foi citado na maioria das histórias, e ela se esquivou das perguntas sobre seus pais e irmãos.

A cinco quilômetros de Espalion, pedi para pararmos. Em alguns dias, meus pés suportavam mais tempo que em outros, mas, mesmo com os novos calçados, geralmente ficavam doloridos após vinte quilômetros, ainda mais se eu estivesse andando no asfalto. Alguns minutos de descanso funcionavam incrivelmente bem para recuperá-los.

Enquanto eu checava o GPS, Zoe veio atrás de mim e, sem avisar, colocou as mãos sobre meus olhos.

— O que você vê?

— Nada.

— Certo. O que você estava vendo antes de eu colocar as mãos sobre seus olhos? Descreva a paisagem para mim.

— Seria mais fácil se eu pudesse ver.

— Você está parado aqui há dez minutos.

— Grama, árvores, nuvens... Simplesmente não sou tão observador assim. Não reparo muito no que está ao meu redor.

Falei isso brincando, mas era verdade, embora não tão verdadeiro quanto um dia já fora. Eu tinha me tornado especialista em encontrar as placas de conchas de vieira e não havia saído da trilha desde aquele segundo dia na floresta de pinheiros. Mas, como artista, Zoe devia prestar muita atenção no ambiente, enquanto minha mente ficava remoendo as mesmas coisas, como se eu estivesse bebendo sozinho em um bar em Sheffield.

Zoe tirou as mãos dos meus olhos e se levantou. Ela havia deixado clara a nossa diferença, mas o fizera com as mãos no meu rosto e o corpo pressionado contra minhas costas.

Dividimos uma tangerina e ela perguntou onde eu ia ficar.

— Ainda não decidi.

— Vou ficar no albergue, se você estiver disposto a ficar em um lugar mais simples. E comer comida saudável.

Havia um leve mormaço quando chegamos, mas o tempo certamente não estava propenso para tomar banho de sol. Então foi um tanto surreal encontrar duas mulheres esticadas em espreguiçadeiras na varanda, bebericando coquetéis com canudinhos. Duplamente surreal, porque eram Margarida e Fabiana, que havíamos deixado para trás em Nasbinals. Triplamente, porque Margarida estava segurando uma sombrinha como se fosse um guarda-sol.

Elas nos cumprimentaram efusivamente.

— Caipirinhas?

Onde conseguiram ingredientes brasileiros para fazer uma bebida em um vilarejo francês? Como tinham atravessado a planície de Aubrac e chegado ali antes de nós?

Não tinham. Paola concluíra que Aubrac era arriscado demais, e elas pegaram um táxi até poucos quilômetros de Espalion, ficando com um trecho curto para cumprir a pé. Ela dera carta branca para Renata, que havia atravessado logo atrás de nós, na companhia de um dinamarquês que chegou depois que saímos, e eles tinham caminhado os outros nove quilômetros até Chély enquanto Zoe e eu nos recuperávamos. Não importava o que você fizesse, sempre havia alguém para superar. Eu brindei à Renata, deixando bem claro o que eu achava das outras por tabela.

Depois do jantar — um ensopado de legumes surpreendentemente saboroso preparado por Zoe —, era hora da festa. Margarida me arrastou para dançar. Ela estava usando um vestido vermelho sem alça, algo que normalmente ninguém traria em uma caminhada de longa distância. A menos, é claro, que você enxergasse a caminhada como uma festa itinerante. Nesse caso, seria natural trazer saltos altos, ingredientes para coquetéis e cabos de áudio para seu celular. Talvez ela tivesse um globo espelhado escondido em algum lugar.

Estava fazendo meu clássico passinho de dança, sem sair do lugar, quando Margarida colocou as mãos em meus quadris e fez uma imitação razoável de sexo em pé. Perguntei-me o que Zoe e Renata, que estava dançando sozinha, estavam achando daquilo. Eu suspeitava que Margarida ladrasse, mas não mordesse. De toda forma, não havia química entre a gente.

Eu a afastei e percebi que Zoe ficou contente. Se Margarida estava me usando para impressionar alguém, estávamos quites. Tentei baixar a música algumas vezes, mas Fabiana — dentre todas as pessoas — aumentava de volta. Ela também estava dançando, embora não tenha se arriscado a dar em cima de mim.

Havia um quê de repetição na caminhada. Todos os dias começavam com banho, comida, blog, *backup* de fotos e vídeos, e carga na bateria. Eu comia pão e tomava café no desjejum, frutas nos lanches da manhã e da tarde, e o pão de grãos mais vagabundo que eu conseguisse encontrar no almoço, com tomates e salame ou queijo de acompanhamento. Se não houvesse geladeira, eu deixava o salame na janela durante a noite. E fazia uma checagem final das coisas que talvez eu pudesse ter esquecido antes de partir: CPGBS — computador, carregador e celular; passaporte; GPS; bastões; salame.

Zoe e eu saímos no dia seguinte, antes das brasileiras, e comemos um enorme *pain aux raisins* na *pâtisserie* local. Ideia dela, e eu não reclamei. Ninguém precisava ficar contando calorias quando se caminhava 25 quilômetros subindo e descendo morros.

— Então — falei —, festa esta noite de novo?

— Acho que não. Perguntei à Paola onde elas vão ficar. Para já saber onde não vou ficar.

— Onde?

— Ansioso para ver sua namorada?

— Namorada?

— *Quer dançar, Martiiin?*

Abri os braços. A culpa era minha?

— Enfim — continuou ela —, esqueci onde elas vão ficar, mas não é em Golinhac, e é para lá que eu vou. Tudo bem para você?

*

O inverno estava se transmutando na primavera, e talvez eu nem tivesse percebido se Zoe não chamasse minha atenção para os botões de flores e as borboletas. Com a primavera, veio a chuva. O céu desabou, grandes pedras de granizo despencaram. Durou apenas quinze minutos, mas foi o suficiente para encharcar nós dois. A jaqueta de esqui de Zoe parecia ter acabado de sair da máquina de lavar: molenga e sem vida. Ela explodiu em risadas.

— Eu estava apenas esperando. Estava morrendo de medo de ficar encharcada e daí... De que importa?

Buscamos abrigo em Estaing, na igreja em frente ao *château*, que tinha vista para o que talvez fosse a cidade mais pitoresca que eu havia visto no *Chemin*. Dois casais americanos estavam conversando alto. Como eles costumam fazer.

— Diz aqui que é gótica. Achei que isso fosse um tipo de romance — ouvi algum deles falar.

Deram três interpretações para explicar o que seria "gótico" — todas erradas.

Fui até eles.

— É um estilo arquitetônico — falei. — Originário da França, da metade do século doze à metade do século dezesseis. Boa parte desta igreja foi construída nesse período.

— Então o que faz dela gótica? Quero dizer, como podemos saber? — indagou uma das mulheres, e todos pareceram interessados.

Dei a eles uma aula ilustrada, consciente de que Zoe estava ouvindo e tomando o cuidado de não se exibir intrometidamente.

— Você não sabe o que esses garranchos querem dizer, sabe? — perguntou o homem com uma câmera grande, ajoelhando-se diante dos portões que protegiam o altar.

— É o tetragrama. O nome de Deus em letras hebraicas. YHWH.

— Jeová.

— Isso mesmo.

— Se não se importa que eu pergunte, como você sabe essas coisas?

— Meu trabalho. — E porque a expressão dele exigiu uma explanação, acrescentei: — Arquitetura.

Era próximo disso, mas Zoe ergueu as sobrancelhas.

— E esta imagem aqui? — perguntou uma das mulheres.

— São Tiago é o da esquerda, e São Roque, o da direita. — Eu podia ler as inscrições debaixo das estátuas de madeira. — São Roque é o santo padroeiro dos peregrinos.

Dei a eles um breve resumo sobre a peregrinação.

— Eu estava querendo saber da imagem em si.

Eu podia ter dito o óbvio — o homem no meio era Cristo, e os outros, seus discípulos. Mas Zoe se adiantou.

— É um ótimo exemplo de arte pentecostal — explicou ela. — Mais típica do período anterior ao século quinze. Mostra Cristo e seus discípulos recebendo o Espírito Santo. A luz que irradia da pomba é o sinal da iluminação divina. Está vendo as chamas em cima das cabeças deles?

— Acho que sim... Agora que você falou.

— Elas mostram a assimilação do Espírito Santo.

Eles olharam mais de perto, parecendo tão entusiasmados quanto se estivessem no Louvre vendo a *Mona Lisa*.

— Não é um grupo ruim — ponderou Zoe depois que eles nos agradeceram e foram embora.

— Sua criação religiosa não foi totalmente desperdiçada.

— Aprendi na escola de Artes. Em sua maior parte. E desde quando você é arquiteto?

— Não queria parecer prepotente — a maioria das pessoas não dá bola se percebe que você está se exibindo, mas todos gostam de ouvir alguém que esteja falando de sua profissão.

— Não explica como você sabe tanto sobre o assunto.

— Sou apenas um cara conhecedor das coisas.

— *Agora* você está se exibindo. *Prepotente.*

— Cuidado, você não sabe o que está dizendo. Quando eu era jovem, queria ser arquiteto. Não deu certo.

— Continue.

— Larguei a faculdade. Trabalhei em uma oficina. Consegui uma bolsa para Engenharia. Fim da história.

Quando saímos da igreja, os americanos estavam olhando pela janela da galeria de arte do outro lado da rua.

O cara da câmera veio até nós.

— Por favor, deixem eu tirar uma foto de vocês. É o *meu* trabalho.

Ele nos colocou na escada, com meu braço em torno de Zoe e ela apoiada em mim, e ficou surpreso quando demos a ele e-mails separados para receber a foto.

Pegamos a chave na *mairie*, e pairava uma sensação de estarmos em uma aventura juntos, uma aventura diferente da caminhada sob a tempestade de neve em Aubrac. Havia dois dormitórios. Larguei minhas malas em um deles e liguei o aquecedor. Zoe tirou a jaqueta molhada e a pendurou no cabideiro para secar diante do aquecedor.

— Jantamos aqui ou fora? — perguntei.

— Preciso comer legumes — respondeu ela. — Aqui, então.

— Deixa comigo.

— Acho que não, sr. Carnívoro.

Ela deu uma olhada nas prateleiras da cozinha em busca de alimentos básicos e outras coisas deixadas para trás.

Dei uma olhada rápida.

— Não vai ter arroz integral naquela lojinha.

De qualquer forma, eu precisava encontrar um supermercado para comprar vinho. Eles tinham arroz integral na seção de orgânicos. Comprei uns legumes marinados para aperitivo e uma torta pequena para sobremesa. Além de uma garrafa de um vinho tinto local e um Chablis meia garrafa, para acompanhar a entrada.

Quando voltei, Zoe tinha colocado sua legging e a blusa comprida. Larguei as compras, coloquei o vinho branco no congelador e fui tomar banho.

Zoe tinha aberto o vinho tinto e disposto os petiscos de uma forma mais criativa do que eu teria feito. Tirei o Chablis da geladeira e servi duas taças. Brindamos e ela me deu um sorriso enorme.

Já havíamos consumido um tanto do vinho quando Zoe terminou o curry de legumes. Ela quis saber da minha vida pessoal pós-Julia, e eu lhe contei a história da Ninfomaníaca dando em cima de mim. Parei aí: ela podia adivinhar como tinha acabado.

Eu estava atento a qualquer indicativo além daquele sorriso inicial de que ela sentia uma empatia pela Ninfomaníaca. Mas era complicado. As risadas podiam ser consequência da bebida. E o mesmo isolamento que havia criado a sensação de intimidade faria com que qualquer movimento indesejado da minha parte parecesse ameaçador.

Escolhi a cama do lado oposto do dormitório. Havia dois aquecedores, então até mesmo nossas roupas permaneceram decentemente separadas.

33
ZOE

Caminhar com Martin era diferente de caminhar sozinha. Para começar, eu sabia onde estava e para onde estava indo. Ele se dava ao trabalho de me explicar a rota no mapa.

— A trilha desvia da linha reta para Saint-Jean-Pied-de-Port, indo para o oeste, em vez de ir para o sudoeste.

— Deixe eu adivinhar. Tem uma igreja.

— De fato, tem. A abadia de Sainte-Foy, em Conques.

— Nunca ouvi falar dele.

— Dela. Mártir do século terceiro. Torturada até a morte com um braseiro, aos doze anos.

— Você não está fazendo eu me sentir muito melhor com relação à igreja.

— Não foi a igreja que fez isso. A menina era cristã.

Perto de Conques, Martin parou e checou o GPS pela centésima vez.

— Nesta noite, vamos beber para comemorar. Quinhentos quilômetros de Cluny. Trezentas milhas, na sua língua.

— Vou ficar com os quinhentos. Acho que eu deveria comemorar o fato do meu corpo ter aguentado.

— Ainda faltam três quartos do caminho.

— Metade, para mim.

E eu ainda não havia encontrado a paz de espírito. Nem mesmo a certeza de que era isso o que eu estava buscando. A frase de Monsieur Chevalier, "você encontrará... aquilo que perdeu", soara profética, mas eu nunca teria de volta a coisa mais importante que eu havia perdido. Keith não estaria lá para me parabenizar no final.

Estávamos subindo — e eu esperava que, a qualquer momento, as árvores fossem rarear — e chegaríamos a um ponto de onde veríamos a cidade. Em vez disso, a trilha descia o morro pelo meio de um bosque denso, com árvores e arbustos. E então, quando avistamos a cidade pela primeira vez, parecia simplesmente outro vilarejo bonito, diferente dos outros apenas porque ficava aninhado na lateral da montanha. Um pouco adiante, tivemos uma visão mais nítida e, naquele momento, algo se agitou dentro de mim.

A abadia se erguia de um nível abaixo da estrada em que estávamos e se agigantava sobre nós. O restante da cidade se fundia a ela, com as mesmas pedras e o mesmo tipo de construção. Ainda na trilha, uma única tulipa vermelha balançava delicadamente.

Martin desprendeu o carrinho e colocou as mãos sobre meus olhos.

— Sua vez.

— Hum... Vermelho sobre uma tela branca. Uma abadia incrível, telhado íngreme de ardósia... Pináculos, uma trilha que rodeia a igreja e segue até um edifício quadrado, que deve ser o monastério.

Era difícil se concentrar em qualquer coisa além do calor das mãos dele nas minhas bochechas, na rigidez de seu peito atrás do meu ombro, e a sensação formigante que se espalhou por meu corpo.

Martin tirou as mãos dos meus olhos e deu uma aula sobre arquitetura do século XI, ainda parado ao meu lado. Quando terminou, eu me virei para ele, que me olhou atentamente, como se estivesse tentando ver alguma coisa ou tomar uma decisão. Martin me deu um beijo rápido nos lábios, então se voltou novamente para o carrinho. Não estava lá.

Levamos apenas um instante para encontrá-lo, apoiado em uma parede de pedras, para onde devia ter rolado, arrancando a tulipa no caminho. Caminhamos até ele e Martin o analisou, para ver se havia sofrido algum estrago. Estava tudo certo.

— Boa lição — disse ele. — Preciso projetar um freio.

Então ele o ergueu, jogou os bastões em cima e pegou minha mão.

Descemos a ruela estreita de pedras, que passava por bares e lojas de souvenirs, e então retomava sua solitude. Eu a segui até o albergue do monastério, deixando Martin sozinho para fazer *check-in* no hotel. As paredes se erguiam dos meus dois lados. Na entrada do monastério, várias pessoas com chapéus e mochilas de peregrinos e com um ou outro bastão de madeira tradicional haviam se reunido e estavam conversando com um homem com um hábito castanho-amarelado, que se apresentou como Irmão Rocher.

Fiz o *check-in* e subi a escadaria enorme de pedras gastas até o dormitório; parecia que os monges do século IX tinham acabado de sair, e, por uns instantes, parada sozinha em meio ao silêncio, senti que eu, de alguma forma, estava conectada a todas as almas que haviam passado por ali.

— Sabia que "Compostela" significa "campo da estrela"? — contou Martin.

Depois de explorar a cidade, nós havíamos subido um lance de escadas irregulares de madeira até o bar no terraço do hotel dele. Agora estávamos amontoados, tomando um vinho tinto local. Tínhamos uma vista perfeita da abadia enquanto o crepúsculo se instalava.

— Como em "Santiago de Compostela"? Não é uma palavra que eu tenha precisado usar até hoje.

— A história conta que uma estrela guiou um ermitão aos restos mortais de São Tiago, que estavam enterrados em um campo. Mais de mil anos atrás. Hoje eles são exibidos em um caixão de prata na catedral de Santiago de Compostela. Agora você sabe por que está caminhando.

Eu podia ver a primeira das estrelas bem alta no céu ę, pela primeira vez, me permiti imaginar Santiago como destino. Havia algo de romântico naquela história, por mais equivocado — literalmente — que o ermitão do século IX tivesse sido. Todos recebemos sinais. Acontece que em geral não os percebemos, ou os interpretamos errado.

— Adoro os sinos — falei. — Não apenas aqui. Em todos os vilarejos, nos recepcionando ou se despedindo de nós. Quantas pessoas, ao longo dos séculos, já ouviram esses sinos? E cá estamos nós...

— Sabe aquela música da Edith Piaf? "Les Trois Cloches?" Um sino para o nascimento, um para o casamento e um para a morte. A igreja era o centro de tudo, naquela época. Esta abadia, do século onze, levou cem anos só para ser reconstruída. As pessoas passaram uma vida inteira trabalhando e nunca viram o final.

— Suponho que elas estivessem garantindo sua passagem para o céu.

— Exatamente — concordou Martin. — A vida delas tinha propósito.

— Isso não faz com que seja certo. A igreja sugou o dinheiro e o trabalho de pessoas pobres que não conheciam outra alternativa.

— Elas acreditavam no que estavam fazendo. Quem somos nós para dizer o que é e o que não é uma boa vida?

— Ser torturado até a morte com um braseiro certamente não é. Nem ser queimado na fogueira. Enquanto o papa coloca outro Michelangelo na parede.

— Ou no teto — complementou Martin, rindo com a minha dramaticidade. — Você deveria ficar contente por a Igreja apoiar as artes.

— Não acredito que você está defendendo a Igreja.

— Não estou — garantiu Martin. — Só estou oferecendo contexto histórico.

— Ainda acontece nos dias de hoje.

— É difícil mudar séculos de crenças.

— Porque as pessoas são egoístas, porque são doutrinadas e ameaçadas com o inferno e...

E Martin estava sendo irritantemente racional.

— Vá jantar com os monges. Vá à bênção, de repente — sugeriu ele. — Com a mente aberta. *Não julgueis para que não sejais julgados.* Venha beber algo comigo depois.

Martin me garantiu que a mente dele já estava aberta, então eu o deixei sozinho para jantar e fui ao encontro das brasileiras e dos monges no albergue.

As visões de Renata sobre religião faziam as minhas parecerem moderadas. Pesquisadora ou não, ela não tolerava nada da Igreja católica. "O sentimento é mútuo", foi sua única explicação, e me perguntei o que ela teria feito — ou publicado — para conquistar a ira da Igreja. Depois do jantar, ela ficou para trás, tomando cerveja com o dinamarquês mais velho com quem estava caminhando.

O interior da abadia de Sainte-Foy, com suas cinco capelas deslumbrantes, era tão impressionante quanto o exterior. O teto da nave era uma abóbada cilíndrica alta, dividida por blocos de pedra enormes. Acima de nós ficavam galerias onde corais provavelmente costumavam cantar. Fiquei por alguns instantes analisando a arte das colunas: folhagens de palmeiras e monstros competiam com cenas da curta vida de Sainte-Foy. Em um ponto, eu ainda conseguia distinguir um resquício das cores que um dia deviam ter alegrado aquele interior de pedra imenso.

Fabiana parecia abalada; ela me puxou para um lado enquanto seguíamos para os bancos da frente.

— Você acha que Deus sabe que eu me esforço?

— Deus deveria saber de tudo. Se você crê, acho que a resposta deve ser "sim".

— Mas eu cometo tantos erros... — comentou ela. — Não por ódio, mas por amor. Você acha que isso torna menos...

Eu não era a melhor pessoa a quem perguntar. Talvez fosse por isso que ela havia me escolhido. Pensei em um guru com quem eu tinha passado um fim de semana em um retiro e tentei canalizá-lo.

— O caminho não é uma linha reta, mas cada passo a deixa mais perto — falei. Sabedoria vinda direto de Fresno, Califórnia.

Quase no instante em que nos sentamos, os sinos ressoaram. O silêncio era mortal enquanto ouvíamos — e, então, em meio à calmaria, veio o som de homens cantando *a capella*. Cinco monges, incluindo irmão Rocher, apareceram. Eles estavam usando batinas claras sobre calças longas; todos, com exceção de um, de meias e sapatos. Com seus quarenta anos mais ou menos, irmão Rocher parecia ser o mais novo; um dos outros devia ter uns noventa, enrugado e encolhido em cima do livro de orações.

Eu não fazia ideia do que eles estavam cantando. Supunha que fosse latim, mas podia muito bem ser francês. Eu não precisava entender as palavras para que elas me tocassem. Não sei se foi a acústica, a beleza da canção ou a convicção por trás dela, mas havia grandeza e esperança em cada nota.

Os afrescos tremulavam sob a luz das velas, e os homens dos vitrais me fitavam com benevolência enquanto eu perdia o chão ouvindo a canção dos monges. Talvez fosse por isso que eu tinha ido ali, por isso que eu precisava estar ali. Vi lágrimas escorrendo pelas bochechas de Fabiana.

Irmão Rocher disse, em francês e em inglês, que quem quisesse a bênção deveria ir até a frente. Eu me sentei e observei as três brasileiras e meia dúzia de outras pessoas se adiantarem alternadamente. Os monges cantaram um cântico final e todos saíram. Menos eu.

Séculos de canções, devoção aos outros e dedicação a algo maior do que o materialismo do século XXI haviam criado uma paz que permeava as paredes. Quaisquer que fossem minhas ressalvas quanto à religião, não eram relevantes ali. A quietude e a austeridade me conferiam uma sensação estranha de conforto, e eu parecia estar perto de alcançar algum tipo de clareza.

Uma voz me assustou.

— Você é bem-vinda para permanecer aqui o quanto quiser — disse irmão Rocher, vindo da frente da igreja. — Mas, se eu puder ajudar...

Sequei as lágrimas que escorriam pelas minhas bochechas.

— Obrigada. Estou bem.

— Você tem um coração enorme.

— Tive umas perdas... Uma perda — contei. — E não... consegui ficar de luto.

— Algumas feridas cicatrizam rápido; outras, mais devagar — ponderou irmão Rocher. — O que importa é que estão cicatrizando.

— Não ganhei a bênção. — Deixei escapar quando ele se virou para sair. Inexplicavelmente, senti que deveria ter ganhado.

O irmão Rocher se virou, sorrindo.

— Volte novamente amanhã à noite. Ficarei feliz em lhe dar a bênção, se você estiver preparada.

Enquanto caminhava da abadia para o hotel, sobre pedras desgastadas por séculos de passos de peregrinos, fiquei pensando na minha mudança de atitude.

— Não é da Igreja que eu tenho raiva — expliquei a Martin.

Ele puxou uma cadeira, mas eu não queria sentar. Eu não precisava de uma bebida e certamente não estava pronta para lidar com os sentimentos que haviam fagulhado em minha mente quando ele me beijou mais cedo.

— Vou ficar mais um dia — disse a ele. — Ou o tempo que precisar. Acho que... descobri por que estou nessa caminhada.

Martin ia dizer alguma coisa, mas se conteve.

— Quer dizer, sei que tenho que ficar de luto pelo meu marido... Mas toda essa *raiva*... Eu não sou assim.

— Não? Acho que me recordo de ouvir você mandar eu me ferrar quando a provoquei por ter se perdido em Saint-Privat-d'Allier. E a cerveja de mirtilo...

— Não aceitar desaforo é outra coisa. Estou falando da religião. As cruzes e a...

Me sentei.

— Depois que ajudei Camille... — Como colocar em palavras a expressão no rosto da minha mãe? O julgamento que ela fizera não apenas de Camille, mas de mim, também? — Minha mãe disse que eu não era mais bem-vinda em sua casa.

— Por causa das crenças religiosas dela.

— Sim... Ou das crenças do pastor, embora ele fosse incrivelmente clemente quando se tratava do meu pai.

— Violento?

Confirmei com a cabeça. Martin ficou me olhando por um tempo.

— Você nunca perdoou a sua mãe.

— Ela nunca me perdoou. — Sequei uma lágrima da bochecha. — E agora ela está morta, então acho que nunca vai perdoar. Mas tenho pensado muito. Em algo que você disse, para falar a verdade. *Não julgueis para que não sejais julgados.*

— Sábias palavras de você-sabe-onde — disse Martin.

— Talvez minha mãe nunca me perdoasse, mesmo que estivesse viva. Mas posso escolher como vou julgá-la agora.

— Fico feliz por você. — Martin hesitou, então apertou minha mão e continuou segurando. — Mas triste por perder minha parceira de caminhada.

Como eu podia pedir que ele ficasse comigo? Eu me contive. Ele tinha um planejamento a cumprir.

— Talvez eu alcance você — falei.

Era improvável. Quando ele estivesse um ou dois dias à frente, sob mais pressão do tempo do que eu, não nos veríamos mais, a não ser que algo o detivesse.

Dei um beijo de despedida em sua bochecha.

— Não perca contato com a Sarah, está bem?

Passei a noite pensando na minha mãe. Pela primeira vez em anos, me lembrei de alguns pontos positivos: as histórias que ela me contava, decorar a árvore de Natal com enfeites que fizemos juntas, o jeito como ela fazia sopa e cortava minha torrada, e como passava manteiga de amendoim a mais quando eu ficava resfriada.

Pensei em como a vida dela tinha sido difícil com o meu pai, e com o pai dela antes disso. Ela nunca confiou o suficiente em si mesma para achar que sobreviveria sem um marido e sem a religião, e quem era eu para julgá-la? Foi uma outra época. Eu ficava contente pelo amor que ela tinha me dado quando eu era nova e por como me ajudara a ser uma mãe melhor para as minhas próprias filhas. E isso, apesar de toda a energia negativa na nossa casa, tinha, de alguma forma, me dado forças para seguir meu próprio caminho.

Eu estava do lado de fora da abadia na manhã seguinte, com o irmão Rocher, quando ouvi um sino tocando ao longe.

— De onde está vindo isso? — perguntei.

— Da capela no morro lá do outro lado, no *Chemin* para Santiago. — Enquanto o irmão Rocher falava, os sinos da abadia ressoaram. — E essa é a igreja desejando uma boa jornada ao peregrino que bateu o sino.

— Os próprios peregrinos é que batem? — indaguei.

— Sim, e sempre respondemos.

Perguntei se eu podia ver os sinos da abadia de Sainte-Foy, redomas enormes e grossas que costumavam ser tocadas por uma longa corda lá de baixo, e agora eram controladas eletronicamente.

— A corda ainda funciona? — questionei, pensando que era mais romântico puxar a corda enrolada à minha frente do que apertar um botão.

— Ah, sim. A maneira tradicional ainda funciona.

Ouvi outro sino a distância. Então, outro. Três, no total. *Les trois cloches.* Minha pele formigou, da mesma forma como quando eu segurei o berloque de concha de vieira. Eu tinha certeza de que Martin estava lá, do outro lado do vale, se despedindo não apenas de Conques, mas de mim.

— Posso tocar em resposta, do jeito tradicional? — pedi.

O monge pareceu compreender e me entregou a pesada corda para puxar, e eu pude me despedir de Martin. Se o irmão Rocher não compreendeu as lágrimas que desciam pelo meu rosto, ele não disse.

34
MARTIN

Como foi Conques?

Incrível.

Eu estava usando uma palavra no seu sentido estrito, mas sabia que Sarah ficaria intrigada.

Qual o nome verdadeiro dela?

De quem?

Da "Candy".

Não estou caminhando com ela mais.

Tadinho.

Você está fazendo suposições demais. Isso não é bom no campo das ciências.

Por falar nisso... Vc sabe fazer cálculos?

Sei.

Tem um tempo pra conversar?

Abri o Skype e cliquei em "ligar". Sarah atendeu — sem vídeo.

— Oi, pai.

Era a primeira vez que eu ouvia a voz dela em seis meses.

— Qual o problema?

— Integração por partes. Não consigo entender.

— Provavelmente porque não é fácil.

— Então não é só porque eu sou burra.

— Não é só por isso.

— Pai!

— Tem papel aí? Não é *tão* difícil assim. O problema é a maneira como ensinam.

Decazeville, onde eu estava enfurnado no meu quarto de hotel, com uma conexão à internet instável, não era nada hospitaleira. Talvez, na estação certa e com o estado de espírito apropriado, fosse uma cidade agradável, mas eu não a visitei nessas circunstâncias. Estava muito frio, e o gerente negou que eu tivesse feito uma reserva antes de, finalmente, me dar um quarto.

Passei meia hora explicando técnicas de integração para Sarah, e então, enquanto esperava que ela as testasse, refleti sobre seu comentário em relação a Zoe.

Tenho muito em que trabalhar — no mínimo reorganizar minhas finanças — antes de me permitir me envolver em um relacionamento. Era isso, eu precisava admitir, o que estava acontecendo, ao menos de minha parte.

— Menos x vezes cosseno de x, mais seno de x. Mais c — disse Sarah. — Checando... Correto! Você é um herói.

— Fico feliz que alguém pense assim. — Escapuliu antes que eu pudesse me conter.

— Pai? O que houve? Você ficou calado.

— Não é nada.

— Sim, sei.

— Parece a voz da experiência falando.

— Um pouco. Estou tentando focar nas provas. Não fazer nenhuma besteira.

— Bem pensado.

— Melhor eu terminar esses exercícios.

Ela desligou, então me mandou uma mensagem.

Obrigada, pai. Amo vc.

Respondi: *Bjo. Mande mensagem se empacar.*

Figeac, no dia seguinte, foi completamente diferente: uma cidade grande e bonita às margens do rio Célé. Enquanto eu relaxava em um bar, curtindo minha cerveja pós-caminhada, observei algo inesperado e no mínimo curioso se desenrolar no hotel à minha frente. Um táxi chegou e desembarcou meia dúzia de mochilas. E também três mulheres: Paola, Margarida e Fabiana. Mas, em vez de seguirem com as mochilas para o hotel, elas atravessaram a rua na direção do bar. E me viram logo de cara.

— Martiin! Cadê a Zoe?

— Ficou em Conques.

— Por quanto tempo?

— Não sei.

O barman se aproximou.

— Mojitos? — perguntou Paola.

— *Oui, madame.*

Três dedos se ergueram.

— O bar no hotel de vocês não é bom? — perguntei.

A troca de olhares confirmou minhas suspeitas.

— Não entramos direto para que não saibam que viemos de táxi e se recusem a carimbar nossas credenciais — explicou Paola. — Estamos com dor no joelho.

Todas as três apontaram para um dos joelhos. Desejei poder compartilhar aquele momento com Zoe.

— Ontem — continuou Paola — a caminhada foi longa. Pegamos o atalho para evitar Decazeville e ficamos em Livinhac-le-Haut, que ficava bem no alto.

— E Renata? — indaguei.

— Renata está caminhando — respondeu Margarida. — Ela...

Paola a interrompeu.

— Eu faço o *Camino* há doze anos. Cada um caminha por seus próprios motivos. Nós fazemos nossas próprias regras, e não um velho de um albergue ou algum *fonctionnaire* do atendimento ao cliente vendendo credenciais.

Os mojitos chegaram e Paola sorriu.

— Cada caminhante é diferente — continuou ela. — Algumas pessoas estão debilitadas demais para caminhar o dia todo. Outras não querem caminhar muito.

— E quem está se divertindo mais? — emendou Margarida.

— Você vai jantar com a gente hoje, não vai? — perguntou Paola. — Tem um restaurantezinho... Não é muito caro, mas é ótimo.

O restaurante fez jus à promessa de Paola. Enquanto retornávamos a nossos hotéis, fiquei para trás com Renata.

— Posso pagar mais uma bebida para você? — ofereceu ela.

— Só mais uma. Preciso ligar para a minha filha. Elas não vão perceber que você sumiu?

— Elas me conhecem. Eu faço o que eu quero.

O bar do meu hotel ainda estava aberto.

— Então — começou Renata —, você e Zoe. O que está rolando?

— Estávamos caminhando juntos, mas ela parou lá em Conques. É assim que as coisas funcionam no *Camino*.

— Besteira. — Ela riu. — Você fugiu, não foi? Morre de medo das mulheres.

— Algo assim.

— Não o culpo. Você é divorciado, não é?

— Sou. E você me contou que também é.

— De fato. Viver comigo é algo impossível. Mas eu preciso de um homem.

Não ficou claro se aquela era uma afirmação aleatória ou se ela estava se referindo ao momento presente. Eu suspeitava que fosse os dois.

— Você não tem medo de dizer o que quer.

— É difícil conseguir o que se quer. Mais difícil ainda se você não pedir. Para onde você vai depois de Figeac?

— Estou seguindo o *Chemin*.

— Existe uma alternativa. Está no *Dodo*. — Ela estava se referindo ao guia de alimentação e acomodação, o *Miam Miam Dodo*, cujo título poderia ser traduzido precariamente como *Nham Nham, Boa Noite*. — Eu vou pegar a Variante du Célé daqui de Figeac. Vou encontrar as outras em Cahors.

Ela foi comigo até meu quarto e, à porta, me deu um beijo de boa-noite. De uns cinco minutos. Seria mentira se eu dissesse que não gostei, mas, quando ela desceu as escadas novamente e eu corri para dentro do quarto, tinha a sensação de ter escapado.

Liguei o computador e fiz uma postagem no blog.

Richard, de Tramayes, tinha postado uma pergunta: "Você viu uma americana chamada Zoe?"

Respondi dando a entender que eu havia caminhado com ela até Conques, mas que, agora, estávamos em trilhas diferentes. Outro leitor tinha escrito: "Li que o Caminho Francês é uma festa. É verdade?" A pergunta vinha do Brasil. Foi impossível resistir. Postei minha foto com as brasileiras, bebendo Ricard, com o braço em torno de Margarida.

E então recebi uma mensagem verdadeiramente animadora por Skype. *Prova de integração por partes. Tirei 94. Um errinho idiota. Obrigada, pai.*

Decidi pegar o caminho pelo Vallée du Célé.

Meus motivos eram mais complexos do que ir atrás de Renata, e eu esperava que, se nos encontrássemos, ela não interpretasse dessa forma. Eu queria manter certa distância entre mim e Zoe, nem que fosse apenas para desanuviar a mente.

A rota du Célé também parecia mais plana. Havia uma descida íngreme até Figeac e fui forçado a ziguezaguear como um esquiador para poupar meus joelhos. Eu não queria ter de passar por outra cirurgia. Muito menos que achassem que o carrinho forçava meus joelhos. Vários compradores em potencial se interessariam, primariamente, porque o carrinho seria mais fácil do que carregar uma mochila nas costas.

No dia seguinte, cheguei ao meu *chambre d'hôte*, na cidade de Corn, no meio da tarde. Se essa era a alternativa mais plana, eu me sentia grato por não estar no *Chemin* principal. A *madame* pegou minhas roupas sujas, e eu fiquei sentado no quarto de toalha, mexendo no blog e traçando minha rota para o GPS.

Sarah apareceu no Skype com uma mensagem de três palavras.

É Zoe, né?

?

Esse é o nome dela, né?

Ela obviamente tinha lido meu blog e a pergunta de Richard. Eu estava prestes a preparar minha defensa quando uma alternativa me ocorreu — uma na qual eu teria pensado antes, se não estivesse tão focado em mim mesmo.

Quem é que está fazendo VOCÊ sofrer?

O que o faz pensar que tem alguém?

Ora, me poupe.

TINHA alguém.

E agora?

Não comece.

Mas ele ainda está na jogada?

Seja lá o que isso quer dizer. Mamãe o odeia.

Complicado. Felizmente, não precisei responder. Ela acrescentou outra mensagem.

Acho que você iria gostar dele.

Por quê?

Estudante de engenharia.

Bom começo ;-)

Talvez.

Ele tem 22 anos.

Nenhum pai consegue imaginar qualquer garoto que seja adequado para sua filha. Eu conhecia muitos estudantes de engenharia. Havia grupos piores. Mas algo em mim disse que havia mais em jogo do que a diferença de idade. Julia o odiava, e, embora ela pudesse estar zangada por Sarah ter escolhido alguém parecido comigo, eu não achava que isso se traduziria em ódio.

E...?

Pausa longa.

Ele tem namorada.

E...?

Não pode deixá-la.

Por quê?

Bebê.

Pela primeira vez desde que tudo dera errado, senti certa empatia por Julia. Sarah estava tendo um caso com alguém que era potencialmente — talvez efetivamente — casado. E Julia tinha perdido o direito de dar qualquer lição de moral.

Quer conversar?

Eu esperava que ela dissesse que não. Eu precisava de tempo para pensar.

Não. Obrigada, pai.

E depois:

Você acha que eu sou uma idiota.

Relacionamentos são complicados.

Mesmo?

E então:

Boa noite, pai. Amo vc.

Bjo.

No que ela estava pensando? A resposta simples provavelmente era a certa: Julia e eu estávamos focados demais um no outro durante o divórcio, e depois eu me afastei. Mas uma coisa tinha ficado evidente para Sarah: crises chamam nossa atenção. E agora ela tinha criado sua própria crise. A coisa inteligente a ser feita era lhe dedicar atenção, mas não como resposta a esse tipo de comportamento. As aulas de matemática estavam fazendo esse papel.

Era fácil fazer a análise dessa situação bebericando um aperitivo no sul da França. Talvez fosse um pouco mais difícil para Julia, que dividia a casa com uma adolescente que estava sob pressão das provas, vivendo um relacionamento complicado e as consequências de um divórcio.

Com relação a essa última questão, Jonathan havia me mandado um e-mail: "Achei que você deveria saber que Rupert e a esposa se reconciliaram, veja só. Julia passou por uns bocados. É difícil encontrar alguém que tenha saído ganhando nisso tudo."

Eu estava sentindo que deveria seguir o exemplo do Caminhante Morto e ir para casa consertar as coisas. Mas isso me levaria diretamente para uma briga com Julia, o que não faria bem a nenhum de nós. Eu estava progredindo no meu relacionamento com Sarah a distância.

O jantar no *chambre d'hôte* foi excepcional, tanto pela comida quanto pela companhia. Renata havia chegado depois de mim, e nós fizemos uma refeição digna de um restaurante francês, preparada pelo marido da Madame Laundry. Eu apostaria que boa parte da nossa tarifa foi destinada para a compra dos ingredientes. Monsieur Laundry obviamente não recebia pessoas pelo dinheiro, e nós dois sentimos que o melhor pagamento era em elogios, com que o cobrimos generosamente.

Ele devia ter uns 65 anos e, depois do jantar, em meio a taças de Armagnac, explicou que era aposentado e que ele e a esposa gerenciavam o *bed and breakfast* por prazer: pela companhia e pela conversa com pessoas como Renata e eu. Eles tinham uma casa modesta em um vilarejo isolado, mas pareciam ter construído uma boa vida.

Renata e eu concordamos em tomar o café da manhã às 8h, e presumi que iríamos caminhar juntos.

A caminhada até Marcilhac-sur-Célé foi, novamente, puxada. Por volta do quilômetro vinte, havia uma subida íngreme e uma descida acidentada. O carrinho se saiu muito bem no terreno, como sempre, mas, no meio da subida, tive que pedir que parássemos.

— Vejo você no hotel — disse Renata, continuando em frente.

Quando cheguei, ela estava no bar conversando com o dinamarquês com o qual havia atravessado Aubrac. Ela o apresentou como Torben. Ele era um cara robusto, que tinha a aparência característica de um homem na casa dos sessenta que resolveu enfrentar a idade se jogando de cabeça na academia. Jantamos juntos, mas, quando Torben pediu um café e aperitivos, concluí que estava ali segurando vela e bati em retirada.

Quando eu estava terminando meu post para o blog, alguém bateu à minha porta. Renata, exibindo os efeitos de alguém que tomou mais de um aperitivo, entrou e me beijou com tudo.

— Última chance — avisou ela —, ou vou caminhar com Torben amanhã.

Então ela me beijou de novo, como que para garantir que minha decisão fosse bem consciente.

— Talvez a gente se encontre de novo antes de Santiago — disse ela, indo embora.

Nham-nham, boa noite.

Durante quase três semanas, caminhei sozinho, passando por Moissac, Lectoure e Condom, e por uma série de outras cidades e vilarejos entre elas, atravessando vinhedos, pomares desabrochando e campos dourados de centeio sem cercas, e ficando em hotéis baratos e *chambres d'hôte*. Comi em um restaurante gourmet em Cahors, compartilhei uma panela de *coq au vin* com colegas peregrinos em um albergue em Lascabanes e cozinhei para mim mesmo com várias compotas de uma fazenda de patos ente Aire-sur-l'Adour e Uzan.

Voltei para o *Chemin* principal, e, embora eu visse poucos caminhantes durante o dia, nós nos reuníamos à noite nos bares e albergues. Eu supunha que houvesse mais ou menos uma dúzia em cada trecho da trilha, a qualquer momento do dia. Aproximadamente metade era de franceses, a maioria fazendo uma etapa de duas semanas, e não o *Chemin* completo.

Sarah já não estava sendo mais tão receptiva; voltamos a trocar mensagens curtas.

No dia 43, após uma caminhada longa até Sauvelade, eu havia me presenteado com apenas dezessete quilômetros. Alternar as distâncias, conforme eu havia aprendido no meu treinamento para a maratona, estava funcionando bem. Conseguira manter o cronograma para chegar a Saint-Jean-Pied-de-Port, na fronteira com a Espanha, dali a três dias.

Eu tinha ligado para o único *chambre d'hôte* listado no guia. A mensagem de voz me informara que os donos estavam em férias, mas recomendava uma alternativa, onde consegui uma reserva.

As placas me levaram até a localização apresentada no guia. Um bilhete escrito à mão e um mapa no portão me redirecionaram para um anexo, um chalé menos bem-cuidado descendo a rua.

— Está aqui pelo quarto?

Aquelas quatro palavras, carregadas de sotaque, me indicaram a nacionalidade do proprietário (inglês), sua origem (Bradford), sua inclinação política (conservador ou partidário da UKIP), o provável motivo pelo qual ele estava na França (clima / preços das casas / malditos imigrantes no país), e sua atitude em geral (rabugento).

Ele me levou até o andar de cima, onde ficava a acomodação mais básica — ou improvisada — que já tinham me oferecido em um *chambre d'hôte*. Duas camas de solteiro estavam amontoadas no que claramente costumava ser um quarto de criança: Tintim nas cortinas, brinquedos nas prateleiras e sem banheiro privativo. Wi-Fi? Não, embora meu celular detectasse uma rede segura.

O carimbo na minha credencial confirmou minha suspeita: era mesmo um *chambre d'hôte*. Steptoe — que assim apelidei em homenagem ao personagem ranzinza da antiga série *Steptoe and Son* — e sua esposa estavam quebrando um galho, se virando com o que tinham e ganhando dinheiro sem fazer investimento nenhum. *C'est la vie*. Era o que tinha para hoje.

Talvez aquilo fosse o destino. Porque, quando ouvi uma batida à porta e escapuli para o andar debaixo para ver quem se juntaria a mim, era Zoe.

35
ZOE

Eu estava no meio da explicação sobre quem eu era — no meu francês melhorado — quando o vi.

— Martin!

Acho que gritei. O senhor baixinho que atendera a porta deu um pulo para trás, confirmando minha hipótese. Larguei a mochila, que já estava dependurada no ombro, e me joguei nos braços de Martin.

— Meu Deus, achei você! — eu disse. — Só tenho mais três dias e quase desisti!

Dei um beijo no rosto dele.

Martin me abraçou de volta e riu.

— Você parece radiante!

Eu estava me sentindo assim. Tive três semanas desde meu dia de folga em Conques para pôr a cabeça no lugar, e meu corpo e minha mente havia muito tempo não estavam tão bem. Não tinha sido fácil, mas Conques havia me trazido paz, e eu acendi uma vela para minha mãe antes de partir. Embora tivesse optado por não perdoar meu pai, ou o pastor, eu tinha aceitado meu passado e não era mais atormentada por ele toda vez que via uma cruz.

Eu me sentia pronta para seguir em frente, e grata por ter tido aquela experiência em um país lindo, vivendo com simplicidade e de forma saudável. Quaisquer dúvidas com relação a chegar ao meu destino foram aniquiladas assim que vi os Pirineus. A vastidão de montanhas de cumes brancos que se estendia pelo horizonte representava o marco de realizar uma tarefa quase impossível.

Camille tinha me mandado um e-mail, insistindo para me encontrar em Saint-Jean-Pied-de-Port e me levar de carro até Paris, onde eu pegaria meu voo.

— Uma viagem de carro, *chérie.*

O universo ia me levar até a fronteira com a Espanha, e, depois, para casa. Mas agora tinha me levado até Martin. Eu vira o rastro da roda única na lama quando estava entrando em Navarrenx. Um pescador me disse que havia visto um homem puxando um carrinho sair da cidade uma hora mais cedo, então arrisquei e continuei em frente.

Eu já havia pensado no que queria dizer a ele, e agora simplesmente estava falando tudo de uma só vez.

— E as brasileiras? Você ficou na casa daquele cara religioso que...

— Uou! — Martin estava rindo. — Acho que nosso anfitrião gostaria de saber se você vai ficar aqui.

— *Pardon, monsieur, je voudrais...*

— Nós falamos a sua língua aqui.

Ele falava, mas o sotaque era tão carregado que eu mal conseguia entendê-lo. Naquele momento, outra mochileira, uma mulher mais velha e franzina, chegou. O proprietário olhou para nós duas.

— Só tenho dois quartos. Vocês vão ter que dividir.

A outra mulher — que se apresentou como Monique — não falava inglês. Martin havia conversado com ela algumas vezes no *Chemin* e traduziu a conversa enquanto seguíamos o proprietário escada acima.

Nosso quarto tinha uma cama de casal e muitas tralhas — peças de computador, livros, roupas — empilhadas em caixas.

— Qual o tamanho do seu quarto? — perguntei a Martin.

— Maior que este. Duas camas.

Que se dane. Nós havíamos dividido um dormitório em Golinhac. A anfitriã — uma mulher alta que me lembrava Margaret Thatcher, mas com um queixo mais delicado e com sobremordida — chegou com uma toalha, me olhou de cima a baixo e fungou.

— Então ele é seu irmão, né?

Quando desci as escadas, Martin estava no saguão digitando no celular.

— Precisava falar com a minha filha, Sarah. Agora sou todo seu.

— Como é que ela tá?

— Quem é que sabe? Amanhã eu conto. Neste momento, quero saber o que você andou fazendo. Você bebe uísque?

— Não sou de tomar uísque, não.

— O *Camino* vai mudar você.

Ele disse aquilo com um sotaque francês — uma imitação perfeita de Monsieur Chevalier —, e eu fiquei surpresa ao perceber como meus sentimentos por ele haviam mudado desde aquele encontro em Cluny.

Martin desapareceu por um minuto e retornou com dois copos. Entregou um para mim.

— Pode beber a maior parte, só deixa um pouquinho para mim.

Beberiquei com cautela.

— É água, não é?

— É água. Mas você poderia ter achado que era um Dom Pérignon...

Fiquei vigiando a porta enquanto Martin servia duas doses da garrafa do aparador.

— Saúde — brindou ele, batendo o copo no meu. — Temos direito a uma entrada, então estou ajudando Steptoe a cumprir o regulamento.

Eu nunca havia tomado destilados fortes antes do *Camino*, mas estava me acostumando.

Martin tomou um gole de seu copo.

— O que aconteceu? Não vejo as brasileiras desde Figeac — indagou ele.

— Eu as alcancei pouco depois. Elas perderam um dia inteiro porque se separaram de Renata e demoraram um pouco para se encontrar novamente. Elas estão com Bernhard e o dinamarquês, Torben.

— Bernhard?

— Ele me pediu desculpas. Eu, também. Acho que Paola o forçou antes de permitir que as acompanhasse. Você viu o cara caminhando de kilt? O escocês?

— Escocês? Quem diria! — zombou ele.

— Pare com isso. É sério, ele está percorrendo todo o caminho com o mesmo kilt e disse que nunca o lavou.

— E aquele casal holandês com o cachorro que fica no mesmo hotel todas as noites?

— No mesmo hotel? Como?

— Bicicleta e van. Vão de van até o destino final, largam a bicicleta e...

Nosso anfitrião nos interrompeu para anunciar que o jantar estava servido. Enquanto seguíamos para a sala de jantar, Martin pegou minha mão e a apertou. Retribuí o gesto.

O jantar era composto por salsichas, purê de batatas, cenouras, repolho, e uma jarra de vinho tinto. Monique tomou um gole e torceu o nariz.

— *Entrée?* — perguntou ela.

— Se você conseguir comer tudo isso aí, eu providencio outra coisa — disse o homem que Martin tinha, por algum motivo, apelidado de Steptoe.

Peguei batatas e cenouras, mas deixei as salsichas. Martin percebeu.

— Será que você teria peixe para a moça aqui, meu amigo? Uma lata de sardinhas, ou algo *assim*?

Ele disse "assim" de uma forma meio nasalada. Se estava tirando sarro do sotaque de Steptoe, torci para que nosso anfitrião não tivesse percebido. Notei que ele estava prestes a dizer que não, mas mudou de ideia.

— Sem problemas, mestre.

Em alguns minutos, eu tinha um filé de peixe branco frito no meu prato. A primeira garfada trouxe à tona memórias de infância — era bem... *peixudo.* Pensei, por um instante, em como eu havia sido mimada: em Los Angeles, nós torcíamos o nariz para qualquer coisa que não fosse a mais fresca possível. Um peixe que tinha passado uns dias na geladeira — depois de descongelado — não me fizera mal nenhum quando eu era criança e provavelmente não faria agora.

Enquanto eu subia para o quarto, tive que reconsiderar. Senti uma onda de náusea. Talvez fosse meu nervosismo. Eu me lembrei de como me senti quando Martin me beijou em Conques, e meu estômago revirou.

Será que eu estava interpretando os sinais de forma errada? Eu tinha bebido um pouco. Será que eu queria fazer algo além de apenas dormir? Não dormia com ninguém além de Keith havia quinze anos. E o próprio Martin devia ter suas ressalvas — ou certamente teria aceitado a oferta da Ninfomaníaca.

Martin sorriu, pegou seu nécessaire e seguiu para o banheiro. Aproveitei para colocar meu traje de dormir — uma camiseta velha. Certamente não era o que eu teria escolhido para uma primeira noite. E, o tempo todo, fiquei pensando: este homem não é Keith.

Martin estava de short quando retornou. Esqueci meu nervosismo.

— É bom ver você de novo — disse ele.

— Digo o mesmo — respondi, percebendo que era verdade.

Ele esticou o braço e fez um carinho no meu ombro. Então, me beijou, e eu me deixei levar pelo beijo, saboreando a proximidade física que me fazia falta todas as noites que eu fora sozinha para a cama, desde a morte de Keith, fingindo estar bem.

O beijo foi longo e lento, e eu me senti consciente de estar mais velha e mais sábia do que quando namorava, e mais confortável comigo mesma, independentemente do que aconteceria.

Então, meu estômago revirou. Ele provavelmente estava tentando me mandar um aviso fazia algum tempo, mas eu o havia ignorado. Mal consegui chegar ao banheiro. Pelo menos Monique não o estava usando. Fiquei sentada de camiseta e calcinha no chão, com a cabeça sobre o vaso, querendo morrer.

Passaram-se pelo menos quinze minutos até eu me sentir pronta para voltar. Martin, em sua cama, soltou um "Você está bem?" cauteloso. Mal consegui responder:

— Não estou me sentindo muito bem.

Eu queria chorar. Ele sequer se mexeu, e não consegui pensar em mais nada a dizer, então deitei na cama e deixei que as lágrimas escorressem pelo meu rosto enquanto passava outra noite sozinha.

Percebi que Martin se levantou pela manhã antes de pegar no sono de novo. Eu havia perdido a conta de quantas vezes tinha me levantado durante a noite. Ainda me sentia enjoada, embora estivesse um pouco melhor, e bastante fraca.

Monique estava guardando suas coisas para ir embora e disse que tinha dormido bem. Eu lhe contei que havia passado mal.

— *Le poisson* — diagnosticou ela autoritariamente.

Ela pegou um pacote de sua mochila com uma série de comprimidos em frascos de plástico, separou um e me entregou.

— Herbal? — perguntei.

— *Homéopathique.*

No térreo, Steptoe estava esperando e disse que Martin havia "escapulido sem pagar". Nós havíamos compartilhado o quarto e devíamos oitenta euros. Então, depois que entreguei boa parte dos meus ganhos com as massagens, ele me mostrou a garrafa de uísque. Havia uma linha marcando pouco mais de dois centímetros acima do nível do líquido.

— Seu companheiro é um ladrão — esbravejou ele. — Eu poderia chamar a polícia, mas vou me contentar com cinquenta euros.

Enquanto eu voltava a abrir o maço que continha meus 180 euros restantes, sentindo que eu faria qualquer coisa para esquecer aquela vergonha, a Sra. Thatcher apareceu.

— O que aconteceu com o peixe que eu ia dar para o gato?

Guardei meu dinheiro.

— Pode chamar a maldita polícia — falei.

Eu não sabia ao certo quanto tempo o comprimido levaria para fazer efeito, mas eu não tinha intenção nenhuma de ficar ali. Cheguei ao *Camino* com apenas uma coisa em mente: alcançar Martin e lhe dizer o que eu pensava sobre ele.

Ele tentaria se distanciar o máximo possível de mim. Eu sabia bem como era — eu mesma não fugia toda vez que acontecia uma merda na minha vida? De Fergus Falls para St. Louis, depois para Los Angeles, e de Los Angeles para a França. E depois daquele colapso em Saint-Privat-d'Allier.

Dessa vez, o buraco era mais embaixo. Martin havia me dito que caminhara 39 quilômetros em seu dia mais longo, e eu supus que ele fosse tentar superar essa marca. Ostabat, a um dia de Saint-Jean-Pied--de-Port, o estava aguardando. Será que eu conseguiria? Se o *Camino* havia me ensinado alguma coisa, era que eu conseguia caminhar. E, depois de ver Martin aos trancos e barrancos com o carrinho na planície de Aubrac, eu sabia que conseguiria alcançá-lo.

36
MARTIN

Eu planejava caminhar mais do que Zoe conseguiria. O guia estimava quarenta quilômetros até Ostabat. Eu começaria cedo, cobriria os doze primeiros quilômetros até Lichos, e iniciaria, na minha cabeça, uma caminhada dos 28 quilômetros restantes, a partir dali. Como bônus, chegaria a Saint-Jean-Pied-de-Port um dia antes do previsto.

Renata me acusara de fugir de Zoe em Conques. Estivesse ela certa ou não naquele dia, agora eu tinha certeza. E eu estava fazendo um favor a Zoe. Nenhum de nós queria encarar o outro depois do desastre da noite anterior.

Eu tinha plena consciência de que ela havia deixado o diafragma no banheiro, ou que tivesse sido pega desprevenida. Qualquer pessoa com um pouquinho de experiência sexual conhecia o cenário: no momento em que o tesão ameaçava tomar conta, a pessoa que não estava preparada surtava. Zoe, obviamente, não estava preparada.

Um tempo depois, eu a ouvi chorando. Fiz a escolha mais segura e a deixei sozinha.

*

Quarenta quilômetros era uma caminhada e tanto, mas eu podia contar com a luz do sol e estava em forma. Cheguei a Lichos antes das 9h.

Depois de um desjejum bem lento, comprei pão, salame e tomates para o almoço, além de tangerinas e chocolate para enganar o estômago. Tive um *flashback* das viagens de férias para o Canadá e de organizar surpresas para serem abertas de hora em hora pela pequena Sarah, na época com seis anos.

O tempo estava bom, porém frio: ótimo para caminhar. Os Pirineus pareciam alcançáveis, e a neve estava a leste do meu destino.

Eu estava em terras bascas, quando um rebanho de ovelhas bloqueou a trilha por uns bons quinze minutos. Enquanto os animais eram pastoreados para o outro lado, meus pés ficaram contentes com a pausa.

Cheguei a Ostabat doze horas depois de ter saído. Eu prosseguiria com a caminhada, mas estava satisfeito com minha conquista.

Um homem barbudo mais ou menos da minha idade estava sentado na varanda do albergue, tocando violão e cantando "Five Hundred Miles" para um cachorro pequeno em um inglês com sotaque francês.

Soltei meu carrinho ao lado dele.

— *Bonsoir.* — Eu estava torcendo para conseguir um quarto privado.

— Deu azar. O albergue foi reservado por um clube de caminhada. Mas deve ter espaço nos dormitórios.

— Quanto eu lhe devo?

Ele riu.

— Não sou o gerente. Também estou hospedado aqui. Em um dormitório.

— Você caminha com isso aí?

Minha imagem do peregrino violeiro se materializara.

— Não, vou de carro com o cachorro. É muito difícil para ele. Minha esposa é quem caminha.

Puxei meu carrinho para dentro e encontrei o lugar repleto de caminhantes franceses de meia-idade tirando suas botas. Acrescentei as minhas à coleção e fui até o andar de cima para garantir uma cama. Joguei meu saco de dormir na parte de baixo de um beliche perto da parede. Estava frio, e eu não iria querer depender de um dos sacos de algodão ou seda que o pessoal que costumava ficar nos albergues usava.

Quando estava descendo a escada, encontrei Margarida subindo. Ela me viu, começou a mancar, e então riu.

— Táxi? — perguntei.

Oui. Ela apontou para o próprio joelho, mas sua expressão me dizia que só estava fazendo aquilo para se poupar.

Eu sentia certa empatia por Paola e por seu desprezo pelos Monsieurs Chevaliers do mundo, que enxergavam a caminhada como um evento olímpico, e eles próprios, como a organização. Mas, depois de ter feito um esforço tremendo para ganhar um pouco de distância, usar o táxi parecia mesmo uma trapaça.

O clube de caminhada havia tomado conta da cozinha e fez uma oferta ao restante de nós: dez euros pelo jantar e pelo vinho. Coloquei minha contribuição no pote e testei meus conhecimentos de engenharia para verificar o defeito do aquecedor, que ninguém havia conseguido fazer funcionar. Era óbvio: todos os cilindros de gás, com exceção do ligado ao fogão, estavam vazios. Alguém foi chamar o proprietário, e eu coloquei minha blusa de fleece, luvas e um gorro de lã.

O proprietário, de fato, chegou, não com o gás, mas com uma sacola. Depois de coletar o dinheiro das estadias, ele pegou três garrafas sem rótulo de um líquido claro, que largou no banco.

— É melhor se aquecerem de dentro para fora — sugeriu ele.

Peguei minha gaita e me juntei ao cantor de folk na varanda, que estava mais agradável do que o lado de dentro. Ele ficou feliz por eu tê-lo acompanhado. Uma mulher do clube de caminhada nos trouxe vinho.

Renata chegou, me cumprimentou como o velho amigo que eu era, e virou minha taça de vinho. Torben, o dinamarquês, apareceu poucos minutos depois.

A equipe da cozinha trouxe mais vinho, terrine de pombo — uma especialidade local —, porções generosas de cassoulet e um prato enorme de queijo. Esse era o final da caminhada de dois dias do grupo, e a refeição compartilhada no albergue era obviamente o ponto alto daquilo tudo.

Paola se juntou a nós, o cantor pegou o violão novamente, e descobrimos que Fabiana tinha uma bela voz. Algumas coisas haviam mudado nela: seu cabelo estava diferente, e ela se tornara ávida por bebidas alcoólicas.

Tocamos por mais ou menos uma hora, com o clube de caminhada e as brasileiras cantando e batendo palmas, antes que o frio e a escuridão nos forçassem a entrar, para uma cozinha levemente aquecida pelo fogão. Desacoplei a ligação do cilindro de gás e o direcionei a um dos aquecedores. Os caminhantes se empoleiraram em todas as superfícies disponíveis — o que, para Fabiana, era o colo de um dos rapazes do clube de caminhada —, passando de mão em mão a bagaceira que nosso anfitrião havia oferecido.

A cena era um clichê da camaradagem dos caminhantes que eu ainda não tinha testemunhado, e talvez uma prévia do *Camino Francés*, a trilha principal da caminhada de Saint-Jean-Pied-de-Port para Santiago. Tocando um acompanhamento para "Under My Thumb", com a barriga cheia de pombo selvagem e cassoulet e um copo de bagaceira na mesa, me parecia uma perspectiva agradável.

Então, ouvi a porta da frente se abrindo e o som de uma mochila sendo largada na entrada. Virei e vi Zoe. O violonista interrompeu a música e Paola se levantou em um salto. Renata a parou e olhou para mim, mas eu já estava indo até ela com meu copo de bagaceira.

Ela baixou o capuz de sua jaqueta.

— Seu babaca!

37
ZOE

Todos os homens eram babacas: meu pai, meus irmãos, Manny, Bernhard, Martin. Keith, por ter morrido. Depois que saí do *bed and breakfast* dos ingleses, as primeiras duas horas passaram voando, abastecidas pela fúria. Martin podia ao menos ter esperado para ver se eu estava bem. Ele deve ter pensado que eu só queria enrolá-lo, e, por não termos chegado aos finalmentes, me fez pagar pelo quarto.

Mas o sol estava brilhando e a rotina familiar me embalou à serenidade. Os pomares cheios de flores e as fazendas com os quais eu havia me acostumado deram lugar a florestas verdes, onde passei por placas de *palombière* e grandes casas em árvores, bem no alto. *Palombe* quer dizer "pombo". Casas para os pombos se empoleirarem — uma bela ideia.

E havia as conchas de vieira. Desde Cluny, elas estavam me acompanhando — não apenas os quadrados impressos pendurados em árvores e postes, mas conchas de verdade pregadas a cercas, esculpidas em colunas de pedra, grandes conchas de metal incorporadas ao desenho das balaustradas. Ao sair de Saint-Jean-Saint-Maurice, havia uma série de conchas de verdade com pinturas de estudantes. Tudo para guiar peregrinos como eu. Era reconfortante — e nos ensinava uma lição sobre humildade.

Em Lichos, consegui comer pão e uma maçã, e torci para que fosse o suficiente para me manter em pé. Eu estava em um terreno irregular e montanhoso com belos vilarejos. Talvez nunca estivesse tão em forma em toda a minha vida, mas meus pés doíam e minhas pernas estavam cansadas. Havia chovido, e o chão sob meus pés era macio e, por vezes, escorregadio. Eu prestava atenção no caminho, e as ovelhas nos campos prestavam atenção em mim. Rostos pretos, mandíbulas mastigando constantemente enquanto mais um *pèlerin* passava por seu cercado.

À medida que me aproximava de Ostabat sob o crepúsculo, comecei a buscar sinais do carrinho. Não que eu tivesse muito mais a dizer a Martin, mas...

Na noite anterior, eu tinha nos imaginado caminhando juntos, compartilhando o que havíamos feito desde Conques. A despensa cheia de compotas maravilhosas para os hóspedes em um *gîte* em Uzan. Encontrar uma rota alternativa ao longo do canal de Moissac — o caminho plano teria sido perfeito para o carrinho dele. E as cores: os roxos das glicínias nas casas, hectares de um amarelo brilhante de canolas nos campos, os tons de rosa do pôr do sol sobre a ponte do rio em Aire-sur-l'Adour. Será que ele tinha visto? Não importava agora. Não valia a pena se preocupar.

Então entrei no *gîte* de Ostabat, onde o carrinho de Martin estava estacionado do lado de fora, e ele estava relaxando, tocando gaita com um copo na mão. Acho que ele não tinha pensado nem por um segundo em mim, ou nos oitenta euros, ou no uísque roubado, até eu dizer o que pensava dele em duas palavras.

A música cessou — e a conversa, também. Eu não me importava. Só estava interessada em Martin.

— Não passou pela sua cabeça que eu poderia estar gravemente doente? Que talvez eu precisasse ir para o hospital ou algo assim? Você podia ao menos ter ficado para perguntar. Mas não, só porque não conseguiu o que queria, fugiu correndo e me deixou com a conta.

— *Merde!* — disse o violonista. Então, virando-se para Martin: — É isso que sempre dizem dos ingleses.

Peguei a mochila com minhas coisas e comecei a subir a escada.

Eu estava no meio do caminho até o primeiro andar quando Martin me alcançou.

— Como assim, deixei você com a conta?

— Os oitenta euros. Pelo quarto.

A expressão de Martin provavelmente era a mesma que estampara meu rosto quando Steptoe pediu o pagamento.

— Eu paguei adiantado. Quarenta euros.

Eu me sentei na escada e comecei a rir.

— Não acredito que pagamos cento e vinte euros para eu ficar doente com comida de gato.

— Como é? Você passou mal?

— O que você acha? Quase não comi o dia todo. E ele descobriu que tomamos o uísque porque marcava o nível da garrafa.

— Ah, merda. Me desculpe. Mesmo. Eu pensei... Quanto eu estou devendo?

— Está devendo uma explicação. E eu preciso me deitar.

Em vez disso, ele me ofereceu o copo que estava segurando.

— É bem ruim — avisou ele. — Basicamente um destilado ilegal.

Tomei um gole. Queimou até chegar ao estômago. Tomei outro.

— Eu estava com vergonha — confessou ele. — Achei que você fosse estar também.

Era tão simples que devia ser verdade. Talvez eu tivesse feito a mesma coisa, se tivesse acordado primeiro.

— Venha — disse Martin, levantando-se e pegando minha mochila. — Vamos encontrar uma cama para você, e eu vou pegar um pouco de comida.

Paola estava espiando pelo canto.

— Eu levo a comida. Cuide dela.

Martin colocou minha mochila na cama. Fabiana apareceu com pão e queijo, e mais um pouco de bagaceira. Comi um pouco e tomei um gole rápido, mas meu estômago não aceitava mais nada.

Martin finalmente falou:

— Você vive fazendo massagem nas pessoas. Que tal se eu fizer uma em você?

Eu mal conseguia mover qualquer parte do meu corpo, e tudo parecia estar em câmera lenta quando olhei para ele. Estava se desculpando. Eu também lhe devia um pedido de desculpas.

— Eu...

— Deite.

Eu me deitei, e ele passou as mãos pelos dedos e pela sola dos meus pés. Em um primeiro momento, eles protestaram, mas depois relaxaram. Logo suas mãos migraram para meus ombros. Com firmeza suficiente para atingir os locais doloridos, mas não com tanta força a ponto de me fazer agarrar o colchão.

— Você é uma pessoa difícil de entender — disse ele.

Eu tinha passado mal, o que mais havia para entender?

Minha mente estava tão exausta quanto meu corpo, e as dúvidas que pairaram no limiar da minha consciência na noite anterior haviam evaporado. Eu me rendi à sensação de ter alguém cuidando de mim e ao formigamento que fez minha pele arrepiar — e que não tinha nada a ver com as lufadas de ar frio que ocasionalmente acompanhavam o movimento das mãos de Martin.

Eu estava voltando no tempo, vinte anos ou mais, com meu corpo se lembrando de uma época em que a tensão sexual era a regra.

Martin passou por cima de mim e, ainda todo vestido, se deitou ao meu lado. Ele era surpreendentemente quente e seguro, cheirava a bagaceira e a fumaça de velas e a pele recém-ensaboada. Virei-me em sua direção, seus braços me puxando de modo que meu corpo se moldou ao dele. Ele era tão diferente de Keith: mais magro, músculos mais fortes e definidos, escápulas e costelas evidentes mesmo sob a camiseta e a blusa térmica. Mas o beijo, com a barba bem aparada roçando na minha pele, era puro tesão e juventude perdida. Costumava ser assim com Keith, muito tempo atrás.

Ele não estava com pressa, nem eu. Talvez fosse porque eu me sentia exausta demais, extremamente cansada, mas os minutos pareciam à deriva, uma suspensão maravilhosa do tempo durante a qual eu aproveitei o luxo de ser beijada sem urgência.

Fomos interrompidos por conversas — as brasileiras. Martin me deu um beijo na testa e escapuliu para seu beliche, do outro lado. A exaustão devia ter me feito pegar no sono. Em vez disso, fiquei acordada, deitada ouvindo o burburinho costumeiro: pessoas fazendo e desfazendo as malas, descargas sendo acionadas, e, então, a ópera de roncos. Eu estava congelando, e coloquei as blusas térmicas e a de fleece.

Quinze minutos depois, eu estava tremendo de frio. Martin não estava roncando. Eu me perguntei se ele ainda estaria acordado. Eu precisava fazer alguma coisa. Martin não pareceu surpreso com a minha movimentação. Ele abriu o zíper do saco de dormir e tirou a blusa de fleece enquanto eu deixava meu casaco de lado e me deitava com ele. Não era fácil ficar à vontade, especialmente quando ele ainda parecia querer me beijar de novo. Depois de ter caminhado quarenta quilômetros, tudo que eu queria era dormir.

— Que tal um quarto de hotel amanhã à noite? — sussurrei.

— Eu custeio — afirmou ele, e, em meu estado de exaustão, levei uns instantes para compreender aquele verbo incomum.

Eu me aninhei nos braços dele, surpreendentemente relaxados e confortáveis, e peguei no sono com o calor de sua respiração no meu pescoço. Era como se nos conhecêssemos a vida toda, mas as chances de eu vê-lo novamente depois de amanhã eram mínimas. Meu *Camino* estava chegando ao fim, e ele ainda tinha semanas de caminhada.

38
MARTIN

Acordei com o braço dormente. Eu me desvencilhei e tentei aproveitar o momento, mas me peguei pensando em como persuadir Zoe a continuar comigo até Santiago.

Perto do amanhecer, eu a senti se mexer e abrir o saco de dormir e, quando a multidão começou a se levantar com seus trajes de dormir improvisados que haviam colocado por causa do frio, ela estava perambulando pela cozinha, tentando ligar o fogão.

O cilindro de gás estava vazio e não havia chaleira elétrica, então partimos sem o café da manhã. Em vez de tomar banho, me lavei na torneira da cozinha, então usei o celular para reservar um quarto de hotel em Saint-Jean-Pied-de-Port.

A caminhada do dia começou com um morro íngreme, mas encontramos no topo um pub que servia um café da manhã decente.

As regras de etiqueta certamente não abrangem assuntos apropriados para um dia de caminhada no interior quando as duas partes concordam que vão terminá-lo com a consumação de seu relacionamento. Mas parecia haver um acordo silencioso segundo o qual podíamos conversar sobre qualquer coisa, menos sobre o elefante que nos aguardava no quarto do hotel em Saint-Jean-Pied-de-Port, enquanto percorríamos sem pressa nossos 23 quilômetros.

Estava feliz pela maneira como a noite anterior tinha terminado. Eu havia demonstrado o que esperava ser um nível admirável de autocontrole, e agora havia certa tensão no ar. Após alguns quilômetros na estrada, paramos para tirar algumas camadas de roupa, e eu ajudei Zoe a tirar a blusa de fleece. Mas, antes que ela colocasse a mochila novamente nas costas, eu a beijei, em meio ao ar da primavera, sem ninguém por perto.

Este era o último dia de caminhada de Zoe, e meu último dia em sua companhia. Ela parecia estar celebrando, quase dançando para lá e para cá.

— Então, depois de hoje, você volta a Los Angeles? — perguntei.

— Acho que sim. Camille está vindo para me dar uma carona até Paris. Não pensei muito no que vai acontecer depois disso.

— Você não consideraria seguir mais um pouquinho? Se não até Santiago, pelo menos até entrarmos na Espanha?

— Não posso mudar minha passagem. Já mudei uma vez e foi um transtorno... Minha agente de viagens vai enlouquecer se eu pedir de novo.

Os últimos poucos quilômetros da caminhada, à medida que nos aproximávamos dos arredores da cidade, eram menos atraentes que a primeira parte. Mas, no meio da tarde, chegamos a uma cidade digna de cartão-postal, entrando pelo portal de Saint-Jacques, passando pela cidadela e descendo por uma antiga rua de pedras. A fila por informações no atendimento ao turista se estendia porta afora. Éramos estranhos ali. Aquele era um ponto de partida, não de chegada, a despeito das teorias sobre caminhar apenas na parte francesa.

Havia uma longa lista de nomes registrados no livro de visitantes, quase todos partindo. O país de origem mais popular: EUA. Eu havia visto apenas dois americanos — Zoe e Ed Walker — em 1.100 quilômetros, mas, ali, eles estavam em peso. Depois vinham os irlandeses (católicos), os australianos e neozelandeses (onipresentes), uma mistura de outras nacionalidades europeias e alguns gatos pingados de países amplamente católicos ao redor do mundo. Nós tínhamos nos adiantado a Torben e às brasileiras, e não havia nenhum nome conhecido.

Na rua, havia mais evidências dos peregrinos e da peregrinação do que eu vira em qualquer outro lugar — lojas de artigos de acampamento, souvenirs do *Camino*, pessoas com mochilas nos cafés ao ar livre, um caldeirão de sotaques e idiomas. Uma versão francesa de Catmandu.

Passamos por uma loja e Zoe apontou para um vestido azul sem mangas.

— Margarida me disse que os peregrinos costumavam queimar as roupas no fim da caminhada e comprar roupas novas para mostrar que mudaram.

— Acho que você ficaria deslumbrante nesse vestido.

— Seria diferente.

— Essa é a intenção, não é?

— Acho que sim. — Ela riu. — Acho que expressa a maneira como eu me sinto diferente neste momento, mas não é, exatamente, uma mudança espiritual.

— Então... compre.

— Não sei nem se consigo bancar a volta para casa

— Então continue caminhando.

— Você fez aquela reserva no hotel?

— O que você acha?

— Pensei que talvez você tivesse esquecido

A expressão dela sugeria algo a mais, e tive a sensação de que essa era uma espécie de aventura. Se ela se manteve fiel ao marido durante anos, provavelmente era. Ela certamente podia depreender isso de mim, também.

Eu havia reservado um quarto no Arambide. Era o melhor hotel listado no *Dodo*, e cem euros por um quarto duplo parecia mais do que razoável. Mas a tarde ainda estava muito bonita, e, agora que tínhamos parado de andar, eu sentia a necessidade de prorrogar a espera.

— Bebidas primeiro?

— Se você for... custear.

Estacionei o carrinho ao lado de uma mesa externa e Zoe largou a mochila.

— Champanhe para comemorar?

— Depende do que você está comemorando.

— O fim da sua caminhada. Mil e cem quilômetros.

— Não sou muito de champanhe.

Pedi uma garrafa de rosé, um vinho que eu geralmente não tomaria, e pareceu perfeito. Dividimos um grande prato de mariscos — "Estou tendo que dizer a mim mesma que não é peixe", confessou Zoe — e, embora ela estivesse quase transbordando de *joie de vivre*, eu sentia que mentalmente sua caminhada ainda não havia chegado ao fim. Eu estava, cada vez mais, inclinado a tentar persuadi-la a prosseguir comigo, dane-se a passagem.

— Então, onde fica esse hotel? — quis saber ela.

— Paciência, paciência.

— Só estou ansiosa por um bom banho. — Ela terminou sua taça. — E agora que você me encheu de vinho...

Ela me lançou um olhar penetrante e sorriu, e eu pedi a conta.

*

Zoe precisou esperar um pouco para tomar seu banho. Parecia que ela estava ainda mais ansiosa pelo segundo item da programação, e passamos uma meia hora bem agradável antes de ela sair saltitando para o chuveiro, me convidando para me juntar a ela. Todas as suas inibições e aquilo que Julia chamaria de "entraves" pareciam ter desaparecido, e fui inundado por um desejo de fazer algo, de dar algo àquela mulher que parecia ter se transformado.

— Preciso comprar um guia da segunda parte do caminho antes que as lojas fechem — falei para ela por trás do boxe embaçado.

Aquilo não era exatamente verdade. Eu não ia abandonar uma mulher nua para comprar um guia.

— Posso usar seu computador? É melhor eu falar com a Lauren por Skype — gritou Zoe do chuveiro.

Eu liguei o computador para ela e saí.

A jovem mulher que me atendeu tinha certeza de que o vestido azul serviria, e que eu poderia devolvê-lo caso contrário. Ela fez um espetáculo ao embrulhá-lo. Minha intuição não era tão boa, mas eu tinha bastante certeza de que Zoe iria gostar do presente.

Assim que abri a porta do quarto, soube que havia algo errado. Zoe tinha ido embora, levando a mochila. Havia um bilhete na cama, no bloco de papel do hotel. Uma única palavra: "Desculpe."

39

ZOE

Saí do hotel o mais rápido que pude. Estava agindo por impulso e não tinha condições de perguntar a mim mesma se aquela era a coisa mais inteligente a ser feita. Não é o que todo mundo faz quando o mundo está desabando ao seu redor?

Mas, antes que eu pudesse processar qualquer coisa do que acabara de descobrir, eu tinha algumas questões práticas a resolver. Tendo chegado um dia antes do planejado, precisaria de um lugar para ficar até que Camille chegasse. Felizmente, não faltavam albergues em Saint-Jean-Pied-de-Port. Fui até o *gîte* municipal, onde, pela primeira vez em sete semanas, encontrei meus compatriotas em massa.

— Onde vamos comer? Não quero comida francesa dois dias seguidos.

— Que diabos é um *Miam Miam Dodo*? Uma espécie de pássaro?

— Eles usam pesos na Espanha?

Percebi como nós — e, talvez, os brasileiros — somos barulhentos em comparação com os europeus. Os viajantes haviam ocupado todo o saguão de entrada, não porque fossem mais espaçosos que os franceses — embora isso também fosse verdade —, mas porque os nativos estavam mais agrupados.

Parte de mim queria sair correndo dali, mas outra parte reconheceu que eles estavam me oferecendo o que eu desejava mais do que qualquer outra coisa — meu lar. Eu tinha o restante da vida para processar a notícia que Lauren havia me dado.

Fui até uma mulher de cabelos encaracolados na casa dos quarenta anos e me apresentei. O crachá escrito à mão anunciava que seu nome era Donna, e ela era uma convidada dos americanos no *Camino*.

— Você vai para Roncesvalles amanhã? — perguntou.

— Não... Caminhei por sete semanas e, para mim, basta.

— Sete semanas! Mike, você ouviu isso?

Donna e Mike me arrastaram para me juntar ao grupo.

Havia cerca de uma dúzia de pessoas, todas com crachás para a confraternização em que se conheceriam.

— Você já viu onde vamos ter que dormir? — ouvi uma voz.

Barbara ainda estava em pé — parecia não achar seguro se sentar. Lembrei-me da minha primeira noite dividindo o dormitório com Bernhard e da primeira vez que eu dormira com um monte de outros caminhantes, cinco semanas atrás, em Le Puy. Eu progredira muito desde então.

— É só uma noite, meu bem — garantiu Larry. — Depois daqui, são só hotéis.

— Eles queriam que nós tivéssemos essa experiência do albergue — contou Donna. — Passar por isso logo no começo. Algumas pessoas ficam em lugares como este todas as noites.

— Por que vocês vão fazer a caminhada? — indaguei.

— Pelo mesmo motivo que todo mundo, eu acho — respondeu Larry. — Vimos o filme do Martin Sheen.

— Que filme?

— *O Caminho*... Está me dizendo que você não viu? Então, como você ficou sabendo do *Camino*?

Contei a eles um resumo da história. Com as perguntas, levou cerca de quinze minutos, e me senti tão impressionada quanto eles ao narrar tudo o que tinha feito — e por motivos não mais substanciais que os deles. E me perguntei: por que me dei ao trabalho?

— Onde estão as suas malas? — perguntou um ruivo magricelo sem crachá, o mais novo do grupo, pelo menos vinte anos mais novo que eu. Ele estava analisando minha mochila.

— É esta aqui.

— Você só pode estar brincando.

— Se é dispensável, não leve. Você só vai precisar disso, confie em mim.

Parecia que ele tinha colocado na mochila uma loja inteira de artigos de acampamento.

— Não estou com esses caras. Vou caminhar sozinho. Meu nome é Todd. Então...

— Então é melhor levar o menos possível. Eu estou caminhando sozinha, também. *Estava* caminhando.

— Sete semanas — repetiu Donna. — E sozinha. Mudou a sua vida? O que você aprendeu?

Se ela tivesse me perguntado isso ontem, eu teria dito que resolvi todos os entraves da minha vida. Agora, eu só sabia que era uma idiota. Eu não queria desiludi-la: talvez ela se saísse melhor que eu.

— Aprendi que...

O que eu tinha aprendido? Pensei em como a "americanice" deles havia me incomodado poucos minutos atrás, assim como a "francesice" dos franceses me desorientara no começo.

— Aprendi que — continuei — existe mais de um jeito de fazer as coisas, eu acho. Não apenas o jeito certo e o jeito errado.

— Claro, eu entendo isso, mas dê um exemplo.

— *Entrée* quer dizer "entrada" em francês, e não "prato principal", como os americanos estão acostumados. Então não reclame se for muito pouco.

— Mentira! Quer dizer, não é apenas uma palavra diferente, mas uma palavra que significa outra coisa. É como se eles estivessem nos confundindo de propósito.

— Vocês não estarão mais na França amanhã. Mas tudo parece estar fechado exatamente quando você precisa. Não é como estamos acostumados. É enlouquecedor no começo. Mas, sabem, talvez seja uma questão de dar valor às coisas além do comércio.

— E a caminhada?

— Aprendi a ouvir meu corpo e confiar nele, a viver no presente, e que comida e vinho têm um gosto melhor quando você está cansada e com fome, mesmo que seja algo que você nunca pensou em comer. E que uma cama de dormitório — como aqui, mesmo com roncos, o aquecimento precário e os banheiros compartilhados — tem o seu valor quando você está molhada e com frio.

Eu podia ter acrescentado "principalmente se tiver alguém para abraçar você", mas eu já estava lutando contra as lágrimas.

Olhei para Todd e sua mochila imensa.

— E estou aprendendo a que me apegar e o que deixar para trás.

Quando Martin me deixou sozinha no quarto do hotel, me sentei para encarar minhas filhas. Fazia mais de duas semanas que eu não falava com elas. Se tivesse parado por um instante para pensar em minha relutância em me conectar com minha vida — minha vida real, lá nos Estados Unidos —, talvez não tivesse ficado tão chocada com o que soube. Mas a caminhada havia me embalado em uma sensação de calmaria e eficiência, e eu tinha afastado qualquer pensamento que ameaçava me tirar desse estado.

Era manhã em Nova York: Lauren estaria trabalhando. Liguei do Skype, e ela atendeu prontamente. Estava aliviada por ter notícias minhas. Esperei pelo sermão consequente, sobre como eu era irresponsável e como elas estavam preocupadas, mas o universo havia me mandado outra coisa e, enquanto o mundo desabava ao meu redor, eu percebi o que eu sabia o tempo todo. Era *disso* que eu estava fugindo, o que eu me recusava a encarar.

Depois que cliquei no botão para encerrar a ligação, fiquei olhando fixamente para a tela, sabendo que eu não tinha muito tempo. Senti uma onda enorme de pesar por decepcionar Martin, porque eu havia escolhido ignorar os sinais. Eu só queria me apaixonar e consertar as coisas. Eu havia culpado a Igreja e me prendido à morte da minha mãe — problemas antigos —, em vez de enfrentar o problema maior. Mesmo quando Martin sugeriu que algo estava me bloqueando, eu não tinha parado para ver o que era. Agora, ele seria um dano colateral. Será que confiaria em uma mulher novamente?

Keith tinha morrido em um acidente de carro. Ele estava dirigindo sozinho, durante o dia, sóbrio; era um motorista cauteloso, um padrasto responsável, um marido amoroso. O carro atingira uma árvore. Eu havia concluído que ele devia ter sofrido um ataque cardíaco. Mas o relatório agora mostrava que o coração estava normal, que a causa da morte fora traumatismo craniano. Não havia nenhum outro veículo em uma estrada onde ele não tinha motivo para estar. Nenhuma falha mecânica acontecera com o carro.

— Mãe — contou Lauren, enquanto eu ainda estava assimilando o relatório da autópsia —, ele tinha feito um seguro. Um milhão de dólares. Dois anos atrás. Eles estão dizendo que não vão pagar.

Meu marido havia se suicidado.

40
MARTIN

Desculpe. Aquela palavra era da Julia. Ela devia tê-la dito umas cem vezes, como se fosse, de alguma forma, consertar as coisas. Minha reação ao bilhete de Zoe era diferente. Eu senti pena *dela*. Podia imaginar o que tinha acontecido. Uma ligação por Skype para as filhas trouxe à tona a tristeza da qual ela estava fugindo. "Onde você está, mãe?", "Em um hotel, prestes a fazer sexo com um britânico que eu conheci na estrada. Sim, já esqueci o seu pai. Só levei dois meses." Difícil.

Meu pensamento imediato foi ir atrás dela. Zoe provavelmente tinha fugido para algum dos albergues, e eu podia garantir a ela que ficaria feliz em apenas pagar um jantar, conversar... Mas meu computador estava sobre a mesa, ainda ligado, e eu entrei na minha conta no Skype depois de ter confirmado que Zoe havia, de fato, ligado para Lauren. Eu também tinha uma filha com quem não falava havia um tempo, graças a três noites seguidas dedicadas especialmente a Zoe.

E aí.

A resposta de Sarah foi instantânea.

Achei que vc tinha morrido.

Conexão fêmea.

Hã?

Efêmera, digitei com mais cuidado, contente por Sarah não estar estudando psicanálise.

Tem visto Zoe?

Tem visto o estudante de engenharia?

Ele tem sido patético.

... (Minha melhor representação do "hum" de um terapeuta.)

Eu disse a ele que não queria mais vê-lo. Não pra sempre, só enquanto estou me matando de estudar pra essa prova. E ele ficou patético.

Em que sentido?

Vc sabe do que eu tô falando. Ligando o tempo todo, mandando msg, simplesmente sendo patético.

Homens podem ser assim. Como foi a prova?

É amanhã. Estou estudando agora. E Zoe?

O que tem ela?

Tem visto?

Ela terminou a caminhada.

Quando?

Hoje.

Então vcs estão comemorando.

Sim. Talvez eu a veja na janta. Muitas pessoas estarão comemorando o final da parte francesa.

Se divirta. Tenho que estudar.

Bjo.

Amo vc, pai.

Bjo.

*

Vasculhar os albergues em busca de Zoe teria sido um pouco patético, então eu decidi que seria melhor encontrá-la por acaso em um bar ou restaurante. Se não desse certo, eu podia ser patético na manhã seguinte.

Devia haver uma dúzia de bares em Saint-Jean-Pied-de-Port, muitos com áreas externas. Só levei alguns minutos para perceber que Zoe não estava em nenhum deles. Já era de esperar. Ela não era muito de bares, e eu já tinha visto o que um ou dois drinques eram capazes de fazer. Ela provavelmente não iria arriscar.

De volta ao meu quarto, fiz uma breve pesquisa. O site de atendimento ao turista listava vários albergues, e não ia ser nada prático fuçar as cozinhas de cada um no café da manhã para procurar por Zoe. Mas havia um anúncio interessante: um seminário sobre o *Camino* na noite seguinte, aproveitando a presença de um renomado especialista na história do Caminho, o dr. P. de la Cruz, que teria a companhia de um J. Chevalier, de Cluny. Enquanto eu estava analisando os detalhes da apresentação, à qual pensei que Zoe tinha grandes chances de comparecer, recebi um e-mail.

Era o distribuidor de equipamentos de caminhada alemão. Eles tinham uma reunião de negócios em San Sebastián dali a nove dias. Estavam perguntando se eu consideraria pegar a versão costeira do *Camino*, que passava pela cidade. Se sim, eles ficariam felizes em avaliar o carrinho antes da feira de negócios, com a possibilidade de uma oferta antecipada. Eu poderia me hospedar no Hotel Maria Cristina, e eles contribuiriam com duzentos euros para compensar a mudança de planos.

Acessei a internet de novo e encontrei a rota alternativa. Eu precisaria viajar de trem até a costa para poder pegá-la. Ou, ainda, eu podia negociar a trilha GR10 — que seguia os Pirineus e a fronteira franco-espanhola. Então, eu pegaria a *Ruta de La Costa*, também conhecida como *Camino del Norte*, em Hendaye, no litoral atlântico.

As duas opções eram viáveis, mas eu usaria quase todo meu tempo de contingência. Chegaria a San Sebastián em uma semana — menos, se pegasse o trem —, mas precisaria esperar pelos alemães. A jornada, no total, ficaria uns 140 quilômetros mais longa. Pelo lado positivo, havia a chance de criar um relacionamento com meus potenciais investidores, uma chance de testar o carrinho em uma trilha montanhosa que talvez também atraísse um tipo diferente de caminhante, e duzentos euros muito bem-vindos. Também permitiria que eu escapasse da festa itinerante e da corrida desvairada por quartos que eu esperava enfrentar no *Camino Francés*. Não estava no clima para nenhum dos dois.

Respondi ao e-mail aceitando a oferta.

Gastei antecipadamente boa parte dos meus duzentos euros no restaurante do hotel. Minha sorte veio triplicada: o comentário de Sarah de que talvez fosse se afastar do namorado casado, a proposta alemã, e uma confusão no pedido do restaurante que fez com que eu tomasse um belo Bordeaux pelo preço de um vinho bem mais barato. "O erro foi nosso, senhor. Aproveite."

Decidi que ficaria mais um dia em Saint-Jean-Pied-de-Port para assistir à palestra de Monsieur Chevalier.

41
ZOE

Eu estava no atendimento ao turista, mandando um e-mail para Camille avisando que tinha chegado, quando Bernhard e as brasileiras apareceram.

— Você vai jantar conosco antes de irmos para Madri — decidiu Margarida, enganchando o braço no meu.

Paola olhou para mim.

— Tem uma pessoa procurando por você. Acho que você deveria conversar com ele.

— Não. Eu e Martin...

— Não é Martin... É Monsieur Chevalier, de Cluny.

— Ele está aqui?

— Venha tomar o café da manhã no nosso albergue, ele estará lá.

Fui com elas até o albergue, onde tinham reservado um quarto para quatro pessoas. Fiz massagem nos ombros de Margarida e Fabiana, e depois consegui mais três clientes. Camille só chegaria na noite seguinte, e eu precisaria do dinheiro para a estadia e algo para comer.

De volta ao meu albergue, todos os caminhantes estavam apenas começando a jornada, assim não havia ninguém interessado em massagens. O dia tinha sido longo, mas, se eu fosse para a cama, ficaria deitada remoendo a mesma coisa repetidamente na minha cabeça. Peguei meu bloco de rascunhos. Só havia sobrado meia dúzia de folhas.

Todd estava conversando com seus colegas caminhantes, mas me viu olhando para ele algumas vezes. Veio até mim para ver o que eu estava fazendo e assobiou. Uma versão de Tood — sorriso largo, de orelha a orelha, com um ar estudantil — era apequenado por uma mochila que fazia seus joelhos tremerem.

— Ficou incrível! Posso comprar de você? Meus pais vão adorar. Vinte euros está bom pra você? Que tal vinte e cinco?

— Não precisa. Pode ficar para você.

— De jeito nenhum.

Ele pegou as notas e me entregou.

— Você pode fazer um meu e do Mike também? — perguntou Donna. Ela já estava com uma nota de cinquenta na mão.

Parecia que o destino não tinha desistido totalmente de mim. Duas horas antes, eu estava encolhida no beliche, com 125 euros diante de mim. Os negócios com os americanos pagariam pela gasolina da viagem de volta a Paris.

Na manhã seguinte, Todd estava com todas as suas coisas, a maioria parecendo novinha em folha, espalhadas pelo dormitório. Ele tinha levado meu conselho — ou meu desenho — a sério. Voltei ao albergue das brasileiras, onde Monsieur Chevalier estava sentado no quintal dos fundos com uma caneca de café, usando um chapéu de abas largas.

— *Chérie!* — exclamou ele, beijando meu rosto.

Havia algo de reconfortante em sua presença. Um anjo da guarda, talvez. Os olhos dele se fixaram no lugar onde meu berloque de concha de vieira costumava ficar dependurado.

— Acabei — expliquei a ele.

Ele insistiu em me pagar um café, que veio acompanhado de uma observação.

— Você ainda está aflita.

Se ele tivesse dito aquilo 24 horas antes, estaria certo, mas eu não saberia.

— Me conte sobre o *Chemin* — disse ele. — O que você aprendeu?

A mesma pergunta, pela segunda vez, em 24 horas. Não achei que Monsieur Chevalier estivesse avaliando meu aprendizado da cultura francesa.

— Que eu consigo caminhar — respondi.

Monsieur Chevalier assentiu com a cabeça, como se eu tivesse dito algo profundo.

— Então continue caminhando — aconselhou ele.

Foi minha vez de menear a cabeça.

— Já caminhei 1.100 quilômetros e só descobri que eu estava fugindo esse tempo todo, me recusando a encarar a verdade.

— Mas — ponderou Monsieur Chevalier — o que você esperava, sendo que só chegou à metade do caminho?

Fiquei olhando para ele. Estaria eu fugindo novamente?

Ele acariciou minha mão e falou com uma certeza serena:

— O que você procura estará no caminho para Santiago. Não desista assim tão cedo.

Eu havia escolhido Saint-Jean-Pied-de-Port como destino simplesmente por causa do bairrismo da mulher do atendimento ao turista de Cluny — e porque eu achava que conseguiria cumprir o trajeto em um mês. A concha havia me mandado na direção de Santiago. Monsieur Chevalier tinha dito que eu não encontraria o que estava buscando até chegar ao final. Ao entrar na cidade com Martin, parte de mim queria continuar.

Atravessar os Pirineus. A *autoroute* dos peregrinos. Dividir minha experiência com os novatos. Eu não tinha mais nada para fazer com meu tempo, e a tristeza estaria comigo aonde quer que eu fosse. Lauren e Tessa estavam mais preocupadas comigo do que com a morte de Keith. Elas não precisavam da minha ajuda.

As coisas ainda não pareciam certas. Meneei a cabeça.

— Eu consegui evitar a verdade ao aproveitar todo o restante da caminhada. O *Camino Francés* me parece errado.

— O *Camino Francés* é o... rei, o maior dos *Caminos*. Esta é a época perfeita para percorrê-lo; até mesmo a Meseta, que alguns acham entediante, está verdejante com as lavouras. Há muito mais apoio e companhia, trilhas bem demarcadas, bares a cada poucos quilômetros, e albergues para todos os peregrinos. O primeiro dia é duro para os caminhantes novatos, mas não para você. E, depois disso... é mais fácil do que o que você já fez.

Meneei a cabeça com mais veemência dessa vez. Eu não precisava que fosse fácil.

— Não. Eu preciso da solidão.

Monsieur Chevalier resmungou alguma coisa em francês, e depois disse:

— É possível que você esteja certa.

Percebi que aquilo lhe custou certo esforço. Ele queria ser meu guia, mas, acima de tudo, era um homem filosófico e espiritual, e eu o respeitava por isso.

Suas palavras seguintes me surpreenderam.

— Você deve ir até Santiago, mesmo assim. Existe uma trilha pelos Pirineus, mas é um trajeto difícil, não muito bem sinalizado. Não faz parte do *Camino*; só existem acomodações para alpinistas e pessoas em férias. Então, você pega o trem que passa por Bayonne. Em Hendaye, na costa, você encontrará a *Ruta de La Costa*. É mais longa e mais difícil, uma das rotas mais antigas, usada na Idade Média para evitar os bandidos. Apenas os últimos dois dias são compartilhados com o *Camino Francés*.

Ele ainda estava segurando minha mão. "Mais longa e mais difícil." Ótimo.

— Talvez seja disso que eu preciso — confessei. Se o destino havia mandado Monsieur Chevalier lá de Cluny com uma mensagem, eu ouviria e me preocuparia com o voo para casa depois.

Ele me abraçou e beijou minhas bochechas.

— Vejo você em Santiago — disse ele. — *Bon Chemin*. — Então sorriu. — *Buen Camino*.

— Camille?

Margarida havia me emprestado seu celular.

— Zoe! Logo eu estarei aí, em apenas algumas horas. E, então, Paris! Vamos levar dois dias para chegar lá — uma viagem de carro pela França —, e aí teremos um dia inteiro para fazer compras.

— Camille... — Eu me sentia mal por ela, esperava que não tivesse dirigido muito ainda, mas eu precisava fazer isso. — Desculpe fazer essa lambança toda, mas precisei mudar meus planos.

Depois de me despedir das brasileiras, voltei ao albergue e descobri que todas as mochilas haviam sido removidas, inclusive a minha.

— Onde estão as mochilas? — perguntei à supervisora.

— As pessoas vão embora. Elas deixam as mochilas. Ou mandam transportar. — Ela percebeu meu alarde. — Tem um ônibus que levou as mochilas americanas. É possível que...

— Aonde?

Eu podia sentir o pânico crescendo.

— Não sei. O ônibus leva os caminhantes para o topo da montanha, para que eles só precisem descer. Não subir. As mochilas estão indo para o hotel deles. Talvez Roncesvalles. Eles vão para Santiago em uma semana, então é possível que o ônibus as leve ainda mais adiante.

A mochila devia ter sido levada com as outras. O broche com a bandeira americana certamente não ajudou.

Se eles estavam usando transporte motorizado, não ficariam limitados aos hotéis da trilha. Podiam ir a qualquer lugar. Quando perceberiam que havia uma mochila a mais? Será que alguém a reconheceria como a *minha* mochila? Talvez eles a mandassem de volta para o albergue. A supervisora me deixou usar a internet para procurar detalhes sobre os americanos no *Camino*, mas eu só consegui encontrar um endereço de e-mail e um número de telefone nos Estados Unidos. Já passava da meia-noite de uma sexta-feira em Los Angeles. Mandei uma mensagem, mas, independentemente do que acontecesse, levaria um tempo até eu ver minhas coisas de novo.

Fiz um levantamento. Eu estava usando roupas de caminhada, com exceção das botas — eu usava tênis. Havia começado o caminho com eles e não tive problemas. Eu não tinha outras roupas, mas, ao final de cada dia, podia lavar as que eu estava usando e usá-las molhadas, se precisasse. Mas eu não tinha saco de dormir, ou equipamentos para me proteger da chuva. Meu balanço era: 275 euros no bolso e nada no banco.

— Um dos americanos — disse a mulher do albergue, interrompendo meus pensamentos — deixou umas coisas aqui. O jovem estava carregando a própria mochila, ao contrário dos outros.

Olhando para as coisas que Todd havia descartado, me perguntei se ele tinha comprado o cartum como uma explicação para os pais. Havia um saco de dormir — "Quente demais para a Espanha", disse a supervisora —, uma esteira, camisetas, um moletom do Chicago Bulls, roupas térmicas, desodorante, protetor solar, duas caixas de biscoitos Oreo, um apito, uma lanterna grande, um kit de panelas, dois pares de meias para caminhada ainda com a etiqueta, e um par de chinelos. E três livros sobre o *Camino*.

— Fique com os livros e os chinelos — falei. — Eu levo o restante.

Usei o computador do albergue para mandar um e-mail para minha agente de viagens. Ela disse que minha passagem não podia ser remarcada uma segunda vez, mas eu precisava tentar — e tinha um favor enorme para pedir, visto que agora eu precisaria voltar para casa de Santiago. Marquei para o último dia do meu visto: 13 de maio. Sexta-feira 13. Ótimo. Mandei escaneado um desenho meu, com roupa de peregrina, implorando, e torci para que ela fosse religiosa. Ou tivesse senso de humor. Então, mandei um e-mail curto para as meninas, garantindo a elas que eu estava recebendo muita ajuda e apoio, e que não precisavam se preocupar comigo.

Na Pèlerins' Boutique, gastei metade do meu dinheiro na compra de leggings térmicas, uma mochila básica e um poncho para cobrir a mim e a mochila. De volta ao albergue, enfiei todos os descartes de Todd dentro dela. A supervisora me olhou com empatia.

— Fique aqui esta noite, de graça — ofereceu ela. — Talvez a mochila seja devolvida.

Eu lhe agradeci, mas pensar em passar mais uma noite com outro grupo de americanos entusiasmados era mais do que eu podia suportar. A jornada deles seria diferente da minha, embora, talvez, ao longo do caminho, descobrissem coisas difíceis sobre si mesmos. Neste momento, eu tinha que lidar com as minhas próprias dificuldades.

42
MARTIN

Um dia inteiro perambulando por Saint-Jean-Pied-de-Port não rendeu sinal nenhum de Zoe. À noite, querendo me alegrar um pouco e, quem sabe, encontrá-la, fui assistir ao seminário sobre o *Camino*, em uma sala de reuniões no escritório de turismo.

Nem sinal de Zoe, mas o seminário acabou sendo, ele próprio, uma maravilha, não apenas por seu valor educacional, mas também como performance dramática. Eu havia suposto que o dr. De la Cruz fosse espanhol e, para minha vergonha, homem. Na verdade, ela era brasileira — nossa Paola, a líder da equipe. E ficou claro que ela era a maioral. Tinha escrito dois livros sobre o *Camino*, e já havia caminhado várias de suas variantes e trilhas secundárias. Quando o gerente da secretaria de turismo a apresentou, ele usou a palavra "caminhou" e eu sorri internamente, pensando nela saindo do táxi em Figeac.

Monsieur Chevalier falou primeiro, sobre manter seu papel como "ator coadjuvante". Como a dra. De la Cruz era a especialista na história do *Camino*, ele limitaria suas considerações às questões práticas, e, em especial, à diminuição insidiosa de algumas práticas à medida que a caminhada se tornava mais popular. Ele enumerou as "farsas" — mochilas sendo levadas por táxis, certificados de completude entregues por míseros cem quilômetros, pessoas caminhando por motivos não espirituais e trapaças generalizadas encabeçadas por peregrinos que cumpriam a distância mínima — que acabaram levando à regra de dois carimbos por dia nos últimos cem quilômetros.

Ele sem dúvida lamentava o fim das túnicas de pano como traje padrão dos peregrinos e o uso de penicilina em casos de infecção. Então, no que certamente foi um comentário direcionado (ele com certeza tinha me visto), confessou que estava preocupado com o recente surgimento de maneiras "não convencionais" de carregar as provisões. Ainda não estava pronto para emitir um parecer definitivo sobre carrinhos, mas ressaltou que os primeiros peregrinos não tinham acesso à tecnologia de fibra de carbono e de suspensão projetada por computador. Eu desejei ter gravado o que ele disse e sua insinuação de que arrastar o carrinho era mais fácil do que carregar uma mochila. Houve muitas vezes que duvidei desse argumento básico de venda. Ele recebeu uma bela salva de palmas — mesmo que, talvez, permeada por certa culpa — dos mais ou menos trinta caminhantes e dos funcionários do atendimento ao turista.

Então Paola o detonou. Em uma bravata que deve ter sido um tanto vergonhosa para seus anfitriões, ela não economizou nas palavras. Em um francês impecável, limitou-se a não atacar Monsieur Chevalier diretamente. As pessoas caminhavam por diferentes motivos. Ninguém era dono do *Camino*. Por que ele deveria ser restringido a pessoas atléticas, religiosas, àquelas que podiam se dar ao luxo de passar seis semanas sem receber um salário ou curando os doentes? Ela mesma tinha abandonado o catolicismo e aceitava com gratidão o dinheiro que lhe pagavam para guiar os outros em suas jornadas, independentemente de seus motivos. E, sim, às vezes, ela pegava um táxi. Aquele devia ter sido o golpe final para Monsieur Chevalier — mas ele, admiravelmente, manteve sua cara de paisagem.

Depois de um ou dois de minutos de destruição, Paola prosseguiu com uma história erudita e lúdica do *Camino*. E, no final, agradeceu a Monsieur Chevalier — *Jules* Chevalier —, reconhecendo sua vasta experiência e seu direito ao seu próprio ponto de vista, então o puxou para que se levantasse e o abraçou calorosamente.

Eu o abordei quando a plateia se dispersou e apertamos as mãos. Senti que o fato de eu ter chegado até Saint-Jean-Pied-de-Port não havia melhorado a impressão que ele tinha sobre mim.

— Gostei da sua fala — comentei.

— *Merci.*

— Você tinha razão quanto às botas. Agora tenho botas mais leves.

— Muito prudente. Vai continuar até Santiago?

— Pela *Ruta de La Costa.*

— Você deveria completar a rota tradicional antes de tentar as variantes.

— Tenho um motivo pessoal para pegar o trajeto alternativo — expliquei.

Ele não pareceu impressionado.

— Então você deve caminhar pela GR10. Acho que é muito bonita, muitos lugares agradáveis para passar a noite.

— Obrigado — falei, ansioso para mantê-lo do meu lado para a pergunta que eu realmente queria fazer. — Você viu a americana?

— Tem muitas americanas fazendo a caminhada.

— Zoe. Ela estava lá quando peguei minha credencial.

Ele desempenhou uma cena fraquíssima de um homem vasculhando sua memória, então meneou a cabeça. Naquele momento, Paola se juntou a nós e me abraçou; depois deu um abraço no *monsieur*.

— Sua palestra foi maravilhosa — elogiei. — Eu estava perguntando agora mesmo ao Monsieur Chevalier se ele viu a Zoe.

— Nos despedimos dela esta manhã — contou Paola. — Depois que Jules tomou o café da manhã com ela. Parece que ela está planejando voltar para os Estados Unidos.

Eu o deixei refletir por alguns instantes.

— Ela disse quando ia embora? — perguntei.

— Acho que já foi — respondeu Monsieur Chevalier.

Ele estendeu a mão para se despedir, mas pensei ter visto um lampejo de gratidão.

43
ZOE

O tempo parecia ameaçador quando saí de Saint-Jean-Pied-de-Port com meus velhos tênis, carregando uma mochila pesada e sem meu berloque de concha de vieira. Eu não considerei pegar o trem. Também não tinha nenhum guia para me dizer o quanto eu deveria andar, mas podia seguir as linhas vermelhas e brancas da GR10 e caminhar quarenta quilômetros, se precisasse. Afastei as coisas mundanas que tinham me mantido distraída até então. E pensei em como eu havia matado meu marido.

Quando conheci Keith, ele estava focado em fazer de seu negócio um sucesso, mas dedicou um tempo a correr atrás de mim com uma determinação que, eventualmente, me venceu pelo cansaço.

Acho que ele me via como alguém que precisava de ajuda. Mesmo que tivesse me virado sozinha por seis anos, cuidando das meninas, eu tinha pouco dinheiro e nenhuma qualificação que me garantisse um emprego bem-remunerado, apenas uma graduação incompleta em Artes e um certificado de um curso de massoterapia, do qual concluí três quartos. Manny não era confiável, e minha família não ajudava em nada.

Keith e eu éramos diferentes em muitos sentidos, e nem sempre essas diferenças podiam completar um ao outro. Havia vezes que ele precisava se segurar para não explodir com minha atitude despreocupada, meu Leão com um pé em Virgem exercendo sua influência. Houve um Dia de Ação de Graças em que convidei a família agregada dele e não fiz os cálculos direito. Alguns tiveram que se sentar em engradados, e aumentamos a comida com pacotes de pretzels e chips. E daí? Estávamos nos divertindo, e concluí que ter a família reunida era mais importante. Depois daquilo, Keith passou a organizar as reuniões familiares.

Quando ele morreu, eu não queria lidar com isso. Se tivesse lidado, mesmo que só por um instante, teria mantido minha mente aberta sobre o que realmente aconteceu. Foi preciso que Lauren me contasse sobre o seguro de vida para que eu confrontasse a realidade. Eu não sabia que Keith tinha seguro de vida, e parece que ele nunca contou a ninguém, nem para Albie. Ele não teria pagado os prêmios de jeito nenhum se estivesse com dificuldades financeiras e sem discutir com mais ninguém a menos que... Dois anos. Ele passara esse tempo todo planejando, torcendo para conseguir encontrar uma saída, mas incapaz de me pedir ajuda por achar que eu não iria cooperar? Quando ele tinha desistido? Onde estava eu nesse momento?

O único indício de problema fora o adiamento de nossas férias na França. Ele não me pediu para cortar gastos, talvez porque eu já não gastasse muito mesmo. Em doze anos, Keith nunca pediu nenhum tipo de apoio. Preferiria morrer do que parecer um fracassado.

Agora eu percebia como as diferenças entre nós nos fatigaram e como nosso relacionamento estava desgastado por mal-entendidos e falhas de comunicação. Pensando agora, já estava por um fio quando ele morreu. Foi por isso que não senti a mudança cósmica.

Eu não tinha certeza se estava chorando por ele ou por mim. Eu me sentia esfolada, como se tivesse sido atacada por uma esponja de aço. Quando começou a chover, eu mal percebi. Tinha dito a Monsieur Chevalier que conseguia caminhar, e foi isso que fiz.

Horas se passaram, e, se havia beleza na paisagem, sequer notei. O vento soprava cada vez mais forte e sacudia meu poncho alucinadamente, o plástico se debatendo na ventania. Eu estava gelada até os ossos. Aceitei o sofrimento enquanto cambaleava pela trilha irregular. Penitência.

Estava escuro quando cheguei a Saint-Étienne-de-Baïgorry, grata por ter a lanterna de Todd.

Não consegui encontrar um albergue, então apelei para o hotel mais barato. Era quase tão acolhedor quanto uma cadeira de dentista. O gerente parecia não falar francês, nem inglês, nem espanhol. Era bem provável que nenhum de nós estivesse entendendo a versão do outro. Não, ele não iria me pagar para ajudar com qualquer coisa e o quarto custaria quarenta euros. Eu era a única hóspede, então nada de massagens. Comi uns Oreos e me aninhei no saco de dormir, onde minha cabeça foi inundada por imagens dos últimos momentos de Keith. Foi só depois de dois grandes goles de Jack Daniel's que consegui dormir.

44
MARTIN

Era hora de seguir em frente, física e metaforicamente. Zoe tinha ido embora, e não havia nada que eu pudesse fazer a respeito disso. Talvez eu pudesse procurá-la em Los Angeles quando minha caminhada tivesse terminado. Não me faltaria tempo para decidir se essa seria uma boa ideia. Tinha sete semanas para chegar a Santiago a tempo de pegar o trem para a feira de negócios em Paris, isso se os alemães não fizessem uma oferta melhor e impossível de recusar.

Fiz umas pesquisas sobre a rota GR10. Os primeiros dois dias, que terminavam em Bidarray, envolviam muito "sobe e desce" — trilhas montanhosas complicadas. O tempo bom que havia nos recepcionado em Saint-Jean-Pied-de-Port tinha dado lugar a uma chuva intermitente, que não chegava a ser desagradável, mas sempre era um incômodo. Pela estrada, Bidarray ficava a tranquilos 26 quilômetros. Acatei o conselho do Monsieur Chevalier de curtir uma bela caminhada e peguei a rota D.

O trânsito estava tranquilo, minha jaqueta secava entre as pancadas de chuva, e eu estava me sentindo alegre. Não a ponto de sair cantando na chuva, porém mais ou menos com o mesmo humor de quando saí de Cluny.

Em quase vinte anos de casamento, eu nunca havia ansiado pela liberdade. A grama do vizinho é supostamente mais verde, mas eu era feliz no meu pedacinho. Agora, no entanto, sentia certo alívio por ter escapado até mesmo de uma transa de uma noite só bem longe de casa.

Na autoestrada, eu não precisava me concentrar para me localizar, bastava seguir as luzes. A verdade era que eu não via Zoe como uma transa de uma noite só. Eu a via como o começo de um retorno ao que eu tinha antes. E, assim como ela, eu não estava preparado para aquilo.

Meus pés começaram a doer de caminhar na estrada asfaltada quando um Saab atravessou para a faixa da esquerda, onde eu estava caminhando, e parou no acostamento. O motorista, um sueco de meia-idade sem nenhum sotaque, queria ver o carrinho. A mulher no banco do passageiro o estava importunando, e com razão: como eles estavam parados em uma curva, ela é que seria atingida em uma batida se aparecesse alguém vindo de qualquer direção — ou das duas.

— Onde você vai ficar? — perguntou ele.

— Bidarray.

— Qual hotel?

— Ainda não reservei.

— Fique no nosso. — Ele se virou para a esposa: — Desenhe um mapa para ele.

A Sra. Saab o fitou com olhos pungentes, mas encontrou papel e caneta e rabiscou um diagrama simples.

— Nos vemos esta noite — disse o Sr. Saab. Ele estava se preparando para retornar à estrada novamente quando um caminhão veio na direção oposta e espremeu todos nós no acostamento, em uma fila única.

A localização marcada no mapa ficava a poucos quilômetros depois de Bidarray, mas evitei a subida até a cidade, ou ao menos a adiei até a manhã seguinte, quando precisaria refazer meus passos. Zoe teria dito que o universo estava falando comigo. Decidi ouvir.

O hotel era uma espécie de resort com tudo incluso, com campo de golfe e *buggies* para levar os hóspedes do portão até a acomodação. Fui a pé, puxando o carrinho e me sentindo distintamente deslocado.

Mas fui recepcionado calorosamente na recepção.

— "Monsieur Carte" — disse a jovem, rindo em seguida. — Ou Sr. Carrinho. Prefere em qual idioma?

— Pode ser francês mesmo.

— Herr Nilsson reservou um quarto para o senhor, mas não sabia seu nome correto. Ele vai encontrá-lo para um drinque às dezenove horas.

Ela me entregou uma ficha de registro, e eu peguei meu passaporte.

— O senhor ficará no prédio principal, aquele ali. Herr Nilsson já se encarregou do quarto e do café da manhã. Posso pegar o seu cartão de crédito para quaisquer extras?

A decoração era sofisticada, mas combinava com a localização rural e não era exagerada. Eu não devia ser o primeiro caminhante a ficar ali. Não teria problema em aparecer sem um paletó para o jantar.

Duas noites seguidas em hotéis chiques. Meu quarto era enorme, com uma banheira vitoriana e uma seleção completa de cremes e cosméticos. Zoe deveria ter caminhado mais um dia comigo. Depois de enxaguar minhas roupas e colocar os eletrônicos para carregar, me afundei na banheira.

Havia algo que não encaixava nessa noite — mais ainda do que a noite anterior, quando eu tinha outras coisas para ocupar minha mente. Um oásis no deserto, alguns bares de música popular no meio de uma apresentação de jazz, um momento de calmaria no olho do furacão. Mas a caminhada é que era a anomalia na minha vida. A noite era um lembrete da maneira como eu costumava viver antes dela, e presumivelmente depois.

O nome do meu anfitrião era Anders, diretor de uma grande empresa de marketing e distribuição — em outras palavras, um empresário comum. Mas ele tinha um histórico na engenharia e ficara fascinado pelo carrinho. Sua esposa, Krista, era uma companhia agradabilíssima sem a ameaça de ser morta por um caminhão francês no meio da estrada, e ficamos sentados em um deque com vista para as montanhas tomando um Burgundy branco enquanto o sol se punha após um dia quase perfeito. Eu estava levando uma vida de burguês — ou talvez a vida de que Zoe desfrutara naquela primeira semana no *Camino*, quando a sorte lhe presenteara com hospitalidade e aconselhamento.

Rapidamente encerramos o propósito imaginário do nosso encontro, para o alívio evidente de Krista. A mecânica do carrinho não era complexa, e Anders estava mais interessado em sua performance, que se traduziu, ao menos para a esposa, em um interessante diário de viagem. Era bom recapitular, mas me peguei aumentando as coisas. Vender não era meu forte, e fui lembrado de que eu tinha muito em jogo naquele projeto. Eu não tinha um emprego para o qual retornar se não conseguisse encontrar um investidor.

Anders conhecia a empresa alemã que estava interessada no carrinho. Eram conceituados, mas empresários vorazes.

— Não negocie com eles sem um advogado — aconselhou.

À medida que o jantar progredia, fiquei me perguntando se havia algo por trás da generosidade deles, certa inveja pelo que eu estava fazendo, preso apenas ao meu carrinho. Anders estaria de volta ao escritório na semana seguinte, enquanto eu caminhava ao longo da costa atlântica.

No quarto, aproveitei o amplo espaço seco para pôr todos meus pertences para fora e revisar meu kit. Estava ficando mais quente, e pensei em mandar algumas roupas e as peças térmicas para Jim quando atravessasse os Pirineus. Talvez ele não entendesse o vestido azul, que decidi não devolver para a loja. Quando peguei o kit médico, com seus agora desnecessários tratamentos para bolhas e camisinhas, um pequeno objeto caiu. Era o berloque de concha de vieira de Zoe.

45
ZOE

Meu segundo dia nos Pirineus foi pior que o primeiro. Minha mochila tinha ficado molhada sob o poncho e não secou, e ainda estava chovendo. E eu estava morrendo de fome. O bar local me serviu café e me apontou a direção da trilha com aquele tédio provocado pelos muitos caminhantes irritantes que faziam perguntas igualmente irritantes.

Eu não sabia quanto havia caminhado. Antes, tinha uma ideia do meu ritmo, mas, agora, eu estava nas montanhas, com uma mochila mais pesada. A paisagem era árida, rochosa e castigada pelo vento, com montanhas cobertas de pedras e terra a perder de vista. Não prestei muita atenção. Apaguei em outro hotel nada convidativo, sem jantar — a não ser pelos Oreos. Acabei com os biscoitos.

Eu não me sentia melhor no dia seguinte. Comecei a me perguntar se estava caminhando com percevejos. Fiquei me coçando a tarde toda, bem como a moça do atendimento ao turista em Cluny demonstrou quando estava tentando descrevê-los para mim. A ideia me apavorava. Significaria que eu era um risco nos albergues, e, até onde eu sabia, a única maneira de se livrar deles era queimando tudo.

— Está contente agora? — gritei para o céu, para o destino, para Deus, para meu querido marido. — Era isso que você queria?

A resposta que obtive foram provavelmente os crucifixos mais horríveis que eu já vira, e eu havia visto muitos nas últimas sete semanas. Não apenas um, mas três, em tamanho real. Jesus com os ladrões ao seu lado, todo contorcido e parecendo muito com como eu me sentia.

— Vão à merda, todos vocês! — berrei, mas minhas palavras se perderam no vento e na chuva, e nas minhas lágrimas.

Se achava as subidas difíceis, não eram nada em comparação com a descida até Ainhoa. Levei três horas e, por um tempo, precisei caminhar de costas para aliviar as panturrilhas e os joelhos. Isso me fez tropeçar e cair na encosta lamacenta da montanha.

Quando vi Ainhoa, uma cidade de verdade, chorei ainda mais. Eu queria ir para casa. Mas estava a quilômetros de qualquer aeroporto, e sabe-se lá a que distância de um aeroporto internacional. Não que eu ainda tivesse uma passagem de volta... Caminhei pela rua principal, onde havia uma série de hotéis aparentemente caros. Em uma mesa externa, longe da vista do interior do restaurante, uma taça cheinha de vinho rosé tinha sido abandonada. Que desperdício. Por impulso, eu a peguei e bebi.

— Está bem — disse a Keith. — Você me avisou. Avisou que eu precisava me planejar e eu não planejei, porque você sempre fazia isso por mim, e eu nunca precisei.

O atendimento ao turista me encaminhou ao *gîte*, onde 16 euros me garantiram um beliche no dormitório.

Eu estava sozinha. Eu queria a solidão; agora a tinha, e a odiava. Queria minhas filhas, Martin, Monsieur Chevalier, qualquer um. Eu odiava a mim mesma, odiava Keith, e então me odiava um pouco mais. Ele pensava que tinha falhado comigo, mas era eu quem tinha falhado com ele. Eu o havia aceitado como o provedor porque era isso que ele queria ser. Mas eu deveria ser a pessoa em sintonia com o cenário emocional, a pessoa responsável por manter as coisas em equilíbrio, em harmonia com o universo. Eu tinha decepcionado nós dois.

Minha passividade e a incapacidade de dizer "está tudo bem, não preciso passar as férias na França, nem de uma casa grande — estou feliz vivendo com o que temos" significaram que ele nunca se conformara com minha perspectiva e meu equilíbrio. Ele pensava que eu precisava de dinheiro mais do que precisava dele. Esse pensamento descabido me fez tremer de raiva.

Preparei alguns legumes murchos, comi até não aguentar mais e embrulhei o que sobrou. Depois, tomei uísque suficiente para garantir que eu dormiria por um tempo, então lavei as roupas antes de me aninhar no saco de dormir de Todd. Podia ser quente demais para o *Camino Francés*, mas era perfeito para os Pirineus. Eu não tinha mais tanta certeza quanto aos percevejos e fiquei me perguntando se eu estaria com alguma alergia. Talvez todo o meu corpo estivesse tentando se purificar do luto: o único alento era uma sensação de conexão com todas as almas que haviam sofrido ao longo dos séculos à medida que caminhavam e morriam no *Camino*.

Acordei com dor de cabeça do uísque e senti certa empatia por meu pai. Bem, certa *compreensão*. Pela necessidade de desaparecer, e como aquilo só aumentava o problema. Deixei a garrafa pela metade para trás.

O proprietário do albergue me disse que a caminhada até Sare era curta; o trajeto até Biriatou, no entanto, seria longo; e então eu chegaria ao litoral, a Hendaye, no lado francês da fronteira espanhola. Fiquei um pouco mais animada. Eu estava quase na Espanha.

Atravessei a fronteira antes do esperado, mas não no lugar certo. Agora não estava perdida apenas espiritualmente, mas também fisicamente. Depois de um trecho sem listras vermelhas e brancas, vi um prédio à beira de um rio e fui até lá. Para minha surpresa, era um bar. Mais surpreendente ainda era o fato de que eles não falavam francês, e não porque estivessem sendo hostis. Depois de cinco minutos, meu espanhol começou a fluir com mais facilidade, embora nós dois sentíssemos dificuldades com os sotaques. O homem mais novo me desenhou um diagrama para complementar suas diretrizes velocíssimas. Elas me levaram de volta às listras vermelhas e brancas, mas escureceu antes de eu avistar qualquer sinal de Sare. Eu teria de passar a noite na trilha, no frio.

Consolei a mim mesma com o fato de não estar chovendo. Não havia neve, e a temperatura provavelmente ainda estava acima de zero. Eu tinha um saco de dormir apropriado para o frio e um poncho que podia servir de barraca. As coisas podiam ser piores.

Às 3h da manhã, definitivamente ficaram. Acordei e descobri que a chuva estava escorrendo pela minha nuca. O capuz do moletom de Todd havia funcionado como um minirreservatório. Passei quinze minutos procurando uma maneira de impedir que o capuz esguichasse água em mim, e mais dez reajeitando o poncho. Para me manter seca, tive que me encolher em posição fetal.

Adormeci novamente — por uma ou duas horas. Quando o sol nasceu, em uma manhã úmida e enevoada, meu corpo doía de uma forma que eu pensava que só poderia doer na velhice, mas eu não estava pensando no futuro. Minha mente tinha estagnado nas ruminações sobre como eu havia fracassado com Keith. Eu merecia aquilo.

46
MARTIN

Estivesse o berloque de concha exercendo alguma influência ou não, achei os Pirineus menos assustadores do que eu esperava. Havia um pouco de subida, mas não a ponto de ser um problema para o carrinho. Encontrei alguns caminhantes, a maioria apenas passando o dia fora, e persuadi dois deles a fazer vídeos do carrinho no terreno mais acidentado.

As listras vermelhas e brancas da GR10 não eram tão proeminentes quanto as conchas de vieira, e ter o GPS se provou útil. As paisagens eram deslumbrantes: águias voavam abaixo de mim, e, depois que desisti de fazer um vídeo delas, passei uma hora apenas as observando.

As cidades nos Pirineus eram, como o resort nos arredores de Bidarray, destinadas a pessoas em férias, e não a caminhantes. Em Ainhoa, em uma noite agradável, fiquei sentado na área externa de um restaurante, bebericando meu Navarre rosé, que havia se tornado minha bebida preferida. O garçom encheu a taça sem que eu pedisse, e apontou com a cabeça para o interior do restaurante.

— Aquele carrinho é seu?

— Sim... Está atrapalhando?

— Não, só não deixe nada de valor dentro dele.

Eu estava com minha carteira, o passaporte e o celular, mas entrei e peguei o berloque de Zoe e um alfinete. Eu tinha uma fantasia de devolvê-lo a ela com as notícias de que eu cumprira a profecia de Monsieur Chevalier de que ele chegaria a Santiago. Eu o prendi dentro do bolso de cima da jaqueta.

Quando voltei para a mesa, minha taça estava vazia.

Aaaaaargh.

Eu não sabia ao certo se a mensagem de Sarah, que apitou no celular quando cheguei a Biriatou, ainda nos Pirineus, era uma reação a um erro bobo em uma tarefa ou a algo mais pessoal.

Na noite anterior, conversamos uma hora sobre uma questão de matemática, e ela havia até ligado o vídeo no final. Sarah nunca tinha me visto de barba e ficou devidamente surpresa. Recebi permissão para mantê-la — especialmente se Zoe gostasse: "Ora, pai, você *vai* vê-la de novo. Para mim não é problema algum." Mas finalizamos a chamada antes de ela mandar sua mensagem *Amo vc, pai.*

Esta noite, eram mensagens de texto de novo. Parecia que o estudante de engenharia estava mantendo suas opções abertas, colocando toda culpa em sua parceira, que estava, por puro egoísmo, tentando "prender" o pai de seu filho.

Ela não o ama.

Por que você acha que ele continua com ela?

Ela o faz se sentir culpado.

O amor pelo filho teria sido uma resposta mais digna.

Qual a idade da criança?

Alguns meses. Ele tentou fazer dar certo.

Claro. Ao se envolver com uma menina de dezessete anos.

Mamãe acha que eu deveria dar um pé na bunda dele. De vez. Nunca mais o ver novamente.

Julia era péssima em oferecer conselhos, mas, naquele caso, ela tinha toda razão. Talvez só precisasse dar a Sarah uma demonstração clara de seu posicionamento.

Eu tinha um arsenal limitado para lidar com relações humanas. Não dê conselhos se não lhe pedirem; tome por certo o egoísmo até que lhe provem o contrário. O estudante de engenharia de Sarah estava aproveitando o melhor dos dois mundos enquanto Sarah e a parceira dele permitissem que ele continuasse. E Sarah tinha toda a atenção — minha e de Julia.

Enquanto eu estava pensando, ela mandou outra mensagem.

O que vc acha?

Depende do que você quer que aconteça.

Está dando uma de terapeuta? O que vc acha?

O que você gostaria que eu achasse?

PAI!

;-)

Se eu engravidasse, ele precisaria escolher quem realmente quer.

Sarah estava fazendo o que mais queria desde o começo: me provocar. Se eu reagisse, ela teria um reforço positivo por seu comportamento; se não, ela encontraria maneiras de me provocar ainda mais. Se é que havia maneiras mais eficientes do que dizer ao seu pai que você está pensando em engravidar para testar seu relacionamento com um homem casado.

Não escrevi nada até ela continuar:

Preciso ir. Teste amanhã.

E depois:

Teste de Ciências, não de gravidez. Haha.

Rindo muito aqui. Só que não. Boa sorte.

Amo vc, pai.

Bjo.

Ei, Zoe é a mulher de vestido curto? O branco. No seu blog?

Não. Zoe é AMERICANA. Aquelas são brasileiras. Leia as legendas.

Ótimo. Ela parecia encrenca certa.

Enquanto caminhava, no dia seguinte, me permiti ficar contente comigo mesmo. O namorado de Sarah ainda não saíra da jogada, mas os canais de comunicação permaneciam abertos, e eu tinha dado a ela algo em que pensar sem impor minha perspectiva. Quando conversávamos sobre matemática, a cabeça dela estava focada, então sua raiva parecia não interferir nos estudos.

Minhas férias nos Pirineus acabaram no litoral. Depois de caminhar pelos subúrbios de Hendaye, me despedi da França com uma dúzia de ostras e uma taça de Mâcon Blanc, antes de pegar a balsa para fazer a curta travessia até Hondarribia. Eu podia ter tomado uma rota que contornava o mar, por Irun, para evitar ter de pegar a balsa, mas meu novo guia aconselhava o contrário. Os peregrinos antigos não teriam recusado uma oferta de uma travessia de barco, e eu fiquei feliz em seguir a tradição.

Assim que desembarquei, percebi que o *Camino*, e não mais o *Chemin*, seria diferente não apenas no nome. Uma seta amarela pintada de forma grosseira em uma parede de concreto apontava o caminho, e uma série de marcadores parecidos me levaram até a cidade, passando por meu primeiro bar de *tapas*.

Encontrei uma *pensione* pitoresca por um preço mais que acessível. Uma corrida estava acontecendo, e o bairro estava cheio de pessoas em clima festivo, incentivando os corredores. Eu me acomodei em um bar e pedi uma taça de *fino*, que eles entenderam como *vino*. Quando ficou claro que eu estava na região errada para beber um xerez, me contentei com um rosé e uns *pinchos*, e comecei a entrar no clima da Espanha.

Eu me sentia bem, e levemente filosófico, sentado sozinho com uma taça de vinho, um espetinho repleto de anchovas, pimentas chilli e azeitonas, e uma cesta de pão. Então era isso? Eu supunha que o berloque de Zoe trazia, de fato, a felicidade. Será que ele me traria um dia após o outro como esse até as coisas ficarem monótonas e eu buscar algo mais profundo?

Eram 23h quando voltei para o quarto, bem-alimentado e pensando que teria sido mais barato ter comprado a garrafa inteira de vinho rosé, em vez de ficar pedindo por taças. Ao jogar o celular na mesa de cabeceira, pronto para carregar, vi que havia uma série de mensagens.

A primeira me disse tudo que eu precisava saber. Era de Julia. *Me ligue urgente. Sarah desapareceu.*

47
ZOE

Cheguei a Biriatou destruída, física e emocionalmente, e quase falida. Embora ali houvesse muitas opções de hotéis baratos, eu não queria abrir mão da reserva de que eu precisaria para os primeiros albergues do *Camino* até encontrar alguns clientes para as massagens. O dono da *épicerie* foi empático quando contei que estava perdida. Talvez ele tenha pensado que eu havia sido assaltada. Após uma ligação e uma curta caminhada, eu havia uma cama em um celeiro. Os proprietários me ofereceram um chuveiro e chocolate quente, que aceitei com gratidão, e uma taça de licor, que recusei. Enquanto pegava no sono no saco de dormir de Todd, concluí que ao menos eu não estava carregando percevejos por aí — provavelmente eu não tinha mesmo — e que não estava com frio nem fome.

No dia seguinte, o tempo havia melhorado um pouco, mas foi outra coisa que me animou. Bem à minha frente estava o mar. Eu havia chegado a Hendaye. Bastava uma travessia curta na balsa até a Espanha.

Sempre amei o mar, ainda mais quando se encontrava em suas condições mais ameaçadoras. Eu estava ansiando por um pouco daquilo para direcionar parte da minha raiva. Mas fazia um dia agradável, e o mar estava calmo. Enquanto eu me debruçava por sobre a mureta com vista para a praia e para o mar na direção do meu próprio país, a raiva se esvaiu de mim. Eu sabia que, independentemente do que Keith tinha feito, independentemente do quanto estava desorientado, ele nunca machucaria a mim ou as meninas de forma deliberada.

De minha parte, por mais que eu tivesse falhado com ele, essa nunca fora a minha intenção. Nós divergíamos em tantas coisas que acabei me tornando apenas mais um problema para ele se preocupar. Fiquei pensando nos silêncios quando eu insistia em pagar um bom salário aos seus funcionários imigrantes, e um preço justo a seus fornecedores estrangeiros. Eu queria que Keith fosse progressista, e ele queria ser um empresário. Tentou ser os dois, por mim, e acabou não sendo bem-sucedido em nada. Eu tomava muitas coisas como certas: o fato de ele comprar o jantar nos dias em que eu estava estressada; seu senso comum, que me apaziguava quando minhas filhas adolescentes me levavam ao limite; e, é claro, o encorajamento que me dava para perseguir meus sonhos, ao menos quando ele os compreendia.

No fim das contas, não foi o mar que me arrancou daquele buraco escuro que habitei nos últimos cinco dias. Foi uma placa, anunciando *glaces*. Durante as férias, Keith costumava comprar sorvete todos os dias, para ele e para as meninas, alguma mistura de chocolate, gordura e sabores artificiais nada saudáveis. No fim, eu acabava cedendo e me juntando a eles.

Comprei um sorvete em uma lojinha local, me sentei na praia sem os tênis e as meias, enterrando os dedos na areia quente, sorrindo enquanto lambia a cobertura de chocolate que costumava ser a preferida dele, e celebrei as coisas boas que compartilhávamos.

48
MARTIN

Não liguei para Julia. Mandei uma mensagem para Sarah.

Você está bem?

Sim, rlx.

Levei meio minuto para entender: *relaxa.*

Quando o alívio que havia me inundado começou a se dissipar, me senti culpadamente consciente de algo que havia ficado para trás: uma sensação de satisfação — ou *complacência* — por pelo menos um dos pais saber o que fazer. Infelizmente, não era comigo que Sarah convivia no dia a dia. De quem era a culpa? Julia não iria, de jeito nenhum, permitir que eu ficasse com a guarda unilateral dela, se é que esse era o termo certo para um relacionamento com uma, agora claramente, adolescente independente e obstinada de dezessete anos.

Onde você está?

Em segurança. Rlx.

Me mande mensagem depois, OK?

Blz.

Fale com sua mãe. Ela está preocupada.

Fale vc.

E ali estava a verdadeira mensagem, a conclusão derradeira. Eu supunha que Sarah estivesse enfurnada na casa de uma amiga e em segurança, após uma briga com Julia ou com o estudante de engenharia. Eu apostaria na primeira opção. Independentemente de quanta raiva eu sentisse por Julia não conseguir cuidar da nossa filha, por ter criado uma situação na qual eu não podia estar presente, eu não a deixaria no escuro.

Mandei uma mensagem:

Sarah está em segurança, rlx.

A mensagem foi respondida instantaneamente.

RLX??

Relaxe.

Vá se foder.

Bom, nada mudou. Deixei o celular ligado caso Sarah escrevesse de novo.

Eu tinha um dia inteiro pela frente antes de me encontrar com os alemães em San Sebastián, e decidi passá-lo em Hondarribia. O hotel era agradável e havia mais bares de *tapas* para explorar. Estava chovendo bastante, e a previsão do tempo sugeria que retardar a caminhada em um dia seria uma atitude inteligente. Mais do que isso: me daria oportunidade para conversar com Sarah por Skype quando ela estivesse disponível.

Usei o tempo livre para construir um freio de estacionamento — uma simples trava para a roda — para o carrinho, para evitar futuras fugas e demonstrar que eu estava usando minha experiência no *Camino* para aperfeiçoar o design.

À parte a situação de Sarah, o berloque de concha parecia continuar funcionando. Havia um e-mail de Jonathan solicitando uma cópia dos desenhos do carrinho. "Obviamente não posso prometer nada, mas aqueles vídeos nos Pirineus foram impressionantes.

Sempre buscamos soluções de baixo custo em lugares onde estamos tentando *ceder* para os locais."

A quantidade de seguidores do meu blog continuava aumentando, embora eu soubesse que muitos passavam a me acompanhar por conta da viagem em si, e não do carrinho. No mínimo, eu devia parecer um personagem quixotesco fazendo as coisas do jeito mais difícil — não exatamente a impressão que eu queria causar.

"Que feito fantástico. Já é difícil com uma mochila, imagine com um carrinho."

"Você deve estar ficando com uma condição física incrível, arrastando esse monstro."

"Se você não vender o design, não vai ter dificuldades em conseguir um emprego na China como puxador de riquixá."

Postei um comentário sobre como o carrinho era fácil de puxar, mas não consegui evitar de pensar em Zoe caminhando ao meu lado naquele último dia juntos. Certamente estava sendo mais fácil para ela. Por outro lado, ela não estava carregando uma barraca.

Richard, de Tramayes, tinha pedido notícias de Zoe, e eu respondera que ela estava a caminho de casa. Cinco minutos depois, Sarah apareceu no Skype.

Zoe foi pra casa?

Sim. E você?

Vc tá de boa com isso?

É claro que estou. ÉRAMOS APENAS AMIGOS.

Eram?

Chega. E você?

Tô bem.

Onde?

Casa de amigos. Vc falou com a mamãe?

Falei. Mas você devia ter falado.

Eu falei. Logo depois que falei com vc. Como vc mandou.

Droga. Mas ela havia conseguido o que queria.

Como está o engenheiro?

Acabou.

Você está bem?

Veja a msg anterior.

Vai para casa?

Talvez. Vc vem pra casa?

Tenho umas caminhadas a fazer antes.

Se divirta. Amo vc, pai.

Bjo.

Sinto muito pela Zoe.

Sinto muito pelo engenheiro.

Ao contrário de uma conversa normal, um diálogo conduzido em mensagens curtas perdura na tela, implorando para ser revisto. Pensei que tivesse me saído bem: mantive os canais de comunicação abertos, não julguei, e compartilhei um pouquinho na minha resposta ao "sinto muito" dela, sem importuná-la com meus problemas. Com uma exceção gritante, vergonhosa, de caramba-como-foi-que-eu--não-percebi-isso-antes.

"Bjo." Eu podia consertar isso. Só precisava digitar três palavrinhas: "Também amo você."

Na manhã seguinte, a chuva havia dado uma trégua, e eu parti rumo a San Sebastián, 26 quilômetros de subida em morros íngremes, porém regulares, com frequentes lampejos do mar à minha direita.

Independentemente dos posts no blog, puxar o carrinho morro acima continuava não sendo muito divertido, embora agora fosse natural tê-lo atrás de mim e posicionar a mim mesmo e os bastões de modo a evitar ser puxado para trás. Perguntei-me o que os cientistas de Jonathan achariam daquilo. Suspeitava que, para cargas leves, um soldado afegão preferiria uma mochila, mas talvez houvesse um ponto em que o peso se tornasse tamanho que o carrinho fosse útil. Eu nunca havia testado cargas pesadas, em nenhuma distância, mas minha intuição dizia que o carrinho se sairia bem até que os morros ficassem muito íngremes, e seu peso pudesse derrubar o dono.

Depois de atravessar os Pirineus, a abundância de placas sinalizadoras no *Camino* era quase um insulto. Marcadores de pedras com o símbolo da concha de vieira conferiam uma sensação mais forte de permanência no *Camino* do que os quadrados afixados na França. Eles eram suplementados por setas amarelas mal pintadas que eu julgaria ser uma anomalia local em Hondarribia. Os franceses — e os ingleses também, por sinal — não teriam tolerado aquela afronta aos olhos. O choque entre as setas e o ambiente agradável e bucólico expressavam dramaticamente os dois estados de espírito diferentes que uma pessoa poderia levar à caminhada: a contemplação da natureza ou o foco em chegar a Santiago. A jornada ou o destino. Eu teria dito que minha própria motivação estava mais alinhada com as setas. Mesmo assim, eu não gostava delas.

Era um bom dia para se livrar da preocupação com a caminhada. A situação com Sarah não estava se resolvendo; ela tinha passado muito bem pelos primeiros anos da adolescência, mas, agora, prestes a se tornar adulta e ir para a universidade, enfrentava dificuldades. Eu ainda sentia que tinha lhe oferecido a opção menos pior. Era melhor que eu estivesse ausente do que ela precisar escolher um lado no relacionamento tóxico entre Julia e eu.

Dito isso, o contato recente estava permitindo que ela brincasse com nós dois. Eu estava me saindo melhor, mas não se tratava de mim. Parecia não haver solução fácil além de manter os canais de comunicação abertos. E resolver o problema — o *meu* problema — da despedida com um mísero *bjo*. Não significava que eu não a amasse. Pelo contrário, era doloroso demais confrontar meus sentimentos por ela. Tratava-se de mim, *sim*. Sarah estava suportando o peso de eu ser um deficiente emocional. Enquanto a chuva molhava meus óculos e tornava o caminho perigoso, decidi que faria o mais difícil na próxima vez em que nos falássemos por Skype.

49
ZOE

O *Camino* espanhol era diferente desde o começo. As placas francesas de concha de vieira desapareceram, em sua maioria, e em seu lugar nos locais de direcionamento — talvez muitos, em momentos diferentes — havia setas amarelas pintadas. Pequenas, grandes, com tinta escorrendo e assimétricas, nas estradas, nos postes e em qualquer lugar onde o pintor achava que poderiam ser vistas. A tradição, aparentemente, começara com um padre que pintara setas nas árvores para ajudar os peregrinos a encontrar o caminho entre as montanhas que rodeavam sua cidade. Eu gostava delas. Seu estilo ousado, ingênuo e levemente rebelde era um contraste à formalidade dos postes de pedra.

Embora parte de mim ainda quisesse chafurdar na autopiedade, não me dei esse luxo. Minhas boas condições físicas e a familiaridade com o espanhol tornavam as coisas mais fáceis, mas precisava encarar a realidade da minha situação. Se eu tivesse seguido o conselho de Monsieur Chevalier e tivesse pegado o *Camino Francés*, teria encontrado muitos outros peregrinos com músculos doloridos que precisariam de massagens, e também teria acesso a uma série de albergues. No *Camino del Norte*, os albergues eram menos frequentes, e os peregrinos, mais raros. Meus cinquenta euros não conseguiriam, de jeito nenhum, bancar mais do que mais uns dois dias. O destino e eu havíamos cortado laços.

Keith pensava que eu precisava de cuidados, e eu supunha que, se ele estivesse me observando de algum lugar, esse seria o momento em que ele se sentiria necessário. Mas não era do apoio financeiro que eu sentia falta — da casa, dos móveis, ou do extrato bancário imaginário. O que me fazia falta mesmo eram seus braços quentes em torno de mim à noite, a risada por trás do jornal matinal, e a sensação de alguém compartilhando uma vida comigo.

Uma semana antes de morrer, Keith tinha chegado em casa e me encontrado irritada demais para sequer lhe dar um beijo de "oi".

— Não posso acreditar que não vão banir o hidrofaturamento — esbravejei.

— Eu posso — respondeu Keith. — Trata-se de encontrar um ponto de equilíbrio.

— Entre o quê? O planeta e os lucros das empresas petroleiras?

— O que você quer que eu faça?

Sequer respondi, e Keith só foi para a cama depois que eu já tinha dormido. Eu ansiava para retornar àquele momento — para ir atrás dele e me sentar com ele.

Antigamente, ele teria me dito para relaxar — me faria desenhar uma caricatura do governador, faria nós dois rirmos. Eu não conseguia me lembrar da última vez que vira Keith rindo. Tudo por causa de dinheiro. Será que ele tinha esquecido que eu tinha me virado sozinha com duas filhas — sempre encontrando uma saída? Eu disse a mim mesma que podia fazer aquilo de novo.

Vasculhei minha memória em busca da citação inspiradora adequada, mas as que falavam de "curar as feridas" pareciam superficiais demais. Lembrei-me de algo que o artista Clyfford Still tinha dito e que causara alguma repercussão: "Como podemos viver e morrer e nunca sabermos a diferença?"

Consegui me virar por alguns dias: um albergue me ofereceu uma cama em troca de serviços de faxina, e passei mais uma noite ao ar livre sob meu poncho. Os morros continuavam, mas eu mal percebia. Fosse porque o tempo estava mais quente ou porque eu estava caminhando melhor, não sentia mais aquele estado constante de fome, o que era ótimo. As setas amarelas me ajudaram a atravessar San Sebastián sem que eu precisasse procurar as conchas de vieira em meio a todas as sinalizações da cidade. Mas eu ainda não tinha resposta para minha crise financeira.

Até *Guernica* — a pintura de Picasso. Em meio à expansão urbana, fiquei impressionada com os grafites que cobriam muro após muro. Assimilei aquilo com uma mistura de admiração e inveja. Era tudo que minha arte nunca fora — ousada e raivosa, perceptiva e inovadora. Pensei em todas as aulas de arte que eu havia tido na faculdade, e nas que Keith me instigara a fazer, e me senti tocada por aqueles artistas simplesmente terem ido ali e feito o que precisavam fazer. Meu traço cauteloso e as constantes reformulações das paisagens não tinham espaço ali. Porque eu não tinha talento. Mais provavelmente porque não tinha coragem. Menos quando eu fazia meus cartuns.

Durante todo o caminho até Bilbao, deixei meus pensamentos revolverem.

— Qualquer um pode desenhar essa porcaria — disse meu pai.

— É desrespeitoso — minha mãe.

— Isso não é arte — qualquer um dos meus professores da faculdade, se eu tivesse tido coragem suficiente para mostrar a eles, coisa que eu não tinha.

— Ficou ótimo, querida — Keith.

— Você pode fazer um desenho para a minha professora? — Tessa.

— Você pode fazer um desenho *da* minha professora? — Lauren.

Richard e Nicole colocando o deles na parede e em seu site. Os americanos de Saint-Jean-de-Port encomendando caricaturas suas.

Muitas pessoas podiam fazer bons cartuns, então o que eu poderia criar de diferente? Pelo que as pessoas pagariam?

50
MARTIN

San Sebastián tinha a reputação de ser um ótimo lugar para visitação: o centro da cultura basca, uma localização costeira e mais estrelas Michelin por habitante do que qualquer outra cidade do mundo. Suas atrações não eram interessantes para um caminhante solitário. Era maior do que qualquer uma das cidades francesas por onde eu tinha passado, e tive de atravessar os subúrbios no caminho em direção ao centro. Eu tinha certa experiência em arrastar meu carrinho para dentro de um hotel usando roupas que seriam mais adequadas para me acomodar em uma barraca, mas o Hotel Maria Cristina, com seu amplo saguão de mármore, foi um nível acima. Para ser justo, fui tratado como se estivesse de terno e gravata, e levado a um quarto que fazia jus à opulência geral do lugar. Os alemães haviam reservado duas noites para mim e deixaram uma mensagem avisando que me encontrariam no dia seguinte às 15h para inspecionar o carrinho, que eu tinha levado para o quarto.

Passei um tempo navegando na internet, aprendendo sobre a *Ruta de La Costa*. Eu não tinha desejo nenhum de passar um tempo na cidade ou nas praias lotadas, mas precisaria me acostumar com um ambiente mais urbano. As informações on-line sobre o *Camino del Norte* eram um pouco mais precisas que as do meu guia, que prometia quilômetros de areia desértica. Essa era a Espanha. Não a Costa do Sol, apesar dos resorts construídos e de todos os pontos positivos, e com a autoestrada principal acompanhando a linha costeira a maior parte do caminho.

Quando saí para jantar, me arrastando solitariamente até um bar de *tapas*, os sotaques ao meu redor eram ingleses e americanos. Ainda era cedo, e os espanhóis eram famosos por fazerem suas refeições noturnas tarde, mas eu me sentia mais turista do que peregrino.

No dia seguinte, limpei o carrinho para a inspeção, atualizei o blog, e fiquei na internet sem ter muito o que fazer até a reunião com os alemães. Nenhum sinal de Sarah.

Os alemães desafiavam o estereótipo nacional e bateram à minha porta quase duas horas depois. Eram quatro, todos homens de meia--idade, usando ternos. Eles se apresentaram e se desculparam pelo atraso, então três deles ficaram assistindo enquanto um inspecionava o carrinho. Após no máximo três minutos, ele tinha terminado.

— Obrigado — disse um dos outros em inglês.

Demos um aperto de mãos e eles foram embora. Como os mais jovens costumam dizer: *mas que porra é essa?* Será que eles tinham visto algo de que não gostaram e não viram sentido em continuar? Ou só queriam vê-lo ao vivo, visto que meu site já fornecia todos os detalhes? Eu tinha caminhado 135 quilômetros de Saint-Jean-Pied--de-Port para isso?

Aparentemente, não. Uma hora depois, recebi uma mensagem de texto: *Por favor, venha jantar conosco no restaurante Arzak. Nós nos encontraremos no saguão do hotel às 21h.*

Se a escolha do restaurante fosse um indicativo do quanto estavam dispostos a pagar pelo projeto do carrinho, então as coisas eram promissoras. Uma pesquisa rápida me informou que eu estaria jantando em um dos dez melhores restaurantes do mundo. Com minha calça de caminhada extra. A não ser que eu quisesse surpreendê-los com o vestido azul. Saí e comprei uma calça. Minha blusa de frio teria de servir.

Chegamos ao restaurante de táxi, a primeira vez que eu entrava em um carro em quase dois meses. Parecia uma trapaça, mesmo que eu não estivesse fazendo progresso nenhum no *Camino*.

Após uma checada rápida na reserva, fomos cumprimentados, acomodados e servidos com xerez Manzanilla e anchovas com morangos. Sem problemas em relação a meu traje.

A comida era fenomenal, e fiquei empanturrado de licor. Consegui encontrar um equilíbrio entre aproveitar o vinho e não perder a noção. Lembrei-me do alerta de Anders, o sueco do hotel — aqueles caras tinham mais em mente do que só bancar as despesas.

Conversamos sobre a comida e sobre minha caminhada enquanto o espetáculo do cardápio de degustação se desenrolava. Eu não tinha dúvidas quanto ao que Monsieur Chevalier pensaria dessa versão gourmet da peregrinação.

A chegada dos cafés provocou uma mudança abrupta na conversa.

— Então, sr. Eden, estamos dispostos a comprar o desenho do seu carrinho por 7.500 euros, agora. A oferta permanece em pé até a conta da refeição chegar.

O homem que parecia ser o líder da equipe sorriu e fez um gesto de rabiscos para o garçom.

Eu não esperava negociações desse tipo. Para ser franco, considerei bastante infantil. Em todo caso, a oferta não era o que eu estava buscando. Era uma mera aquisição de compra, em vez de um investimento, e eu não tinha pensado dessa forma. Seria o suficiente para recomeçar a vida? Nem de longe.

O garçom estava vindo em direção à mesa com a conta, e o "não" estava quase nos meus lábios quando algo o distraiu e ele voltou, me dando mais tempo para pensar.

Havia lógica por trás da oferta deles. Era uma proposta "volte para casa com algo para mostrar da sua jornada". A caminhada seria paga e eu ficaria com um troco bastante útil. E, até certo ponto, prestígio. A imagem de Zoe saltitando ao meu lado enquanto eu arrastava o carrinho voltou à minha mente. Eles estavam assumindo um risco e me oferecendo uma opção viável. Eu poderia estar em um trem para Cluny no dia seguinte. Melhor ainda, poderia voltar à Inglaterra, ver Sarah, pensar em uma nova empreitada. Eu poderia inclusive ir atrás de Zoe.

Foi aquele último pensamento, afastando todos os outros, o responsável pela minha decisão. Eu não ia me deixar levar por um romance de férias que sequer tinha acontecido. Quando o garçom colocou a conta na mesa, permaneci em silêncio.

Meus anfitriões continuaram sorridentes, e o assunto havia morrido ali. Na manhã seguinte, recebi um e-mail confirmando a oferta deles, dizendo que ficariam felizes em estendê-la até uma semana antes da feira de negócios. Respondi agradecendo e disse que continuaria a considerá-la. E, enquanto isso, seguiria minha caminhada.

51
ZOE

Comprei mais papel e lápis, me acomodei do lado de fora do Museu Guggenheim, em Bilbao — ignorando um edifício que, em outro momento, teria capturado minha atenção o dia todo —, e comecei a desenhar.

Vários turistas pararam e fizeram comentários. Posso não ter respondido, mas eu sorri. Eu acho. Eu estava bastante absorta. Um espanhol se sentou ao meu lado.

— Você é boa — disse ele em inglês.

— *Gracias.*

— Está desenhando como... fogo.

Eu *estava* pegando fogo. Respondi em espanhol, e ele começou a me contar sobre como sempre quis fazer desenhos como aqueles, mas acabara tendo que trabalhar no hotel da família. Não parecia que ele iria embora tão cedo. Ergui os olhos. Ele era mais velho que eu, corpulento, com mechas grisalhas nos grossos cabelos pretos.

— Seu hotel tem um centro de convenções? — perguntei.

Apenas poucas semanas atrás, eu teria dito que o destino o mandou até mim. Mas, agora, se ele não tivesse me encontrado, eu o teria feito. *Sí*, o hotel tinha um centro de convenções, e, quando lhe contei o propósito daquilo, ele ficou animado.

— Quando você for famosa, vai me colocar na sua autobiografia, não vai?

"Centro de convenções" era certo exagero, mas eles tinham um computador e um escâner. Eu tinha vários e-mails não lidos de amigos. Respondi a cada um deles, copiando e colando um resumo da minha jornada, com a promessa de que estaria de volta no meio de maio.

Os e-mails de Lauren e Tessa eram mais longos: lendo nas entrelinhas, ambas estavam bem, mas perplexas com o que eu estava aprontando. Eu conseguia imaginar Tessa dizendo: "Ela provavelmente encontrou um guru para seguir", e Lauren pesquisando no Google por quaisquer seitas esquisitas na Espanha que pudessem me abocanhar. Eu garanti a elas que estava me virando bem.

E notícias maravilhosas: minha agente de viagens digitara três parágrafos para garantir que eu entendesse que ela havia feito um milagre, e que agora eu tinha uma reserva em um voo de Santiago de Compostela para Los Angeles, com escalas em Paris e Nova York, para a noite do dia 13 de maio, "mas não é reembolsável nem passível de alterações. Por favor, responda confirmando que você entendeu isso". Nem poderia alterar: meu visto venceria de toda forma. A única coisa de que eu tinha certeza era da minha capacidade de caminhar os meros quatrocentos quilômetros que faltavam. Mas a mudança custaria duzentos dólares, que eu precisaria pagar na semana seguinte.

Levei três horas para escanear meu cartum e digitar o artigo que o acompanharia, e então mandei para todos os jornais e tabloides americanos com uma editoria de turismo cujo e-mail eu consegui encontrar.

O desenho que escolhi era de Martin (ou, ao menos, uma versão inspirada nele) com seu carrinho, contemplando várias sacolas de pecados. Qual ele escolheria como seu fardo?

Intitulei a série proposta como *O Progresso do Peregrino*. A primeira parte seria *Le Progrès du Pèlerin*, passada na França, e a segunda seria *El Progreso del Peregrino*, na Espanha. "Há muito interesse pelo *Camino*", digitei na carta de apresentação, "mas minha perspectiva são diversos artigos que abrangerão as rotas alternativas, menos conhecidas." Imaginei a mim mesma um ano atrás, lendo o jornal durante o fim de semana e dizendo para Keith: "Você já ouviu falar do *Camino*? Parece ter mais de um." Gostaria que ele estivesse ali para me ver definir uma *perspectiva*.

Eu não fazia ideia de quanto tempo eles levariam para me responder — ou se sequer responderiam. A imprensa tradicional estava demitindo os funcionários por todos os lados. Antes de hoje, mesmo que minhas inseguranças não tivessem me detido, isso teria. Agora eu estava determinada. Não ia aceitar "não" como resposta.

Caminhei pela cidade por um tempo. Às 18h, não consegui mais esperar, e fui checar a caixa de entrada. Seriam 9h na costa oeste, mas meio-dia na costa leste.

Eu tinha mandado 32 e-mails. Havia quatro respostas, inclusive de uma mensagem não entregue: o *Tucson Travel Weekly* provavelmente tinha fechado as portas. O *New York Times* havia mandado uma resposta automática: "Não ligue para nós, nós ligaremos para você." O *Indianapolis Star* disse que encaminharia ao editor de turismo.

O quarto e-mail era do *San Francisco Chronicle*, enviado há apenas cinco minutos. "Estávamos procurando por alguém assim", escreveu Stephanie, editora de turismo, debaixo do meu cartum. "Adorei a perspicácia e a noção clara que você tem do seu personagem. Gostaria de mais dele. Mas vamos conversar."

— Não se esqueça de ficar com os direitos dos originais — disse a voz de Martin atrás de mim.

52
MARTIN

Eu tinha passado uma semana em cidades turísticas da Espanha comendo em restaurantes de frutos do mar e havia me acostumado àquilo. A comida era maravilhosa, os quartos nas *pensiones* eram impecáveis, e o vinho dos bares, consistentemente bom.

A caminhada entre uma e outra cidade, embora menos rural, tinha seus atrativos: vistas espetaculares do mar, trechos ocasionais banhados pela água, ruínas militares. Os trechos na autoestrada não eram tão bonitos, mas fui deixando os quilômetros para trás com facilidade.

Os espanhóis faziam sua refeição principal no meio da tarde, que era mais ou menos quando eu costumava chegar ao meu destino, mas, em vez de mudar os hábitos de uma vida inteira, optei por fazer a refeição à noite. Os bares menores, negócios de famílias, preparavam qualquer coisa, a qualquer horário que você pedisse. Longe do centro urbano de San Sebastián, havia menos variedade. No país basco, boa parte dos *tapas* tinham pão como base, e a combinação de azeitonas, pimenta e anchovas era universal. Pela manhã, eu me abastecia com café para os primeiros três ou quatro quilômetros, então parava para uma *tortilla* e suco de laranja fresco. Se esquentasse, eu tomava um sorvete antes do trecho final, um prazer de infância que eu podia me dar ao luxo de comprar, com todo o exercício que estava fazendo.

Enquanto seguia as setas amarelas ao longo da costa, deixando que os dias e os quilômetros se acumulassem, eu pensava nos três problemas que tinha de resolver.

O primeiro era a oferta alemã. Eu não queria me desvalorizar. Se eles estavam dispostos a pagar aquela quantia agora, não havia motivo para não manter a oferta até a feira de negócios, independentemente de sua tática. O fabricante chinês e o pessoal do exército de Jonathan ainda estavam na jogada. Eu não tinha tido notícias do distribuidor francês desde a resposta deles à minha proposta original.

O segundo, e mais importante, era Sarah. Ela tinha parado de se comunicar comigo. Nenhuma resposta a mensagens no Skype ou no celular, com uma exceção. *Vc tá bem?* proporcionou uma resposta monossilábica: *Sim.*

E o terceiro, Zoe. Eu deveria tentar contato com ela? Se sim, quando?

Então, quando entrei no meu hotel em Bilbao, ela — com um moletom enorme do Chicago Bulls — estava sentada diante de um computador, com um cartum meu na tela.

Eu não sabia ao certo o que me surpreendia mais: Zoe, que deveria estar a um oceano de distância, ou o desenho de mim, que não era (talvez um pouco) muito parecido comigo. Exceto por algo que tinha conseguido capturar e que eu só havia identificado nesse momento, depois de ver na tela — um homem que, apesar de todas as possibilidades diante dele, hesitava, sem ser capaz de aproveitar o dia.

Ela interrompeu minha reflexão sobre como os outros — ou ao menos uma outra pessoa — me viam ao se levantar e me abraçar, como havia feito na noite em que passamos na casa dos babacas ingleses.

— Meu Deus... Eu sinto muito...

Eu já tinha superado havia muito tempo o que acontecera em Saint-Jean-Pied-de-Port.

— Sou eu quem... Ou você está pedindo desculpas pelo desenho?

— É só o seu carrinho. Não é para se parecer com você. Não tem barba. Ouça, isso vai ser supergrosseiro, mas eu preciso responder esse e-mail. Mas tem muitas coisas que eu quero explicar.

— Eu pago o jantar.

— Você não precisa... custear.

— Já foi ao Guggenheim? Vamos lá primeiro. Daqui a meia hora?

Eu a encontrei no saguão. Ela estava usando calça de caminhada e uma camiseta larga que pendia em um dos ombros, com um nó na altura do quadril.

— Perdi todas as minhas coisas em Saint-Jean-Pied-de-Port. Então, nem pense em algum lugar chique.

— Fui a um dos melhores restaurantes do mundo com o que estou vestindo agora, mais ou menos. Você está ótima.

Diante da extravagância de curvas aleatórias e pedras, vidro e titânio interconectados de Frank Gehry que refletiam a luz e a tornavam parte do edifício, Zoe hesitou.

— O que você acha do prédio? — perguntou ela.

— O que você sabe sobre arquitetura moderna?

Eu não queria falar trivialidades para alguém que tinha estudado Artes. Ela podia ter escrito uma tese sobre design desconstrutivista e expressionista.

— Nada.

Expliquei para ela um pouco da história do estilo, com a vantagem de ter um edifício real para ilustrar. Não me apressei: eu tinha a sensação de que Zoe não tinha certeza se queria entrar. Possivelmente, ela se sentia desconfortável por talvez ser pressionada e ter que explicar um monte de arte que não dominava.

— Você adora isso, não é? — disse ela. — Não apenas a arquitetura, mas falar disso.

— Muito observador da sua parte.

— Então por que você não é arquiteto?

— Eu contei para você, lá na igreja em Estaing. Consegui uma bolsa para estudar engenharia. Fiquei bastante grato por poder ir à universidade.

— Quantos anos você tinha?

— Vinte e um. Eu estava trabalhando havia dois anos.

— E você vai deixar que uma decisão que tomou naquela época defina quem você é pelo resto da vida?

— Eu me adaptei. Ensino teoria do design, que tem uma forte conexão com a arquitetura, mas o faço como engenheiro. Fazia. E agora você vai perguntar por que não me torno arquiteto. Tenho cinquenta e dois anos.

— Eu tenho quarenta e cinco. E talvez tenha acabado de conseguir meu primeiro emprego como artista. O que eu quis ser minha vida toda. Hoje. O que você vai fazer em seguida? Suponho que não vá passar o resto da vida melhorando o design do carrinho.

— Quer a verdade? Não pensei muito além disso. Quanto tempo vai durar o trabalho como desenhista?

— Não faço ideia. Então, cá estamos nós dois, na metade da vida, recomeçando. Vamos ser ousados ou voltar a ser o que éramos?

— Temos uma decisão um pouquinho mais urgente a tomar. — Apontei para o museu. — A placa diz que fecha às oito. Está tarde, mas acho que não vamos ter outra chance.

53
ZOE

Enquanto eu estava sentada do lado de fora do Guggenheim mais cedo, desenhando, cumpria uma missão, a mente fervilhando de ideias. Eu estava ocupada demais para pensar em entrar. Agora, eu percebia que era mais que isso. Eu era uma caminhante em uma peregrinação, não uma artista em uma turnê das galerias da Europa. Eu não havia sentido essa sensação nas igrejas em Estaing ou Conques, que pareciam fazer parte do *Camino*. Mas, mesmo enquanto eu atravessava uma cidade moderna, olhando vitrines de lojas e aproveitando suas tecnologias, me sentia desconectada daquilo.

Felizmente, Martin me pressionou — ele não insistiu, mas, depois de sua aula sobre a arquitetura exterior, eu queria mostrar a ele que sabia alguma coisa também. Que ótimo. Depois de ter me transformado em uma empreendedora, o *Camino* agora estava me tornando egoísta e competitiva.

Por qualquer motivo que seja, dispus de uma hora para ter um gostinho daquela arte incrível. E tinha a companhia perfeita para perambular por uma galeria conhecida por sua interação entre a arte e a arquitetura.

Enquanto estávamos parados diante de uma tela de Clyfford Still, com suas cores vibrantes em formas que lembravam estalagmites, ele fez a maior cena, olhando para ela de todos os ângulos possíveis, só não ficando de ponta-cabeça.

— Pare com isso — falei. — Vá procurar pinturas realistas, se não estiver interessado.

— Me conte sobre a obra.

Eu havia visitado o museu de Still em Denver, então aquela não era a primeira obra dele que eu via. Eu não tinha certeza do que Martin sabia sobre arte moderna, mas achava que ele se sairia melhor em colocar Rothko e Klein em perspectiva depois de ter visto um Still.

— Ele foi considerado o primeiro dos expressionistas abstratos — expliquei. — Americano. — Martin estava observando a tela, sério. — Ao contrário dos artistas que surgiram depois dele, suas pinturas coloridas não são regulares. Tinta sobre tela. Ele queria fundir cor, textura e imagens.

Encontrei um Rothko.

— Não tem por que virar a cabeça com este aqui — comentou ele.

— É mais desafiador, concordo — falei. "Sensual", meu professor russo tinha me dito. Na época, assim como Martin, eu tinha dificuldades em enxergar qualquer coisa naquelas formas retangulares.

— A verdade é que — eu disse a Martin —, por anos, qualquer coisa que eu visse em Rothko era efêmero demais para mim. Eu preferia Georgia O'Keeffe. Cores e imagens evocativas e acessíveis.

Quando eu era estudante em St. Louis, adorava seu trabalho, mas só fui me afastando dele, à medida que eu tentava ser mais sofisticada. Agora, pensava nas palavras dela, e isso me inspirou novamente: O'Keeffe vivia aterrorizada, mas nunca permitiu que seu medo a detivesse.

— As flores ou as vaginas? — indagou Martin.

— Por que os homens veem sexo em tudo?

Eu duvidava, contudo, que Keith fosse saber tanto assim sobre o trabalho de O'Keeffe, se é que saberia alguma coisa.

— Você realmente quer uma resposta para essa pergunta?

— Por acaso, eu realmente acho que suas obras despertam um imaginário subconsciente. O que as torna ainda mais poderosas.

— E esses retângulos? — Martin voltou a olhar para o Rothko.

— Espirituais. Agonia e êxtase, sem ícones religiosos, embora ele fosse religioso. Colecionava muita arte sacra para sua capela. Ele era... — Olhei para a pintura, *Paredes de luz*, em amarelo e vermelho. — Parece estar suspensa, não parece? Como se estivéssemos olhando para uma paisagem, mas, ao mesmo tempo...

O tamanho e a vibração da pintura ao vivo, em comparação com as reproduções que eu vira em livros, permitiam que ela transmitisse o que o artista, preocupado com a morte, pretendia. Para mim, neste momento, a pintura não era uma paisagem, mas uma visão além do horizonte, de outro mundo. Rothko cometera suicídio. Ali, ao longe, estava o mundo do qual ele — e Keith — agora fazia parte.

Martin estava olhando atentamente, não apenas se esforçando, mas assimilando alguma coisa da tela.

À medida que se aproximava das 20h, os funcionários do museu começaram a nos empurrar na direção da saída.

— Podemos voltar pela manhã — sugeriu Martin.

— Podemos, mas aí talvez eu nunca termine a caminhada. Ou desenhe. Sou uma artista profissional agora, lembra?

Eu era. Pela primeira vez na vida. Artista profissional — uma cartunista — e escritora, vivendo do meu suor, tendo percorrido três quartos do trajeto de uma caminhada de 1.600 quilômetros. E viúva.

Três meses antes, eu não poderia ter imaginado nada disso. Agora eu estava prestes a jantar com um aventureiro britânico com uma pitada da malícia de Harrison Ford, com quem eu acabara de passar duas horas conversando sobre arte e arquitetura no Guggenheim de Bilbao. Em — sejamos francos — um encontro.

54
MARTIN

Eu sentia que tinha conseguido convidar Zoe para jantar sem passar a impressão de que aquilo era um encontro. Estava me entendendo com ela novamente, e não tinha intenção nenhuma de repetir os acontecimentos de Saint-Jean-Pied-de-Port.

Não era como se aquela fosse a primeira vez que comíamos juntos. Dito isso, Bilbao é uma cidade grande, a maior do *Camino del Norte*, e o restaurante estava a um mundo de distância daquilo com o que tínhamos nos acostumado na França rural: era moderno, deslumbrante, mesas pequenas e bancos no bar, e uma vitrine de vidro de *tapas* sobretudo com frutos do mar e legumes. Parecia muito extravagante para uma caminhada, até mesmo um tanto desorientador, mas San Sebastián tinha me preparado. O sorriso de Zoe indicou que eu tinha feito uma boa escolha.

Garantimos uma mesa para dois enquanto o lugar começava a encher de pessoas locais, jovens tomando uma bebida depois do trabalho.

Com duas taças de vinho rosé e uma rodada de *tapas*, joguei a bola para ela.

— Comece.

— Você primeiro.

— Não, você. Eu é que *deveria* estar caminhando até Santiago.

Zoe me atualizou dos acontecimentos, da ligação por Skype com a filha até a semana na rusticidade dos Pirineus, chegando, enfim, ao e-mail do *Chronicle*. Ela teria passado a refeição toda se desculpando por ter me dado um bolo em Saint-Jean-Pied-de-Port se eu não tivesse dispensado, com sinceridade:

— Pelo amor de Deus, pensei que fosse algo compreensível a fazer até mesmo sem a notícia que você recebeu.

Zoe não mencionou sua situação financeira, mas eu podia adivinhar. Ela tinha trocado de blusa, mas não de calça.

O suposto suicídio de seu marido — Keith — não era algo fácil de lidar, e ela ainda estava se acostumando com a ideia.

— Eu o decepcionei — disse Zoe. — Se eu estivesse lá por ele, talvez Keith ainda estivesse vivo.

— Você acha que foi por causa disso? Por causa da quantidade de apoio que você oferecia? Só por isso?

— Acho que não. Mas eu devia ter visto os sinais.

— Ou ele podia ter contado a você. É uma faca de dois gumes. *Se é* que foi isso que aconteceu. Se foi mesmo um suicídio. Você não sabe. Não tem como saber.

Ela respirou fundo.

— O negócio dele estava indo mal. Ele fez um seguro de vida. Grande.

— Não significa que ele planejava morrer. Ele estava com problemas financeiros? Era uma forma de ele garantir certa proteção *caso* alguma coisa acontecesse. Algo positivo a ser feito quando se tem dificuldades em encontrar soluções... E, se ele tinha preocupações na cabeça... podia estar distraído quando se acidentou.

Eu podia ver que ela queria acreditar naquilo — mas não conseguia.

— Quanto mais eu penso nisso, mais parece que os sinais estavam lá. Eu devia ter... intervindo.

— Não quero parecer grosso, mas nós somos responsáveis por nós mesmos. Tomamos nossas próprias decisões. — Houve momentos em que, mais do que pensar, eu fantasiei acabar com tudo, e pelo pior motivo possível. Para me vingar de Julia, que ficaria, com toda razão, morrendo de raiva de mim. — Se você acredita que não foi um acidente, então eu imagino que, em meio a toda a dor, deve haver um pouco de raiva também.

Ela tomou um pouco de vinho, experimentou o camarão e as pimentas. Então, concordou lentamente com a cabeça.

— Você tem razão. Eu estava com bastante raiva do universo, de mim mesma... Fiquei com raiva da minha mãe por um tempo... depois de todos esses anos.

Ela parou e eu deixei aquilo no ar.

— Tem mais uma coisa — continuou ela. — Lembra que eu disse que tinha perdoado minha mãe, lá em Conques? Eu estava me perguntando o que teria acontecido se eu a tivesse perdoado naquela época, quando ela estava morrendo. Talvez não significasse nada para ela, mas eu podia ter tentado.

— É difícil perdoar alguém quando essa pessoa está errada.

Ela riu.

— É disso que se trata o perdão. De toda forma, obrigada por ouvir... e entender.

— Eu gostaria de ter feito isso lá em Saint-Jean-Pied-de-Port, de ouvi-la. Mas o destino parece ter nos unido de novo — falei. — Não apenas fazendo você decidir continuar a caminhada, mas fazendo nós dois pegarmos a rota norte, e aí hoje...

Ela riu de novo.

— É bom ter alguém com quem conversar.

— Quer caminhar comigo amanhã?

— Obrigada, mas acho que vou ficar mais um dia aqui, fazer mais uns cartuns...

— Eu espero, se você quiser.

— Obrigada. Mas... não acho que seja uma boa ideia. Eu gostei de caminhar com você na França, mas não estava conseguindo pensar no que eu realmente precisava.

— Posso ficar quietinho.

— Você já faz isso a maior parte do tempo, de toda forma. É mais que isso. Preciso ser independente, e, se eu caminhasse com você... — Ela gesticulou para indicar o espaço ao redor. — Restaurantes cinco estrelas toda noite.

— Só vão até três estrelas.

— Que seja. Preciso fazer isso sozinha.

Ela esticou o braço e pegou minha mão.

— Um dia, quando tudo isso tiver passado, quando eu tiver juntado meus cacos... O momento simplesmente não é esse. Talvez para você, também. Talvez você precise lidar com o passado antes de ser capaz de seguir em frente.

— É mais uma questão de aceitá-lo do que de lidar com ele, se é que essa diferença faz algum sentido. Sou bom nisso, encontrar soluções. Não sei se existe outra coisa que eu possa fazer.

Ela me fitou, pensativa.

— Quando ficamos empacados, às vezes, em vez de encarar o problema, precisamos ser mais introspectivos e questionar as coisas em que acreditamos, as coisas que podem estar nos bloqueando. Isso é californiano demais para você?

— Nem um pouco. Digo a mesma coisa para os meus alunos, praticamente com essas mesmas palavras.

— Então, pense um pouco nisso.

Caminhei com ela até seu albergue e lhe dei um beijo de boa--noite, começando com uma bitoca em cada bochecha e terminando com algo mais intenso.

— Eu convidaria você para entrar — disse ela —, mas...

— Podemos ir para o meu hotel.

Ela pensou no assunto, então meneou a cabeça.

— Não é uma boa ideia. — Ela me deu outro beijo. — Olha, estou dividida e vou me arrepender disso assim que você for embora. Eu quero passar um tempo com você, mas preciso botar a cabeça no lugar, ter a sensação de que sou dona de mim mesma, para que eu não me perca antes de ter descoberto quem sou de verdade. Realmente preciso disso.

— Acho que vou encontrar as brasileiras em Oviedo — disse a ela. — Elas chegam no dia vinte e oito de abril.

— Você não me contou isso.

— Está vendo? Precisamos de mais tempo para conversar. Elas vão tirar três semanas de folga, depois vão fazer outro trecho, o *Camino Primitivo*. Pegue a esquerda em Villaviciosa; tem mais ou menos a mesma distância, mas não vá pelo litoral, o que eu acho algo bom. Não é tão desenvolvido. Dizem que é a parte mais difícil do *Camino*.

— Continue.

— Quando você precisa estar em Santiago?

— Meu voo é no dia treze de maio.

— É quando eu preciso estar em Paris. Preciso estar em Santiago no dia onze para pegar o trem no dia seguinte. *Se* nós dois por acaso chegarmos a Oviedo no mesmo dia *e* a sua cabeça estiver limpa... Chamemos de "destino".

— Não posso prometer...

— Não estou pedindo isso. Dia vinte e oito de abril. Cinco da tarde, no atendimento ao turista de Oviedo. Daqui a duas semanas a partir de amanhã. Ou não.

— Sem promessas. De nenhum de nós.

— Tudo bem. Como está a questão financeira?

— Bem, agora que tenho um emprego.

— Estou falando deste exato momento. Vai levar um mês até você receber. Pelo menos.

— Estou bem.

— Tome, quinhentos euros. — Era meu limite diário. E basicamente o limite do que eu podia economizar.

— Eu... Como eu pagaria de volta? Só vou aceitar se puder pagar de volta.

Peguei o envelope onde guardava meu passaporte, os cartões e o dinheiro e anotei minha conta bancária. Então fomos a um caixa eletrônico e resolvemos a questão. Ela não mencionou a concha de vieira, nem eu. Seria um motivo para procurá-la caso não nos encontrássemos em Oviedo.

Dito isso, eu esperava que Zoe pegasse o *Camino Primitivo*, nem que fosse apenas para manter viva a possibilidade de nos encontrarmos. E, paradoxalmente, para que não nos encontrássemos na trilha até então.

55
ZOE

CARTUM: Uma mulher caucasiana idosa está caminhando lenta, com cuidado. Sua sacola de pecados está aberta e vazia, e seu rosto está brilhando. Adiante dela, um homem negro, com alguns fios grisalhos em seus cabelos ralos, está esperando por ela. Ele preparou um piquenique sobre a mesa.

HISTÓRIA: Marianne, francesa, tem 82 anos. Ela e três de duas amigas mais próximas sonhavam em fazer o *Camino* desde que ouviram falar dele, no ensino fundamental. O momento adequado nunca chegou: jovens demais; ocupadas demais; indispensáveis demais para as famílias. E, agora, elas aceitaram que estão velhas demais. Com exceção de Marianne.

Marianne é viúva há dez anos e teve um derrame, que a deixou manca. Sua filha pensa que ela deveria estar em um asilo, mas Marianne não acha que sua vida chegou ao fim e quer prestar uma homenagem à igreja, que a ajudou nos momentos difíceis. Ela percorrerá o *Camino* por si mesma e pelas amigas. Sua filha a faz ligar a cada dois dias e interroga Marianne para checar se ela não está enlouquecendo: "Quem é o presidente da França? Qual a capital do Marrocos?"

Marianne sai de sua própria casa, como os peregrinos faziam no século IX, e carrega uma foto das três amigas consigo. Ela exibe a imagem em cada foto que tiram dela e posta no Facebook para elas. O máximo que consegue caminhar por dia é entre oito e doze quilômetros. No caminho, ela conhece Moses, um queniano de sessenta anos que cresceu em um orfanato católico e, depois de passar a vida cuidando de outros órfãos, começou a peregrinação para agradecer a Deus sua boa fortuna. Ele começou em Roma e caminha de dezesseis a 25 quilômetros por dia, mas fica duas noites em cada lugar, porque quer passar um dia inteiro observando e extraindo sentido de cada região aonde vai, visitando todas as igrejas e os monumentos religiosos. No segundo dia, ele sempre espera por Marianne. Quando Marianne liga para a filha, Moses fica com o Google aberto para ajudar com as respostas.

Nenhum dos dois tinha uma pessoa com quem compartilhar suas experiências e pensamentos, porque os peregrinos seguem adiante. Até se encontrarem.

Eu estava trabalhando mais do que trabalhava havia anos. Tinha um contrato com o *Chronicle* e meu contato lá, Stephanie, enviava e-mails loquazes com críticas. Ela não se importava muito com rotas específicas. Tudo se resumia às pessoas. Ela tinha amado o cartum de Martin — e o próprio Martin —, mas consegui convencê-la de que uma série inteira sobre ele não seria justo com a diversidade do *Camino*. Martin tinha sua própria história e estava postando em um blog; ela podia mencionar isso no final do artigo se as pessoas tivessem interesse em segui-lo.

"Está bem, mas podemos ter alguns americanos?" Sem contar o grupo que eu conhecera em Saint-Jean-Pied-de-Port, seriam Ed Walker e eu.

Eu estava mantendo o ritmo para garantir que chegaria a Santiago a tempo do meu voo. E a Oviedo. O argumento de Martin para eu pegar o *Camino Primitivo* fazia sentido. A rota da costa podia ser bonita no século IX, mas a autoestrada agora cobria a trilha original, e boa parte do litoral acabara sendo vítima dos agentes imobiliários.

Se eu desse um gás, chegaria a Oviedo no dia 28 de abril, e pensar em ver as brasileiras aquecia meu coração. A verdade era que eu também queria ver Martin — muito. Eu só queria ter certeza, antes de vê-lo, de que estava pronta. Eu tinha acordado uma noite pensando em algo que ele tinha me dito: "Eu gostaria de ter feito isso lá em Saint-Jean-Pied-de-Port, de ouvi-la." O momento não era o certo na época, mas agora eu sentia que precisava tanto de um amigo quanto de um amante.

Graças ao empréstimo de Martin, eu havia resolvido meus problemas financeiros mais urgentes, inclusive o pagamento pela mudança da passagem. Eu não queria pegar o dinheiro dele, mas concluí que não faria falta para uma pessoa que podia se dar ao luxo de ficar em hotéis e comer em restaurantes três estrelas — e eu pagaria de volta assim que o dinheiro do *Chronicle* saísse.

Eu tinha algo para fazer — uma espécie de emprego — e estava ansiosa pela reunião com a equipe de São Francisco, para ver se eles tinham mais oportunidades. Fiquei pensando se eu deveria me mudar para lá. Sempre preferi a região da baía a Los Angeles, mas, de alguma forma, parecia ser uma grande decisão. Meus amigos moravam em Los Angeles, mesmo que nenhuma das minhas filhas estivesse mais lá. Talvez eu devesse morar mais perto delas? Eu me sentia mais perdida com a perspectiva de voltar para casa, nos Estados Unidos, do que no *Camino*, onde passava cada noite em um albergue diferente.

Eu estava comendo melhor. O vegetarianismo não era tão difícil depois que aprendi a evitar as armadilhas: *salada mixta* continha atum; *menestra* — que seria, sem a carne, um cozido de legumes maravilhoso — tinha *jamon*, assim como o *bocadillo vegetal*. Presunto, aparentemente, não era carne na Espanha. Minha única indulgência era uma taça de rosé após ter terminado o trabalho do dia.

Camille me mandou um e-mail para dizer que eu não podia ser feliz sem amor: um espanhol, quem sabe? Eles tinham a fama de serem bons amantes, embora ela não pudesse falar por experiência própria. Ela parecia ter me perdoado por tê-la feito dirigir metade da distância entre Cluny e Saint-Jean-Pied-de-Port.

Ao caminhar por Castro Urdiales à noite, fiquei impressionada com a silhueta de uma igreja no limite do porto, a Madona e seu filho iluminados através de uma grande janela quadrada. Senti vontade de contar a Martin sobre aquilo, sobre como eu via o trabalho do artista sem o filtro de negatividade da igreja. As palavras dele sobre Keith e seu poder de escolha ficaram na minha cabeça, e senti que, a cada passo, minha dor diminuía — ou ao menos a parte da autoculpa. Enfim reconheci que a raiva que os crucifixos ao longo da trilha haviam despertado era tanto por Keith quanto por minha mãe.

Eu jamais teria certeza do que se passava na cabeça de Keith naquele último trajeto de carro, mas já não sentia mais que era eu quem estava ao volante. Embora sentisse falta de Keith, quando eu acordava durante a noite, era em Martin que pensava. Ainda não estava pronta para ter um relacionamento — mas talvez estivesse para pensar em um.

O trecho até Laredo foi mais difícil do que deveria. Na noite anterior, havia apenas outras três pessoas no dormitório: todas elas pareciam ter várias peças de roupa com zíperes barulhentos que precisavam ser guardadas, retiradas, e guardadas novamente, nos horários mais inoportunos.

Caminhar na autoestrada sempre era exaustivo, com a fumaça, o barulho e a necessidade de permanecer alerta. Havia um buraco na sola de um dos meus tênis, e a costura estava se desfazendo nos dois pés. Choveu o dia todo; até mesmo botas de caminhada teriam ficado ensopadas.

Depois de chegar a Laredo sob a chuva, encontrei uma *pensione*. Minha rotina consistia em começar cedo o bastante para terminar a caminhada antes das 13h30, quando tudo, com exceção dos restaurantes, estava fechado. Depois do almoço e de uma sesta, até as 23h eu trabalhava em ideias para cartuns. Os desenhos vinham com facilidade; eram as histórias que levavam tempo. Mas, hoje, peguei no sono assim que cheguei.

Perdi o almoço — até mesmo o almoço insanamente tardio dos espanhóis —, mas a cozinha ficou feliz em me servir uma *tortilla* e uma salada às 18h. O problema era que, com a mudança na rotina, acabei esquecendo de checar minhas meias que estavam secando no radiador. O quarto estava quente, mas o calor estava vindo de algum outro lugar. Acabei tendo de usar meias molhadas no dia seguinte.

A trilha saindo de Laredo acompanhava o litoral, e boa parte se localizava na própria praia. Eu gostava dos aspectos litorâneos da caminhada, mas vivia na Califórnia havia muito tempo. Não era tão deslumbrante quanto teria sido se eu vivesse no Arizona. E era difícil caminhar na areia. Meus tênis afundavam, e minhas meias saíam do pé. Depois de oito quilômetros, tirei os tênis e as meias e, como era de esperar, estava com bolhas. Não apenas uma, mas pelo menos duas em cada dedinho, e mais uma nascendo na sola do pé esquerdo.

Monsieur Chevalier tinha dito que eu teria bolhas, e talvez eu tivesse ficado confiante demais depois de ter escapado delas por nove semanas. Não era como se eu nunca tivesse tido bolhas antes. Acontecia toda vez que eu comprava um novo par de sandálias nos Estados Unidos.

A cura para sandálias novas é caminhar com elas por períodos curtos de tempo, com um intervalo de dias — o que não era uma opção no momento. Também havia minhas experiências com as bolhas de outras pessoas no *Camino*. Homens durões mancando à noite, colocando chinelos e amarrando as botas enormes de couro em suas mochilas, por vezes abandonando-as ou simplesmente desistindo da caminhada. Eu me sentia silenciosamente superior, me deliciando com certo prazer por minha idade não ser uma desvantagem nessa competição. Agora, eu é que era motivo de piada. Parei em Nojo após apenas dezesseis quilômetros.

Era pior do que eu pensava. Havia uma bolha enorme no meu dedão também, resultado de mudar a maneira de pisar para proteger o dedinho. Quando terminei de estourá-las e deixei linhas para esvaziá-las, meus pés pareciam almofadas de alfinetes.

Uma coisa que eu sabia era que conseguiria caminhar com tranquilidade até Santiago a tempo de pegar meu voo. Deus devia estar rindo. Com o dinheiro de Martin, eu podia pegar um ônibus ou um trem para Santiago e ficar por lá, trabalhando nos meus cartuns, esperando pelo dia 13.

De. Jeito. Nenhum.

No dia seguinte, meus pés não haviam melhorado. Parecia que uma bolha estava infeccionada. Eu precisava chegar a algum lugar que tivesse uma farmácia, e, quem sabe, um médico. A próxima cidade grande era Santander, a 22 quilômetros. Mais um trajeto de barco, algo que meus colegas peregrinos garantiram ser uma tradição aceitável. Como se importasse. Bem, é claro que importava.

Meu progresso era lento. Dolorosamente lento. Eu queria o kit para bolhas que Nicole havia me dado no meu segundo dia no *Camino*. Eu pensava que era resistente — era só olhar para os novos contornos das minhas panturrilhas para me lembrar das montanhas que eu tinha atravessado —, mas cá estava eu, mancando, encerrando a caminhada por causa de uns pedacinhos de pele vermelha com pus. Em qualquer outro lugar do corpo, não seria um problema. Mas meus pés eram essenciais. Se não pudessem sarar enquanto eu caminhava, eu precisaria pegar um ônibus. Não tinha tempo para sentar e esperar.

Por que aquilo parecia uma desculpa? Não era como se eu tivesse prometido a mim mesma: chegue a Santiago ou morra tentando. Eu não estava fazendo aquilo por mais ninguém. E eu não tinha feito um acordo com o universo: caminhe até Santiago que eu lhe devolvo tudo que tirei de Keith.

"O *Camino* é que caminha você", Richard havia dito em Tramayes. "Quando terminar sua jornada, você encontrará aquilo que perdeu, o que quer que seja", garantira Monsieur Chevalier. Será que pegar o ônibus, em vez de chegar a pé, invalidaria os 1.600 quilômetros que eu já tinha caminhado? Por razões que eu não compreendia, a resposta continuava sendo um inequívoco "sim". Não caminhar, para mim, seria trapacear — a paz de espírito estava ao meu alcance, e eu nunca a alcançaria, nunca sentiria que a *merecia*, se não caminhasse.

Quando cheguei ao porto para pegar a balsa até Santander, era tarde demais — até mesmo para um médico espanhol, a menos que eu fosse ao hospital. Mas fui até a farmácia e comprei antissépticos e curativos suficientes para abrir minha própria farmácia.

Na balsa, sentada observando a cidade se estender diante de mim, com as igrejas no topo dos morros e os embarcadouros dando lugar a cais comerciais, comecei a tratar das piores feridas. Meus colegas passageiros provavelmente estavam horrorizados — ou, muito provavelmente, enojados, mas eu estava exausta demais para me importar. Um afagou meu ombro e murmurou: "*Buen Camino.*"

Depois de me acomodar em um albergue e acabar de cuidar dos pés, lavei minhas roupas e saí para tomar uma taça de rosé. Tinha me acostumado com a sujeira no chão dos bares espanhóis — embalagens e afins —, um contraste com os banheiros, que estavam sempre limpos. Alguém tinha me dito que a bagunça era para garantir trabalho para os faxineiros, que, caso contrário, aumentaria o problema do desemprego no país.

— Por que estou caminhando? — perguntei a mim mesma, mas nenhuma resposta me ocorreu. Pedi outra taça.

"Não há nada a provar", murmurou o diabo. Não era como se fosse fazer diferença para qualquer pessoa lá de casa se eu caminhasse 1.600 ou 1.900 quilômetros. Qualquer distância era impraticável, a não ser que você mesmo a tivesse cumprido, aí eles ficariam impressionados — ou pensariam que sou louca. O bartender sacudiu a garrafa à minha frente e eu assenti com a cabeça.

Santiago não era nada de mais. A cabeça de São Tiago? Mais provavelmente um pastor ingênuo e um explorador sagaz do século IX vendo uma oportunidade de negócio — embora ele mesmo não pudesse ter imaginado que estaria pagando os dividendos mil anos depois. E, se fosse mesmo a cabeça do discípulo de Cristo, transportada por trenó até a Espanha — e daí? Uma historinha bonitinha, mas eu poderia pegar um ônibus para vê-la. Por que eu me sentia tão impelida? Era mágica ou teimosia? Ou outra coisa?

Monsieur Chevalier perguntara o que eu tinha aprendido. Eu respondi que conseguia caminhar. Agora, eu não conseguia, então talvez esta fosse a lição: não ser orgulhosa; não tomar nada como certo, como eu havia feito com Keith. Mas seria também uma lição para continuar tendo fé em mim mesma a ponto de ser independente? Era uma mensagem confusa, que talvez tivesse algo a ver com a terceira taça de vinho.

Dormi mal, embora o dormitório estivesse silencioso. Meus sonhos foram habitados pelos personagens *pèlerins* dos meus cartuns, com Monsieur Chevalier garantindo que eu encontraria o que estava buscando, as brasileiras rindo e Martin esperando que eu aparecesse em Oviedo. Pela manhã, eu ainda não tinha uma resposta. Mas meus pés não estavam mais tão vermelhos, e minhas meias estavam secas. Eu me levantei, usei parte do dinheiro de Martin para comprar calçados adequados e lambuzei meus pés com iodo. Então, fiz o que eu fazia todo dia. Um dia de cada vez.

Eu caminhei.

56
MARTIN

Continuei andando, apreciando a mistura do urbano com o rural. Entre Portugalete e Castro Urdiales havia uma espetacular trilha de caminhada e ciclismo, uns vinte quilômetros que se estendiam sobre rodovias e pela área rural. O melhor dos dois mundos, perfeito para o carrinho.

Naquela noite, recebi um e-mail do fotógrafo americano que havíamos conhecido na igreja de Estaing: "Obrigado mais uma vez pela aula de história. Espero que goste da foto." Eu gostei: a surpresa foi que, aos nossos pés, bem na nossa frente, as cores das pedras formavam um coração distinto — claramente um sinal deliberado. Eu não tinha reparado naquele momento; Zoe, a artista, certamente devia ter visto.

Atravessei a ponte sobre a ferrovia entre Boo de Piélagos e Mogro a pé, ilegalmente, em vez de pegar o trem, conforme o recomendado pelo guia — ou o longo desvio sugerido pelos puristas. Eu estava um pouco chateado, preocupado por Sarah ter sumido novamente, e pessimista quanto a encontrar Zoe em Oviedo.

Eu também tinha começado a pensar no que fazer depois da feira de negócios, para a qual faltavam apenas duas semanas. Durante todo o tempo que tive na caminhada, essa questão importantíssima não estava na minha pauta mental. Encontrar um hotel, pensar em onde almoçaria e procurar a próxima placa de sinalização me mantinham ocupado. Eu estava literalmente vivendo com um pé depois do outro. Perguntei-me se Maarten, o holandês, estaria fazendo algum progresso quanto a essa mesma questão.

Havia outra coisa que eu precisava encarar. Mesmo após dez semanas de caminhada com o carrinho, aprendendo onde deveria posicionar meus pés, meus bastões e o peso do meu corpo para um melhor aproveitamento, eu preferia estar carregando uma mochila. O carrinho era extraordinariamente manobrável para um veículo com rodas, mas não podia competir com dois pés. Carregá-lo sobre escadarias, que apareciam uma após a outra, causava dores por todo o corpo.

O fabricante chinês tinha mandado uma lista de perguntas detalhadas, o que só podia indicar que eles estavam realmente falando sério, mas nenhuma quantia foi mencionada. Nem sinal dos alemães ou dos franceses. Em algum lugar das instalações do exército britânico, uma réplica do meu carrinho estava passando por testes que sem dúvida eram mais vigorosos do que qualquer coisa pela qual o meu tinha passado.

Jonathan, os chineses e os alemães dariam o veredicto, mas havia um risco do meu público ser limitado a pessoas como Maarten, que simplesmente não conseguiam carregar uma mochila.

Em Mogro, eu tinha reservado um quarto em um hotel gerenciado por uma família a poucos minutos de caminhada de um bar. O chef não teria feito feio em San Sebastián. Fui presenteado com o *menu degustation*, que continha *foie gras*, cogumelos selvagens, polvo e vitela, que degustei primeiro com uma taça de rosé e depois, assim que vi a seleção de vinhos na prateleira na parede, com boa parte de um Rioja envelhecido quinze anos, do qual deixei apenas uma taça para meu anfitrião.

Lembrando-me da noite com o Caminhante Morto, recusei um conhaque espanhol depois da refeição, mas, de toda forma, o recebi gratuitamente. Voltei para o quarto do hotel e escrevi um post reflexivo sobre as pessoas que você conhece no *Camino*. Como Zoe.

Lendo-o na manhã seguinte com um *espresso* duplo na mão e duas aspirinas no estômago, fiquei levemente constrangido. Podia ter sido pior.

No fim das contas, acabou sendo bem ruim. Quando fui guardar o celular, vi uma mensagem enviada às 3h da manhã, uma hora mais cedo no Reino Unido. De Julia: "Me ligue. Urgente."

Fui ao quarto e liguei para ela. Foi a primeira conversa que tivemos em nove meses, se é que deu para chamar de conversa. Sarah tinha tido uma overdose: tomou os ansiolíticos de Julia com vodca. "Sim, meus ansiolíticos. O que você está querendo insinuar com isso?" Sarah estava bem, fisicamente. Ela fez uma lavagem estomacal e passou a noite no hospital. Para Julia, nas entrelinhas, a situação desagradável era mais uma lição do que uma questão de vida e morte.

É claro que foi um grito por ajuda, seu babaca *egoísta. Se ela precisa de você? Se ela precisa de você, cacete? O que é que você acha? Não, ela não quer falar com você. Não, não volte* nunca *mais. Vá morar na porra dos* Estados Unidos.

Mandei uma mensagem para Sarah: *Estou indo para casa.*

Depois de duas semanas sem comunicação, a resposta foi imediata: *Por favor, não.*

Quero ver você.

Estou bem agora. Não vou ficar bem se tiver que lidar com vc e com a mamãe. E depois, me conhecendo bem demais, sabendo que eu confiaria em um profissional, em vez do julgamento de uma adolescente de dezessete anos: *Conversei com a psicóloga esta semana. Ela foi legal. Quero conversar com vc, mas não até eu organizar o que quero dizer. OK?*

Você vai continuar vendo a psicóloga?

Por um tempo. OK?

OK. Amo vc, Sarah.

Bjo.

Caminhei os 21 quilômetros até Santillana del Mar em piloto automático. Garoou o dia todo, e a trilha seguia umas tubulações agrícolas pintadas com aquelas setas amarelas horrorosas. Tudo em que eu pensava era em como voltar à Inglaterra, onde eu podia aceitar a oferta dos alemães e usar o dinheiro para alugar um apartamento em Londres e tirar Sarah da mulher que havia deixado remédios potencialmente letais em um lugar onde uma adolescente confusa poderia encontrar.

Larguei minhas coisas em um hotel dolorosamente pitoresco e encontrei uma *síderia* — um bar de sidras. Apesar de ter bebido demais na noite anterior, pedi uma garrafa. Onde estava o Caminhante Morto quando eu precisava dele? O que ele teria dito? O que Zoe diria? Que eu deveria ser mais introspectivo? Por Deus.

Mas, enquanto observava os bartenders executarem truques irritantes com a sidra para os turistas, percebi o quanto minha raiva estava enevoando tudo. Zoe tinha razão. Havia coisas com as quais eu não havia lidado.

57
ZOE

Minhas bolhas estavam melhorando, e não havia bolhas novas. O *Camino* me proporcionou mais paisagens marítimas e trilhas de todos os tipos, inclusive algumas rodovias que abraçavam o litoral, com uma água azul impressionante de um lado e caminhões enormes descendo do outro — muito frequentemente do lado por onde eu precisava andar. Em casa, eu teria enviado cartas raivosas à prefeitura. Mas aqui eu estava nas mãos de São Tiago. Ou em minhas próprias mãos, trêmulas e incertas. Eu observava as estradas com cuidado. O destino podia, ocasionalmente, causar um acidente, mas não seria comigo.

Em Santillana del Mar, as ruas de pedras eram tão antigas quanto os instrumentos de tortura da Inquisição, mas a cidade era, em outros sentidos, moderna e repleta de turistas, e eu estava contente por não sentir a presença das almas cujo sangue havia inundado a terra por onde eu agora caminhava. Fiz um desenho de um garçom simpático enquanto ele derramava sidra no meu copo de uma altura considerável para fazer bolhas.

"Estou adorando os cartuns", escreveu Stephanie. "A velhinha me fez chorar; você capturou algo de sagrado nela. Espero que a filha dela não leia! Você encontrou a religião no *Camino*?"

Eu não respondi à pergunta dela: era complicado demais. Deixei que meus desenhos falassem por mim. "Marianne", que eu havia conhecido em um albergue em Moissac, de fato radiava algo um tanto mágico.

Havia, também, um e-mail do fotógrafo americano — com a foto que ele tinha tirado nos degraus da igreja em Estaing no dia da tempestade. Fiquei sentada no *cybercafé* olhando para ela, sem querer deixá-la para trás. Não era só porque Martin e eu parecíamos um casal. Era minha expressão. Eu não conseguia me lembrar da última vez que parecia tão feliz.

Quando saí de Ribadesella, não havia caminhões na trilha deserta, apenas uma cerca branca entre mim e o mar. Depois de um pequeno desvio para longe da costa, o *Camino* traçava seu trecho final perto da praia, antes de se encaminhar para o continente ao longo de estradas e trilhas rodeadas por árvores altas e folhagens densas.

No dia seguinte, fiquei meio perdida no que achava ser um atalho. No final da manhã, percebi que estava no meio da neblina, rodeada por teias de aranha cobertas por orvalho que se estendiam por hectares de arbustos. Fiquei sentada por mais ou menos uma hora, apenas observando.

Quando me separei de Martin em Bilbao, eu sabia que precisava de mais tempo sozinha. Tinha começado a perceber o quanto eu tinha me adaptado às necessidades e preferências de Keith. Eram coisas pequenas: que horas íamos para a cama, de qual lado eu dormia, não fazer couve-flor. Cessões e adaptações que qualquer pessoa em um relacionamento duradouro precisa fazer e que se acumulam com o tempo. Mas eu não estava mais em um relacionamento. Queria entender quem de fato eu era.

Talvez por estar pensando conscientemente nisso, senti as camadas que eu havia construído — a parte de mim que eu tinha desenvolvido para me relacionar com Keith — se desfazendo. Um dia antes de chegar a Oviedo, fiz uma análise e senti que eu estava bastante perto. Eu sabia quem eu era novamente. Martin estaria no atendimento ao cliente às 17h. Eu também.

O último dia até Oviedo era longo, ou ao menos eu um dia teria achado longo — trinta quilômetros ou mais. Mal notei. Não tinha ilusão nenhuma de que aquele meu "amor para recordar" iria além de um romance de férias, mas seria um pontapé inicial para a autoconfiança da meia-idade.

O percurso era típico da caminhada espanhola no pior sentido possível: obras e longos trechos de estrada sem acostamento faziam com que fosse difícil evitar o trânsito. Mas aí a trilha levou à antiga cidade, deixando o Primeiro Mundo para trás: ruelas estreitas apequenadas por paredões de pedra, pátios que se abriam em igrejas, cafés onde o tempo agora permitia que as pessoas sentassem do lado de fora. Era cedo, e supus que Martin tivesse reservado um hotel, como fizera em Saint-Jean-Pied-de-Port. Comprei um café e fiz um desenho do pedinte que havia me abordado na periferia da cidade.

Não foi fácil encontrar o atendimento ao turista — eu havia subestimado o tamanho da cidade, ou minhas habilidades de navegação. Talvez eu estivesse querendo, inconscientemente, que Martin chegasse lá primeiro.

Ele não chegou. Era Paola quem estava esperando por mim. Eu quase tinha esquecido que o motivo para ter escolhido essa data era a chegada das brasileiras para a próxima etapa da jornada.

Nós nos abraçamos, mas, antes que eu pudesse perguntar a ela sobre a pausa de três semanas, onde sua filha estava e se as outras já tinham chegado, ela me deu um meio sorriso e se afastou. Eu já tinha dado muitas notícias ruins na vida e conhecia aquela expressão. Logo pensei que evocar *Um Amor para Recordar* tinha amaldiçoado Martin. Ele tinha se acidentado. Tinha sido atropelado e morto por um dos caminhões. Paola deve ter percebido minha cara.

— Ele sente muito — disse ela —, mas não vai conseguir vir. Pediu que eu lhe desse isto aqui.

Ela me entregou um embrulho. Eu o abri com mãos trêmulas, pensando que ao menos Martin não estava morto.

Era o vestido azul da butique de Saint-Jean-Pied-de-Port, meu berloque de concha de vieira e um bilhete.

Querida Zoe,
Você tinha razão: o Camino *tem coisas a nos ensinar, e precisamos da solidão para refletir sobre essas lições. Obrigado pelo berloque. Ele me trouxe até aqui, e espero que a acompanhe em segurança até Santiago, e até em casa. Você não precisa dele, é claro: sua destreza é realmente impressionante. Obrigado pela ajuda com Sarah. Ainda não chegamos lá, mas você me fez enxergar as coisas de um jeito diferente. Ou ao menos a perceber que eu preciso fazer isso.*

Espero que você encontre a paz que procura.

Buen Camino,
Martin

58
MARTIN

Parei em um hotel a poucos quilômetros de Oviedo, mentalmente exausto de conversar com Paola, que havia me interceptado enquanto eu atravessava a praça principal.

Zoe tinha razão: nós precisávamos resolver nossos problemas atuais antes de começar qualquer coisa nova. Eu estava tentando. Caminhara sozinho uma semana inteira, mais de duzentos quilômetros, conversando com pessoas apenas sobre alimentação e hospedagem. De toda forma, eu tinha dado a mim mesmo tempo para pensar — sobre Sarah e sua necessidade de ter os pais por perto nesse momento, sobre o espaço de que ela precisava para cometer os próprios erros, e sobre o fator complicador que era meu relacionamento com Julia. Era por isso que as pessoas caminhavam. E o resultado? Nada. Apenas angústia e raiva — um pouco dessa direcionada à perda de tempo que era aquele *Camino*.

Quanto a Zoe: se dois meses de caminhada não haviam sido suficientes para que ela se perdoasse pela morte de Keith, aquele seria um osso duro de roer. Ela não tinha respostas para os meus problemas, nem eu para os dela. Caso ela aparecesse às 17h, certamente seria apenas para me dizer isso. Ou para se encontrar com as brasileiras.

Talvez ainda nos encontrássemos nas duas semanas finais. Isso cabia ao universo decidir.

Desci para jantar e encontrei um grupo de cinco homens de meia-idade sentados a uma mesa ouvindo um discurso — ou, possivelmente, uma bênção — de um sexto homem, um cara alto de óculos. Na conclusão de sua fala, ele acenou para mim do outro lado do recinto, onde eu havia me sentado.

Seu nome era Felipe: os homens eram velhos amigos, hoje espalhados pela Espanha, que percorriam duas semanas do *Camino* todos os anos como uma espécie de exercício para fortalecer os laços de amizade. Um dos colegas ficava de plantão para dirigir a van que carregava seus equipamentos ou alguém que estivesse lesionado. Havia muita bebida e comida boa, além da caminhada e das conversas. Todos eram casados, menos Felipe, mas algo me disse que, se ficasse em um albergue com eles e com as brasileiras, eu poderia dizer adeus à minha noite de sono.

Depois do jantar, um deles veio até mim e conversamos por um tempo. Marco era um hematologista italiano, mas com inglês excelente. Era um cara miúdo, que parecia já ter quebrado o nariz em algum momento da vida, talvez por um marido ciumento. Ele deve ter pagado o preço por não resistir a um rabo de saia — três casamentos, com filhos em dois deles, e mais um de um relacionamento extraconjugal —, mas era filosófico quanto a isso e tinha confiança de que sua atual esposa ficaria com ele até a velhice.

Eu não tinha o costume de me abrir com outros homens, nem mesmo Jonathan, mas Marco fora franco com relação a si mesmo, e aquele era o espírito da noite. Contei a ele sobre meu divórcio, sobre Sarah, e, então, depois de um pouco de vinho, sobre a situação com

Zoe. Ele não tinha muito a oferecer quanto às duas primeiras questões além de me dizer para deixar aquilo para trás, mas me pressionou por mais detalhes sobre a oportunidade, como ele enxergava, com Zoe. A conclusão dele foi de que ela provavelmente estava procurando alguém para distrair a mente e não pensar nos problemas — e um pouquinho de charme no momento certo a faria se soltar. Mas eu nunca mais a veria depois disso. Se era isso que eu queria, tudo bem. Se não, eu deveria esperar que ela retornasse aos Estados Unidos e pensar em um possível relacionamento dentro do contexto familiar dela, em vez de como parte de uma transição. Isso me pareceu um bom conselho.

59
ZOE

CARTUM: Um homem com um carrinho caminha pela estrada, erguendo nuvens de poeira por onde passa. Sua sacola de pecados está pela metade e amarrada. Ele está olhando para trás, sua expressão demonstra uma determinação para tirar o melhor proveito do que está por vir misturada com arrependimento pelo que ele está deixando para trás. Ao fundo, uma mulher toma uma taça de vinho — há outros três peregrinos ao redor dela, mas ela está absorta, em seu próprio espaço.

História: O *Camino* se expande e se contrai como uma sanfona; as pessoas se movem em seu próprio ritmo, mas, com dias de descanso e lesões, elas voltam a aparecer em um bar ou um café, no *gîte* ou na padaria. Trocam-se abraços, compram-se bebidas, compartilham-se histórias. Em cada um desses momentos, você sabe que pode vê-las amanhã — ou nunca mais.

O Homem do Carrinho percorreu uma longa jornada, e seus olhos se abriram para o mundo ao seu redor, mas seguir adiante no *Camino* é o mesmo que seguir adiante na vida: pode significar deixar coisas — e pessoas — para trás.

Ele é um caminhante decidido, mas agora precisa de um tipo diferente de força — as decepções da vida endureceram seu coração e ele precisa permitir despedaçá-lo.

O *Camino* sussurra sua mágica, e, após a próxima curva, ele terá mais encontros e novos amigos — e talvez a resposta que procura.

Eu podia ficar com raiva de Martin, mas era meu orgulho que estava ferido, e isso não era culpa dele. O vestido azul me deixava ainda mais triste, despertando novamente a culpa por tê-lo deixado para trás em Saint-Jean-Pied-de-Port. Eu estava decepcionada por não ter caminhado com ele nas duas semanas seguintes, e por não chegarmos juntos a Santiago. Não sabia por que isso deveria importar, mas importava. Como não era uma decisão que cabia a mim, jurei não pensar no assunto. Ao menos eu estava reunida novamente com minhas velhas amigas, as brasileiras, que tinham se reagrupado após terem viajado separadamente por três semanas.

Paola me levara para seu albergue, onde passei um tempo no chuveiro, me recompondo. Quando saí, havia uma jovem no beliche, grudada no celular.

— Tina — apresentou Paola, apontando para ela com a cabeça. — Minha filha. Ela veio sozinha lá do Brasil.

A garota deu um sorriso breve. Ela era uma versão mais nova e mais esguia da mãe, com grandes olhos azuis ainda mais pronunciados pela maquiagem preta que os contornava. Margarida chegou em seguida, com uma mala extra.

— Ótimas compras na Espanha — explicou ela. — E na Itália. Tem visto Bernhard?

Eu não o via desde a França, e pensava que ele tinha tomado o *Camino Francés*.

— Ele está vindo se juntar a mim. A nós todas — informou Margarida. Ela me mostrou uma série de mensagens em seu celular.

Ele chegou para o jantar, junto com Renata e Fabiana. Havia uma trilha no *Camino Francés* saindo de León até Oviedo — cem quilômetros no *Camino del San Salvador*. Ele contou várias histórias da mais famosa trilha peregrina. Um casal tinha pulado o trecho plano da caminhada e pegara um avião para assistir ao Grand Prix; um coreano fazia seu trajeto escolhendo um caminhante por dia e seguindo-o alguns passos atrás, parando quando eles paravam e se recusando a ultrapassar; um padre havia celebrado uma cerimônia de casamento improvisada de dois peregrinos para que eles pudessem consumar seu relacionamento sem culpa.

— Irlandeses, australianos e neozelandeses — contou ele. Olhando para mim, acrescentou: — E americanos.

Bernhard havia encontrado Todd, cujos equipamentos descartados haviam me salvado nos Pirineus.

— Todd é muito sem noção. Ele segue a rota mais curta do mapa. Por causa disso, está sempre na estrada, o que é ruim para os pés.

Tina estava prestando atenção em cada palavra, e Bernhard estava adorando.

O resumo dele do *Camino Francés* foi: "Caminhantes demais, comércio demais." Supus que ele quisesse dizer: concorrência demais, poucas coisas de graça.

Ele acrescentou: "E plano. Plano e chato. Perfeito para o Homem do Carrinho."

— Onde está Martin? — quis saber Renata.

Paola respondeu por mim.

— Ele passou por aqui esta manhã. Está seguindo em frente.

Fabiana permaneceu calada. Ela tinha passado um tempo em um retiro religioso e parecia ter recuperado parte de sua devoção. Mas certamente teria dificuldades de mantê-la, com Margarida por perto.

Assim começou a última etapa do meu *Camino*: duas semanas e pouco menos de duzentos quilômetros. O que um dia parecia impossível, agora nem seria digno de preocupação. O trecho litorâneo da caminhada fora solitário e, como que para refletir minha confusão de sentimentos, a beleza do oceano e da região rural haviam sido substituídos pelo concreto e pelo progresso.

Agora eu estava no *Camino Primitivo*, o mais antigo, onde, por vezes, meus pés pisavam nas pedras originais de uma trilha que peregrinos percorriam havia mil anos. Comecei a me sentir tanto humilde quanto forte, na companhia de boas pessoas. Até mesmo de Bernhard.

No dia seguinte ele dormiu até mais tarde e Renata saiu cedo. Fabiana estava em meio a uma longa conversa com Paola, o que me deixou com Tina e Margarida.

— Você já fez alguma outra caminhada? — perguntei a Tina.

— Não. Só estou fazendo esta pela minha mãe.

— Por que você acha que ela quer que você percorra o *Camino*?

— Meu pai morreu nele.

Aquilo acabou com a conversa. Foi Margarida quem quebrou o silêncio.

— Acho que, para ela, é uma caminhada sobre o amor.

Tina não parecia querer pensar em seus pais apaixonados.

Margarida insistiu.

— É uma história muito romântica.

Se você gosta de romances com finais tristes. Fiquei pensando na necessidade de Paola de caminhar e continuar caminhando.

*

No fim das contas, eu acabei seguindo sozinha para o albergue de Grado. As brasileiras tinham reserva em um hotel, e eu combinei de encontrá-las para fazer massagens e jantarmos. Outro grupo, em seu primeiro dia, se juntou a nós: seis espanhóis na casa dos quarenta a cinquenta anos. Dois falavam inglês muito bem — Felipe, o mais alto, e Marco, que tinha aquela bela aparência e olhar voraz que conferem aos latinos sua reputação.

No dia seguinte, encontrei Marco na trilha.

— Por que este *Camino*, e não o tradicional? — perguntei a ele em espanhol.

— O *Camino Francés*? Americanos demais. — Ele sorriu. — E já fizemos o *Camino Francés*. Levamos três anos.

— Acho que você pode culpar Hollywood pela enxurrada americana — falei. — Parece que tem um filme.

Marco riu.

— Eu já vi esse filme. Comete um grande erro.

Ele não explicou até aquela noite, quando ele e os amigos insistiram em pagar bebidas para mim e as brasileiras.

— Olha — disse Marco. — Dá uma olhada nisso e me diga se parece real.

Nós nos agrupamos em torno do celular dele para assistir a uma cena de *O Caminho*, em algum ponto no meio do filme. Reconheci Martin Sheen de *Apocalypse Now*: ele teve sua mochila roubada por um garoto cigano e o estava perseguindo. Eu estava prestes a apontar o racismo e o fato de que nunca havia sentido medo de perder nada no *Camino*, fora a falha humana em Saint-Jean-Pied-de-Port. Mas Paola se adiantou, rindo.

— Ele está correndo. *Correndo.* Quem é que consegue correr depois de um dia andando no *Camino*?

Na manhã seguinte, caminhei um pouco com Marco antes de ele parar em um bar para esperar por seus companheiros. Concluí que ele apareceria novamente à noite, mas, por ora, eu estava curtindo ficar sozinha: não me sentia mais solitária na minha própria companhia.

Os morros até Pola de Allande nunca cessavam, mas a área rural era linda, lembrando vagamente a França, e o tempo estava mais quente. Eu queria assimilar cada cena e experiência, para poder recriá-las na minha cabeça depois. Havia muito tempo que não sentia tanta vontade de pintar. A paisagem era repleta de cores vibrantes e eu conseguia visualizá-las no papel — imaginei as pinceladas e ansiei por minhas tintas. Ao mesmo tempo, eu também elaborava cartuns do Sexteto Espanhol.

Eu ainda estava trabalhando duro à noite — não apenas desenhando, mas também fazendo massagem nas brasileiras de novo. Assim que o Sexteto Espanhol ficou sabendo que eu fazia massagens, Marco se alistou. Dos cinco homens que estavam caminhando, ele parecia o mais em forma, e eu tinha a sensação de que era mais uma desculpa para conversar do que aliviar os pés doloridos. Talvez mais do que conversar.

Em Pola de Allande, depois de ficar me olhando um tanto atentamente demais durante a massagem nos pés, ele se sentou ao meu lado no jantar. Pensei nos comentários de Camille sobre os amantes espanhóis. Margarida piscou para mim várias vezes.

— Bom homem — sussurrou ela no meu ouvido em certo momento. — Belo bumbum.

Era o tipo de conversa que minhas filhas tinham. Não consegui evitar um sorriso — e ele tinha mesmo um belo bumbum.

Naquela noite, recebi um e-mail de Stephanie, do *Chronicle.* Ela adorava o Homem do Carrinho. Eu não tinha intenção de desenhar Martin novamente, nem de me incluir em um cartum. Não que Stephanie soubesse.

"Você consegue colocar tanta coisa nos seus desenhos", disse ela. "O destino os fará se encontrarem de novo?"

Eu tinha certeza de que a resposta era "não". Se eu e Martin nos encontrássemos de novo, seria porque um de nós mudou de ideia e foi atrás do outro, e já tínhamos passado desse ponto. Martin tinha deixado suas intenções claras quando devolveu a concha de vieira. Eu tinha os dados da conta bancária dele: assim que o *Chronicle* me pagasse, eu devolveria o dinheiro. E esse seria o fim.

60
MARTIN

Ao entrar em Castroverde, a apenas cinco dias do meu destino, e sem fazer progresso nenhum quanto à resolução da situação com Sarah, me deparei com algo extraordinário. Saindo da cidade, na direção oposta, havia um homem puxando um carrinho, embora um modelo mais primitivo que o meu. Parecia ser o mesmo modelo que Maarten estava carregando em Cluny naquela manhã em que minha vida virou de cabeça para baixo, nove meses atrás. Enquanto nos aproximávamos um do outro, percebi que era o modelo com o qual Maarten *saíra* de Cluny, com as rodas melhoradas. Ele ainda o estava puxando.

Levou apenas um minuto para nos aproximarmos. Ele me reconheceu e nos abraçamos, deixando de lado as ressalvas britânicas e holandesas. Maarten tinha perdido peso, mas o carrinho estava inteiro. Ele confirmou que o conserto estava durando. A equipe da Esae, lá em Cluny, ficaria satisfeita: tirei várias fotos para eles e para o blog.

Desde que eu o vira pela última vez, Maarten tinha chegado a Santiago pelo *Camino Francés* (três meses), depois retornado pelo *Camino del Norte*, parando na fronteira francesa por causa do tempo frio (um pouco mais de três meses), dando sequência com uma jornada de volta a Lisboa pelo *Camino Portugués* (três meses).

— Caramba... Quando você vai para casa?

— Quando eu estiver velho demais para caminhar. Aí vou direto para o asilo. Vendi minha casa e agora posso ficar nas *pensiones* de vez em quando e comer bem. E sem me comunicar com meus parentes ou com o governo holandês.

Ele não tinha visto Zoe: presumi que ela ainda estivesse atrás de mim.

Persuadi Maarten a voltar meio quilômetro até a cidade e ficar ali comigo. Era como encontrar um velho amigo, e nós tínhamos histórias da caminhada para compartilhar. O convite acabou sendo uma das piores decisões da minha vida.

No albergue, ele examinou meu carrinho e o pegou para fazer um teste.

— Se você fabricar, talvez eu seja seu primeiro cliente — comentou ele. — É definitivamente superior.

— Não muito. — O sotaque alemão era inconfundível. Bernhard surgiu, aparentemente saindo do albergue atrás de nós. Paola tinha me avisado que talvez nós o víssemos de novo. O que quer que o *Camino* tenha ensinado a ele, definitivamente não fora humildade. — Estou vendo que você colocou um freio de estacionamento, como eu sugeri — acrescentou.

— Bom ver você — falei. — Maarten, Bernhard. Bernhard, Maarten. Apesar de não ser engenheiro nem ter puxado um carrinho por toda a Europa, Bernhard entende mais de carrinhos que nós dois.

E nada sobre sarcasmo. Margarida e Renata tinham se juntado a nós. Eu teria ficado contente em deixar aquilo para lá, mas Bernhard, não.

— Duas rodas garantem mais equilíbrio. O carrinho holandês é estável, mas o inglês oscila quando em movimento. — Ele fez uma demonstração de uma caminhada vacilante. — O Homem do Carrinho discorda.

— Sim.

— Então devíamos fazer um experimento. Vamos apostar uma corrida.

— Jesus... Você não sabe mesmo o que é ciência.

Margarida estava voltando correndo para o albergue. Eu não tinha dúvida de que ela retornaria com as amigas. Ou do que aconteceria depois disso.

— Se você insiste... — concordei.

Margarida voltou não apenas com as brasileiras, mas com o Clube dos Espanhóis. Só faltava Zoe, mas, aparentemente, ela estava alguns quilômetros atrás, em O Cávado.

Eu supunha que Bernhard levaria vantagem em uma corrida de curta distância, mas eu costumava ser maratonista. Um trecho mais longo me cairia bem. Independentemente dos méritos de cada carrinho, eu tinha uma grande vantagem — familiaridade. Se eu não pudesse derrotar Bernhard com um carrinho que eu tinha puxado por pelo menos seis horas por dia durante quase três meses, era melhor eu desistir de uma vez. E eu realmente queria colocar aquele merdinha em seu devido lugar.

Marco, o hematologista tranquilo, se escalou como organizador da corrida e juiz. O *Camino* passava bem em frente ao albergue, e voltamos mais ou menos meio quilômetro. A rota do retorno começaria com uma subida, seguida por uma descida. A pista era larga o suficiente para os dois carrinhos em todo seu percurso — o que era bom, visto que eu não estava nem um pouco a fim de derrapar ao fazer as curvas.

Marco permitiu que eu removesse uma mala para igualar os pesos. Eu tinha meus bastões; Bernhard precisava de uma mão para puxar a alça do carrinho portátil de golfe. Ele tinha tirado a camiseta e eu fiz o mesmo logo em seguida.

Com as brasileiras, Maarten, o Clube dos Espanhóis e alguns outros peregrinos amontoados ao longo da pista, Marco assobiou e nós arrancamos. Levei alguns passos para perceber qual seria o problema: eu nunca tinha *corrido* com o carrinho, e as passadas mais largas e vigorosas faziam com que meus calcanhares tocassem na mala, ameaçando me derrubar. Eu precisava limitar meus movimentos. Os bastões ajudavam na subida, mas não tanto quanto no ritmo normal.

Bernhard estava bem ao meu lado. Eu não sabia se ele estava poupando energia ou se estava dando o máximo, como eu — músculos e juntas protestando por serem requisitados novamente após um dia inteiro de caminhada. Marco, livre, leve e solto, corria ao meu lado sem esboçar esforço.

Ao me aproximar do topo do morro, eu estava ofegante, mas Bernhard também, e tive a sensação de que ele estava apenas tentando me acompanhar. Se eu conseguisse abrir certa distância ao passarmos pelo cume, conseguiria uma vantagem maior, e isso poderia desencorajá-lo quando eu começasse a descer na frente. Dei meu máximo e puxei com tudo. E então, bem quando a roda do meu carrinho estava passando por Bernhard, eu a senti travar. Eu soube imediatamente o que tinha acontecido — Bernhard tinha acionado a trava do freio. Fiquei imóvel enquanto ele passava por mim.

Minha resposta foi mais movida por instinto do que pela raiva — um desejo de impedi-lo de se safar. Enfiei meu bastão nos raios da roda esquerda dele, soltando quando o torque atingiu meu pulso e virou todo o meu corpo. Bernhard girou, tropeçou e tentou ficar em pé, mas ele e o carrinho de Maarten desabaram na vala ao lado da trilha. Parei e esperei. Bernhard estava gritando, mas apenas comigo. Marco ergueu a mão — a corrida tinha acabado — e foi ver como Bernhard estava. Ele foi seguido por Margarida e Tina — filha de Paola —, que chegaram juntas até ele, abaixaram-se para assisti-lo, e então pararam e olharam uma para a outra. Suas expressões diziam tudo: *Pensei que ele fosse o* meu *namorado.*

Bernhard estava bem, mas, ao se endireitar, Marco pisou ainda mais em seu orgulho ferido, me declarando vencedor. Bernhard fora astuto o suficiente para sabotar meu carrinho enquanto Marco estava em um ponto cego, mas não contara com o árbitro de vídeo. Renata estava filmando a corrida, posicionada em um lugar perfeito para capturar a ação.

Fiquei parado ali enquanto o carrinho de Maarten era endireitado. Não estava danificado, embora meu bastão tenha sofrido um pouco. Então esperei até que todos, menos Renata, tivessem voltado para o albergue.

— O que aconteceu com Torben? — perguntei.

— Ele continuou no *Camino Francés*. Não estamos nos falando. — Ela riu. — Eu disse a você. Não sou muito boa em relacionamentos. No sexo, sim, sou muito boa. Nos relacionamentos, nem tanto.

— Um a zero para você. Não tenho me saído muito bem em nenhum dos dois.

Nós nos viramos lentamente: como meu corpo havia sofrido o impacto do choque entre meu bastão e a roda de Bernard, senti meu joelho ceder.

61
ZOE

Renata estava na parte externa de um café quando cheguei a Castroverde, depois de ter começado bem cedo. Um prato vazio era tudo que restara de sua *tortilla*, e ela estava se deliciando com uma fatia de uma Torta de Santiago, uma especialidade galega, úmida, com um leve sabor cítrico, e provavelmente sem farinha.

— Que noite! — disse ela.

Para as brasileiras, dizer isso era algo e tanto. Eu tinha propositalmente evitado a festa na noite anterior, mas conhecer pessoas novas e contar as mesmas histórias também têm seus pontos negativos. Eu já estava cansada de as pessoas ficarem impressionadas quando contava o quanto eu já tinha caminhado.

— Ah. — Notei sua expressão e me lembrei da tensão com Bernhard. — Problemas com homens?

Renata confirmou com a cabeça.

— Martin e Bernhard.

Larguei meu café.

— Uma briga?

Ela meneou a cabeça.

— Eles apostaram uma corrida de carrinhos.

Minha visão de Gregory Peck e Charlton Heston quebrando o pau em *Da Terra Nascem os Homens* foi substituída por uma de *Ben-Hur*.

— Centauro contra jogador de golfe — acrescentou ela. — Martin venceu. Tenho um vídeo, se você quiser ver.

— Não precisa, obrigada. Mas é bom saber que eles lidaram com toda aquela energia negativa.

Fiquei um pouco constrangida, lembrando-me do meu comportamento com a cerveja de mirtilo. Martin e Bernhard haviam encontrado um jeito de resolver sua hostilidade de uma maneira civilizada, sem prejudicar ninguém.

— Talvez — disse Renata —, mas não sei ao certo como Martin estará agora de manhã.

Exausto — *saciado* — da corrida, ou por ter comemorado depois? Eu não quis saber.

— Mas tem mais — continuou Renata. — O segredo de Bernhard foi revelado. Duas namoradas. Duas namoradas brasileiras.

— Margarida e... Fabiana?

Ela riu.

— Achei que fosse chutar eu e Paola. Mas você errou mesmo assim. Margarida e Tina. Talvez Paola mate todas elas. Tina é jovem, vai superar isso. Já Margarida...

Ela deu de ombros.

— Ele estava...

— Ele estava indo para a cama com as duas. Todos os homens gostam de mulheres jovens, mas Bernhard também gosta das mais velhas. Embora eu ache que eu seria demais para ele. Infelizmente.

Reprisei todas as vezes que ele dissera que havia "dormido com mulheres" na França. Talvez eu só tenha escapado de suas investidas na noite em que dividimos o *gîte* porque ele tinha uma opção melhor. Mas...

— Em um dormitório?

— Eles tentaram fazer no beliche em cima do meu, lá na França. Por sorte, consegui segurar seu pé quando ele estava subindo a escada. Ele levava uma máscara de dormir, e eu teria gostado de saber o que estava planejando. Mas eu não queria ser esmagada e morrer.

— Então como você sabe que eles realmente...

— Se as pessoas querem fazer sexo, elas dão um jeito. No dormitório, começam em silêncio, depois não estão nem aí. Tina, não, obviamente. A mãe dela estava lá. Mas a lavanderia fica vazia à noite; talvez eles tenham feito na máquina de lavar. Ou...

— Está bem, está bem. Eu acredito em você.

— A partir de agora — anunciou ela — eu caminho sozinha. Estou farta dessa novela.

Ela pediu outro café e aproveitei a deixa para continuar a caminhada.

Tina me alcançou — sem carregar nada além de uma garrafa de água, quase correndo.

— Ninguém está falando comigo.

— Ah. Bernhard?

— Sim. Mas o problema é Margarida. Ela precisa se recompor.

— E você?

— Estou de férias. Infelizmente, com minha mãe.

Bernhard foi o próximo a me alcançar. Até hoje, era raro alguém me ultrapassar; este não seria um dia comum.

— Você viu Tina?

— Por quê?

— Preciso conversar com ela.

— Ela está bem à frente.

Ele seguiu adiante. Eu estava meio que esperando que Martin fosse o próximo a aparecer, mas devia ter imaginado que seria Margarida.

— Você viu Bernhard? Ficou sabendo?

— Fiquei.

Depois de termos caminhado por um tempo, perguntei:

— Margarida, por que você está fazendo essa peregrinação?

Ela parecia perplexa.

— Acho que pode ser bom, para refletir. Pensar no rumo que estou dando para minha vida, sabe?

— Ótima ideia — falei. — Ainda há tempo de fazer isso.

Dessa vez, fui eu quem me adiantei.

Quando cheguei a Lugo, eu tinha afastado do meu pensamento a confusão entre Bernhard e as brasileiras. A beleza de caminhar sozinha no *Camino*, quando se está em forma, é que você se sente em harmonia com a natureza: o tempo fica suspenso e todo o restante desaparece. O vento era fresco, o panorama de montanhas cobertas de urzes, apequenadas pelas turbinas eólicas, era inspirador, e eu estava decidida a aproveitar cada minuto desses últimos dias.

A cidade em si era intimidadora. No alto de um morro, rodeada por paredões romanos, invocava imagens não apenas de peregrinos, mas também de El Cid e seu exército. Ou talvez eu só estivesse encucada com Charlton Heston — o que era um tanto esquisito, devido a seu papel na Associação Nacional de Rifles.

Fui trazida de volta à realidade por um grito de Marco, que estava sentado em um bar na cidade antiga e insistiu que eu me juntasse a ele para uma bebida.

— Esta noite — disse ele —, estou convidando você para jantar comigo. Espero que a resposta seja "sim".

Aquele não era Martin, nem a paz que eu estava buscando. Pensei na noite constrangedora com Henri em Pommiers. Mas eu não senti como se estivesse me aproveitando de Marco. Ele era divorciado — havia alguns anos, supunha —, e eu tinha a sensação de que ele queria curtir a vida, independente do que acontecesse. Seu entusiasmo quase infantil teria me incomodado no longo prazo, mas não havia chance de isso acontecer.

— Claro — respondi.

Antes do jantar, Marco me emprestou seu computador. Eu tinha mandado vários e-mails para as meninas nos últimos dias, mas não nos falávamos por Skype desde Saint-Jean-Pied-de-Port. Era aniversário de Lauren, e Tessa estava comemorando com ela. Mandei uma mensagem avisando que eu ia ligar e chequei meus e-mails; Albie contou que o corretor tinha encontrado um potencial comprador para a casa.

Lauren ficou contentíssima — ou, ao menos, aliviada — por ter notícias minhas.

— Meu voo está marcado para sair de Santiago no dia treze de maio, então estarei em casa no dia seguinte.

— Santiago? — indagou Tessa.

— Você está no *Chile*? — questionou Lauren.

Percebi que eu não havia contado a elas sobre a caminhada, apenas que eu estava viajando pela França e pela Espanha. As meninas e a caminhada eram tão importantes na minha vida que era difícil entender como eu podia ter separado as duas coisas. Elas ficaram quietas por tempo suficiente para que eu explicasse.

— O quê? Quanto você disse, mãe?

— Como assim, você *caminhou*?

A maior parte dessa história precisaria esperar. Dei a elas uma versão resumida.

— Você pode parar em Nova York no caminho de volta? Estou com saudades de você — disse Lauren.

Lauren com saudades de mim? Eu podia ver que ela estava tentando esconder alguma coisa, mas não conseguiu se conter.

— Eu não queria contar antes, com a questão do Keith e tudo mais. Mas você vai ser avó. Vou dar à luz em julho.

62
MARTIN

Após 28 quilômetros na Maratona de Londres, eu sabia que estava encrencado.

Segui em frente, consciente de que estava agravando a situação do meu joelho. Quando cheguei à marca dos 33, eu estava caminhando, torcendo apenas para conseguir terminar. A três quilômetros do final, eu parei, finalmente reconhecendo que insistir, mesmo com a dor, me colocaria numa mesa de operações.

Larguei a corrida tarde demais e tive o pior dos dois mundos: uma reconstrução do joelho, com vários meses de reabilitação, e sem medalha de concluinte.

Agora, na Espanha, a menos de uma semana de caminhada de Santiago; depois de 1.900 quilômetros puxando o carrinho morro acima e morro abaixo; por campos, trilhas, caminhos e estradas; pela neve, pela lama, e pela areia; carregando-o por escadarias e por cima de rochas e cercas, parecia que a história corria o risco de se repetir.

No meu quarto, descansei o joelho por uma hora, cobri-o com um pano úmido, então o estiquei e tentei colocar um pouco de peso sobre ele. Não estava tão ruim. No treinamento para a maratona, meu outro joelho tinha me dado problemas, mas eram contornáveis. Eu ainda tinha um dia extra. Veria como me sentiria pela manhã.

*

Eu me sentia bem pela manhã. Comecei cedo e decidi tentar chegar a Lugo, meu destino original, caminhando com cuidado.

Não era tão fácil assim. O terreno continuava sendo íngreme. A subida não era tão ruim, mas, nos trechos de descida, precisei apoiar os bastões e a perna direita para suportar o peso, para então colocar a perna lesionada no chão.

Aproveitei todas as oportunidades possíveis para parar. Renata me alcançou enquanto eu relaxava a perna em um córrego e me ofereceu mais empatia do que eu merecia.

— É claro que você aceitou o desafio dele.

— Você está sendo incrivelmente compreensiva. A maioria das mulheres diria que eu fui um idiota.

— Não sou como a maioria das mulheres. Estou em uma posição mais apropriada para entender os homens. Como você já deve ter imaginado...

Ela olhou para mim, sorrindo, e eu olhei para a mandíbula cerrada dela e pensei: *está certo*.

— Desculpe, eu não tinha imaginado. Espero que tenha sido uma coisa boa. Foi há muito tempo?

— Não muito. É um dos motivos pelos quais estou caminhando com pessoas que estão me conhecendo pela primeira vez.

— Você parece estar se saindo muito bem.

— Essa é a intenção.

Continuamos em silêncio por um tempo antes de eu precisar fazer outra pausa e ela continuar andando.

*

Quando cheguei ao albergue, meu joelho estava doendo um bocado e decidi que descansaria o restante do dia. Eu tinha um quarto privado no primeiro andar, com vista. Os albergues na Espanha tinham progredido com o tempo — com a clientela mais velha, mais abastada —, e muitos ofereciam quartos duplos, além dos dormitórios usuais.

O proprietário me trouxe um pouco de gelo e um sanduíche, e eu fiquei no quarto, calculando o tempo e as distâncias. Se tirasse o próximo dia de folga, eu ficaria sem nenhuma margem, isso se meu plano ainda fosse pegar o trem para Paris. Um avião poderia me levar até lá mais tarde no mesmo dia, e provavelmente sairia mais barato que o trem, de qualquer forma. Chegaria a Santiago no dia 13 e pegaria um voo mais tarde. Era o dia em que Zoe ia embora. Talvez eu a encontrasse no aeroporto.

Liguei o computador para comprar a passagem e vi um e-mail curto de Sarah — ela estava bem, se entendendo com Julia, e estaria pronta para conversar comigo quando eu voltasse à Inglaterra, o que demoraria pelo menos duas semanas, segundo ela. Li aquilo da maneira menos dolorosa, como se Sarah garantisse duas semanas sem que eu a incomodasse. Eu não postara nada sobre Zoe no blog desde a overdose.

Havia más notícias de Jonathan.

Basicamente, como a história poderia sugerir, a mochila continua sendo a melhor opção de baixo custo para carregar cargas leves nas montanhas. Para cargas mais pesadas: burros, cavalos e mulas. O carrinho se saiu melhor que qualquer outra opção com rodas que vimos antes, mas, no fim das contas, os pés superam as rodas. Lamento por não serem notícias melhores, mas achei que você deveria saber antes da feira de negócios.

Podia ser que os alemães e os chineses chegassem a uma conclusão parecida, mesmo sem o protótipo para testar. A oferta de compra dos alemães estava começando a parecer o melhor negócio que eu poderia conseguir.

Tinha passado das 22h, quando o som de risadas me instigou a olhar pela janela aberta. Lá embaixo, um casal estava caminhando na direção do albergue. Assumi que não fossem peregrinos, a menos que a mulher fosse Margarida. Ela estava usando um vestido curto e saltos altos, e havia algum tempo que não via pernas tão bonitas.

Quando ela foi iluminada pela luz, a primeira coisa que percebi foi a cor do vestido. O homem segurando a mão de Zoe, prestes a beijá-la, era Marco.

63
ZOE

O jantar fora mais formal do que eu esperava.

— Vamos cozinhar por aqui mesmo — disse Paola antes de eu sair do albergue. — Você pode nos contar como foi quando voltar.

Mais que a comida ou a companhia, a tensão no albergue era um pretexto ainda melhor para ir jantar com Marco. Margarida tinha ido para o dormitório. Tina estava grudada no celular na sala compartilhada e não tirou os olhos do aparelho. Bernhard tivera a decência de ficar em outro lugar.

Fabiana estava se arrumando para sair.

— Margarida precisa dar uma saidinha — disse ela. Estava com um vestido preto e parecia ótima, apesar de eu ter ficado com vontade de dizer a ela que acrescentasse um xale colorido. — Você não tem mais nada para vestir?

Eu realmente parecia... uma caminhante. Fabiana me seguiu até o dormitório, onde Margarida estava encolhida debaixo de uma coberta, e eu tirei da mochila o vestido azul que Martin havia me dado.

— Que tal isto? — perguntei. — Não acho que vá servir.

Fabiana sorriu.

— Você não está olhando em frente ao espelho.

Tirei meu uniforme de caminhada e coloquei o presente de Martin. Fabiana emprestou uma sandália de salto alto de Margarida.

Serviram, e, quando olhei no espelho, fiquei chocada. Por onze semanas, eu tinha usado calças de caminhada e moletons todas as noites.

Eu mal me reconhecia, uma mulher magra cuja pele tinha um brilho saudável e cujas panturrilhas tinham um formato que nunca tiveram antes: não eram exatamente o que uma modelo buscava, mas estavam *tonificadas*. Martin estava certo quando disse que o azul do vestido acentuava a cor dos meus olhos. Combinava comigo, ao menos fisicamente, embora, ao olhar para aquela pessoa, eu não soubesse quem ela era. Ao menos eu não parecia uma avó.

Eu me senti mal por não ser Martin quem estava me levando para sair com o vestido. Eu poderia conversar com ele sobre como a notícia de Lauren tinha me abalado. Eu estava contente por ela: ser mãe era, obviamente, seu desejo. Mas ela ainda era tão nova, e ter filhos cedo tinha me impedido de correr atrás dos meus sonhos. Será que tinha mesmo? Minha nova autoconsciência não ia engolir essa história. Eu tive filhos em parte para escapar do meu medo de fracassar como artista. Eu não queria pensar em se tinha algo a ver com o que acontecera com Camille.

— Ah, minha nossa! — exclamou Fabiana.

Margarida se sentou no beliche e complementou:

— Muito sexy, gringa.

Certo. Ser avó não significava que eu precisasse aprender a tricotar.

Paola arrumou meu cabelo e, quando finalmente saí, eu tinha passado por uma transformação de Cinderela. Marco levou um instante para me reconhecer.

— *Eres muy hermosa* — disse ele, dando um beijo no meu rosto. — Muito bonita.

Marco era uma companhia primorosa, ponderado e espirituoso, o nariz levemente torto combinava com sua personalidade. Ajudava o fato de ele ser espanhol, à vontade com o idioma e o cardápio, embora ele fosse o tipo de homem que se sentiria à vontade em qualquer lugar.

E a comida era ótima: pedimos uma série de pratos vegetarianos para nós dois. Conversamos sobre os filhos adultos que ele não via tanto quanto gostaria. "Eu trabalho demais", foi a desculpa que utilizou. Eu sabia que Marco era médico; ouvi mais um pouco sobre o trabalho que ele fazia em sua clínica e como voluntário no Haiti.

— Então, você tem um equilíbrio perfeito: tem um trabalho importante, mas consegue sair de férias e ficar de pernas para o ar — comentei.

Ele franziu a testa e eu usei outras palavras.

— Você está curtindo a vida.

— Com certeza — afirmou Marco. — Ainda sou jovem e saudável; percorro o *Camino* todos os anos; viajo com frequência. Tenho muitos amigos.

— Você se sente sozinho? — perguntei, pensando mais em mim mesma do que nele, imaginando como seria meu futuro quando a caminhada terminasse.

— Sim — confirmou Marco, subitamente sério. — Mas... estou sempre em busca da mulher certa.

Ele me acompanhou de volta para o albergue, que não ficava longe de sua *pensione*. Caminhar em saltos altos depois de tanto tempo de trilha não era fácil. Então, ele segurou minha mão.

A sensação era estranha. Quando fechei os olhos para o beijo, a estranheza se transformou em uma sensação de que aquilo estava errado. Lidei com a situação virando o rosto; é o jeito europeu, no fim das contas. Mas sua expressão de "estou esperando mais" precisava de uma resposta mais direta.

Eu agora tinha bastante certeza de que não queria um beijo de boa-noite — nem nada mais. Nossas energias não estavam alinhadas, mas não era só isso. Eu sentia que estava traindo — não Keith, mas Martin.

Enquanto eu tentava me decidir entre "Eu realmente gosto de você, mas..." e "Prometi fazer uma massagem em Paola", ele pegou meu rosto com as mãos. Eu estava com um pé no canteiro de flores quando a porta do albergue se abriu.

Paola correu até mim, ignorando Marco.

— Você pode ficar com a Tina? Preciso ir ao hospital.

— Hospital? — perguntamos eu e Marco na mesma hora.

— Fabiana. Ela e Margarida estão com intoxicação. Preciso resolver isso e avisar à família. Seu amigo Felipe está com elas.

— Que tipo de intoxicação? — perguntou Marco, o médico.

Paola hesitou.

— Alcoólica.

— Eu levo você ao hospital.

Paola não ia perder tempo. Acenei um "tchau" para Marco, sem saber ao certo o que eu teria dito se não tivéssemos sido interrompidos, mas sem lamentar termos sido, apesar das circunstâncias.

Tina, com os cabelos presos em marias-chiquinhas e com um pijama da Minnie, não teria convencido ninguém de que era velha o bastante para beber — nem mesmo na Espanha, onde bastava ter dezesseis anos. Agora, eu supunha, sobrou para mim encarar as lágrimas e a bravata.

— Você acha que a culpa foi minha? — perguntou ela.

— Você estava lá? Você bebeu com elas?

Eu estava canalizando Martin.

— Acho que não.

Sotaque brasileiro, mas revirada de olhos californiana.

— Fabiana e Margarida têm seus próprios problemas, que não têm nada a ver com você ou com Bernhard.

— Bernhard. Ele é tão, tipo, sem importância.

E então:

— Por que você e Martin não contam um ao outro como se sentem? Com relação ao outro?

Eu ainda estava assimilando o que tinha acabado de ouvir quando Paola voltou. Tina desapareceu sem dizer boa-noite. Olhei para a mãe dela e dei de ombros.

— Não se preocupa com ela. Como estão Fabiana e Margarida?

Fiz um chá de ervas para Paola enquanto ela me atualizava da situação. Fabiana e Margarida estavam bebendo com os moradores do vilarejo. Ambas tinham passado mal, mas Fabiana tinha desmaiado. Uma ambulância foi chamada. Ela seria mantida no hospital para observação.

— Margarida vai ficar com ela.

Percebi algo na voz de Paola.

— Você a obrigou?

Paola meneou a cabeça.

— Não, acho que algo finalmente enfiou um pouco de juízo naquela menina. Está na hora de ela crescer.

— E Felipe?

— Felipe vai voltar lá pela manhã. Ele é um bom homem, entende Fabiana.

— Ela teve problemas amorosos? Homem casado?

Paola pareceu surpresa.

— Ela disse isso para você?

Meneei a cabeça.

— Não exatamente, mas não foi difícil adivinhar.

— Eu também me entreguei?

— Você?

— Você sabe da minha história? Assim como você, eu perdi meu marido.

Paola percorrera o *Camino* pela primeira vez doze anos atrás. O tradicional *Camino Francés*, quinhentos quilômetros de Saint-Jean--Pied-de-Port.

— Na época, eu carregava minha mochila — contou Paola. — Meu marido e eu estávamos fazendo uma verdadeira peregrinação. Ele era um homem de Deus que largou o sacerdócio para se casar comigo. Mas ele sabia que haveria um preço. Nós dois sabíamos.

Tina estava parada à porta. O atrito entre elas pareceu se dissolver. Ela entrou e se sentou ao lado da mãe, aninhando-se no abraço materno em uma posição instintiva para as duas.

— Ele teve câncer. Chegou a um ponto em que não havia mais o que os médicos pudessem fazer.

— Meu pai sempre quis percorrer o *Camino* — emendou Tina. Ela devia ter uns quatro ou cinco anos na época. Fiquei me perguntando o quanto eram lembranças e o quanto eram histórias que ela ouvira.

— Foram seis semanas difíceis — continuou Paola. — Precisávamos caminhar bem devagar algumas vezes. Em outras, eu carregava a mochila dele. Ele morreu em Melide. A dois dias de Santiago.

Senti meu próprio luto ser impactado pela história dela.

— Havia muitas coisas a serem organizadas. Mas, depois, eu voltei com as cinzas dele. Deixei parte em Melide, e o restante em São Paulo. — Paola sorriu. — Então agora você sabe que nós dois estamos divididos entre o *Camino* e o Brasil, eu e ele.

Paola decidira levar o *Camino* a outras pessoas. Ela escrevera dois livros em português, para que todos no Brasil conhecessem sua história, e agora fazia esses *tours*. Eu supunha que, em casa, ela fosse uma espécie de lenda.

— Todo ano eu volto com outro grupo, e todo ano eu paro em Melide. Nunca sigo adiante.

— Você *nunca* foi até Santiago?

Paola meneou a cabeça.

— Os últimos dois dias são fáceis de concluir, o grupo caminha sem mim. Acho que eles gostam.

Pensei em Martin devolvendo minha concha de vieira, em como eu não a queria de volta. Percebi que eu precisava terminar o caminho sem ela — para mostrar que eu acreditava mais em mim mesma, mais do que em sorte ou acaso. Monsieur Chevalier tinha dito que ela estava destinada a ir até Santiago. Agora eu sabia a quem entregar.

64
MARTIN

Tirei um dia de folga em Lugo, para repousar o joelho e me forçar a não pensar em Zoe se envolvendo com Marco. Provavelmente era algo positivo para ela: um passo adiante sem o risco de um relacionamento. Marco certamente retornaria para sua esposa e sua família depois que as férias terminassem. Perguntei-me se Zoe fazia ideia que ele é casado. Eu não queria que ela se machucasse, mas não cabia a mim intervir, nem julgar. Mesmo assim, eu podia ter ficado sem assistir à cena do meu quarto. E sem tê-la ajudado com o vestido.

À noite, me arrisquei a descer. O inchaço tinha diminuído um pouco, mas não havia melhorado tanto quanto eu esperava. Eu estava sentado à mesa no pátio, observando a trilha para ver se havia algum peregrino chegando, quando Tina apareceu.

— Ainda aqui? — gritei para ela.

— Obviamente.

Ela veio até mim. Não estava nada feliz.

— Por quê?

— Fabiana passou mal.

— É grave?

Ela deu de ombros.

— Não devo falar sobre o assunto, mas... Você pode imaginar.

— Festejou demais?

— Muitos *shots*. Ela não está acostumada. Vai à missa, e daí enche a cara. Ela se afogou no próprio vômito. Supernojento. — Tina revirou os olhos, então olhou para minha perna, repousada sobre a cadeira do outro lado da mesa. — Bernhard machucou a sua perna?

— *Eu* machuquei a minha perna. Não precisava ter apostado corrida com ele. Ou entrar nos joguinhos dele. Se tem algo que você aprende à medida que fica mais velho, é que a maioria dos problemas são culpa sua mesmo. Como os de Fabiana.

Ela conseguiu rir daquilo, e eu forcei um pouquinho mais.

— Bem, me deixe adivinhar: ela estava bebendo com Margarida.

— Sim. — Pausa longa. — Você viu. Depois da corrida.

— E você? Está bem?

— Tudo certo.

Onde é que eu tinha ouvido aquilo antes? *Rlx.*

— Já jantou?

— Ainda não.

Tirei uma nota de vinte euros da capa do celular.

— Não posso andar. Quer ir pegar umas *tortillas*, ou uns hambúrgueres e batatas, ou algo assim?

Tina voltou em vinte minutos com uma caixa quadrada, sorrindo. Pizza. E refrigerante.

— Preciso de conselhos — falei.

— De mim? — Ela riu. — É sobre a Zoe, né?

— Errado. Tenho uma filha da sua idade. Eu e a mãe dela nos separamos há mais ou menos um ano, e ela está passando por uma fase difícil.

— Nem me fale.

Com o sotaque brasileiro, demorei um instante para entender se ela não queria que eu continuasse falando ou se só estava demonstrando empatia. Supus que fosse a última opção, ela parecia entender de expressões idiomáticas bastante bem. Contei a ela de toda forma enquanto comíamos a pizza.

— Então, o que você acha que ela quer que eu faça? O que ela me diria, se pudesse?

Tina tomou um gole de Coca-Cola da lata.

— Não acredite se ela disser que não está apaixonada por... Como é o nome dele?

— Não sei.

— Então, é bom perguntar. Olha, ela *está* apaixonada por ele, isso é óbvio, senão não estaria fazendo essas coisas que você acha estúpidas. Todo mundo que se apaixona pela pessoa errada não quer ter que defendê-la para os pais, porque eles só vão dizer por que ela é a pessoa errada... Coisa que você já sabe. Então, você acaba dizendo que não está apaixonada.

— Como você com Bernhard.

— Você faz ideia de como é chato viajar com a sua mãe observando você o tempo todo? E uma das... *clientes* dela... que tem idade suficiente para ser mãe dele, do Bernhard... quase mata alguém fazendo coisas que nem *eu* faria, mas sou *eu* quem...

— Não tive essa experiência, mas acho que "chato" provavelmente é a palavra certa.

— Eu queria ter um pai como você.

— Por quê?

— Porque você se importa muito com a sua filha. Pensei que você fosse me perguntar de Zoe, mas você perguntou de Sarah. Como se ela fosse a pessoa mais importante da sua vida.

E, de repente, do nada, Tina estava chorando.

Coloquei uma das mãos no ombro dela, depois as duas, desajeitadamente, visto que estávamos os dois sentados, mas ela apoiou a cabeça no meu braço e soluçou. Eventualmente, se afastou.

— Desculpe.

— Está tudo bem. Você deveria ter me visto um ano atrás. Seu pai não está mais entre nós?

— Ele morreu quando eu tinha cinco anos. Sabe como ele passou o último mês de vida? Percorrendo a porra do *Camino* com minha mãe. Enquanto eu fiquei com minha tia e meus primos, esperando que ele voltasse. Eu sabia que havia algo errado, mas ninguém me disse que eu nunca mais o veria de novo. — Pausa. — Aquele não foi um problema que eu mesma criei.

— Entendi. Você sentiu que ele colocou sua mãe em primeiro lugar?

— Não conte a ela que eu disse isso. Ela só estava fazendo o que ele queria. Acho que, com esta caminhada, ela está tentando fazer as pazes, finalmente me trazendo junto. Ela acha que está fazendo algo por mim, mas é o contrário. Entende o que quero dizer?

— Entendo. Eu gostaria de poder dizer algo para ajudar. Mas, como você sabe, eu sequer consigo decidir o que fazer pela minha própria filha.

— Você se preocupa com ela. Está colocando ela em primeiro lugar. Número um. Se ela souber disso...

— Talvez a sua mãe também esteja tentando colocar você em primeiro lugar.

Foi o melhor que consegui.

*

Fiquei sentado sozinho enquanto o sol se punha, sentindo-me estranhamente calmo, e não porque uma adolescente tinha me dado um voto de confiança. Na verdade, ela havia reduzido toda a minha agitação a uma pergunta simples: o que eu precisava fazer para colocar Sarah em primeiro lugar?

A resposta igualmente simples — e que eu tinha evitado durante a última semana, ou o último ano — era: resolver o conflito com Julia. A única forma de isso acontecer seria se eu dissesse: "Tudo está perdoado."

Aquilo era irritante. A única coisa a que eu me apegara durante a separação e a saga do divórcio fora meu sentido de justiça. Fora Julia quem me traíra. Eu havia me privado de passar tempo com minha filha para que ela não precisasse sofrer do nosso ódio mútuo. Eu tinha dado todo o meu dinheiro a Julia.

Zoe havia perdoado a mãe. Não era exatamente a mesma coisa. A infidelidade não se resume à moral — é algo pessoal. Mas, ao contrário da mãe de Zoe, Julia havia dito que sentia muito. Que tinha errado. Ela queria que consertássemos nosso casamento. E eu estava consumido demais pela raiva para ouvir.

De volta ao meu quarto, redigi o e-mail. Eu não ia adiá-lo como adiei dizer "Amo você" para Sarah, mas não podia fazer aquilo verbalmente. Sarah e eu éramos farinha do mesmo saco nesse sentido.

Querida Julia,
Precisamos fazer algo com relação à situação de Sarah, e acho que isso significa elevar nosso relacionamento a um patamar mais civilizado e cooperativo. Me deixe ser o primeiro. Eu perdoo você pela traição. Peço desculpas por não ter perdoado muito tempo atrás. Embora eu saiba que é tarde demais para

tentar, como você sugeriu, reconstruir nosso casamento, estou disposto a fazer o que pudermos agora em benefício de Sarah.
Com amor,
Martin

O "com amor" saiu espontaneamente — e de forma inesperada —, e foi a única parte que considerei excluir. Mas era, é claro, verdade. Ou eu nunca teria ficado tão zangado.

Eu estava preparado para um duelo prolongado e troca de farpas antes de chegarmos a um entendimento que beneficiasse Sarah. Julia dificilmente responderia com um acordo pragmático de engenheiros.

Errado, como de costume. Depois de tomar banho e lavar minhas roupas, vi uma resposta na tela. "Graças a Deus, ou a quem quer que você tenha conhecido." Depois disso, tudo se resumiu a Sarah. E, só para garantir que eu não teria nenhuma gota de superioridade moral a que me apegar:

Acredito que você saiba que Sarah quer estudar medicina, o que a manterá na universidade até bem depois dos 21 anos. Suponho que esse foi o motivo pelo qual você me mandou aquele cheque. Foi um alento para nós duas saber que você ainda tinha algum interesse por ela durante o período em que não fez contato. Garanto que o dinheiro foi guardado para ela.

Eu tinha certeza de que nem eu nem Julia conseguiríamos evitar criticar um ao outro de vez em quando, e me perguntei o que estaria por trás daquele "quem quer que você tenha conhecido". Mas o avanço havia sido feito. Respondi, agradecendo a ela por ser tão cortês e perguntando o óbvio: "O que você quer que eu faça?"

A resposta foi instantânea. "Não preciso que você me perdoe. Só preciso que você deixe sua raiva de lado para que eu possa fazer o que é certo para Sarah. Se você puder fazer isso, podemos trabalhar juntos."

Eu podia fazer isso.

65
ZOE

Nas últimas semanas do meu *Camino*, senti o espírito de todos os caminhantes, passados e presentes, me impelir na direção de Santiago, então fiquei me perguntando por que diabos eu estava me sentindo sozinha nessa noite em Melide. Eu tinha pegado o *Camino Francés* e o bar de *pulpo* estava repleto de peregrinos daquela rota colocando o papo em dia e compartilhando a animação por estarem a apenas dois dias do fim. Mas nenhum dos meus amigos do *Camino Primitivo* estava entre eles. Eu havia ficado ali um dia a mais, na esperança de que as brasileiras aparecessem, mas não havia nem sinal delas.

Eu estava sendo tomada por uma sensação estranha de vazio. Não conseguia evitar pensar no marido de Paola, que tinha morrido ali sem terminar o *Camino*. Qual era o propósito? Se eu tivesse ficado em Los Angeles e procurado um terapeuta, teria resolvido os mesmos problemas. Sem bolhas. Fiquei pensando em onde Martin estaria.

— Quase lá — disse alguém atrás de mim, e foi só quando ela acrescentou —, e logo poderemos decidir se isso tudo foi uma perda de tempo — que percebi quem era.

— Renata!

Ela desabou no banco de madeira de frente para mim. Seus ombros estavam curvados como eu nunca havia visto antes.

— Onde estão as outras? — perguntei.

— Ainda para trás. Um ou dois dias. Eu preciso terminar esse negócio.

— E por que você começou?

De todas as brasileiras, ela era a que eu menos conhecia.

Renata pegou um pão que havia sobrado do meu jantar.

— Para refletir. É para isso que deveria servir, não é?

— Sobre algo em particular?

— A vida.

Ah, isso reduzia as possibilidades mesmo... Eu supunha que também não havia compartilhado muita coisa com ela. Renata riu.

— Você primeiro. Você passou mais tempo no *Camino*. Começou... onde?

Eu ia dizer "Cluny", mas percebi que estava errada.

— Los Angeles. Foi lá que eu saí pela porta de casa e deixei tudo para trás, tudo mesmo. É isso que devemos fazer, não é?

— Você deixou seus bens materiais para trás. Sente falta de alguma coisa?

Meneei a cabeça. Para ser sincera, naquele momento, eu sequer sentia falta das meninas, embora estivesse ansiosa para vê-las novamente. E...

— Sabe, meu marido morreu — contei. — Há apenas quatro meses. — Quatro meses. O tempo passou sem que eu percebesse. — Eu sinto muitíssimo que isso tenha acontecido, e gostaria de poder ter feito algo para impedir... mas... Não sinto falta dele.

— Martin?

— Está perguntando se ele assumiu o lugar de Keith? Lá na França, acho que talvez eu tivesse permitido, mas teria sido um erro. Eu precisava descobrir quem eu era novamente.

— E descobriu?

— Não exatamente.

— Paola me contou que você descobriu ser uma cartunista.

— Eu estava pensando em algo mais profundo que isso. Talvez eu tenha vivido tempo demais na Califórnia.

— Eu acho que descobriu, sim. Você encontrou uma carreira, descobriu que tem pontos fortes que nunca imaginou ter, talvez tenha se apaixonado... E diz que não descobriu nada de importante.

Eu podia ouvir Monsieur Chevalier dizendo: "O *Camino* lhe deu tudo isso, sem contar o perdão à sua mãe, o luto por seu marido, e o perdão a si mesma. E você está pedindo por mais?" Mas eu estava.

— Ainda sinto que falta alguma coisa.

— Como é a sensação? Isso de que você sente falta? A lacuna, o buraco?

— Apenas uma sensação... Alguma parte de mim que eu perdi.

— Certo. Me conte uma história. Eu gosto de histórias. Me conte sua história mais importante.

A escolha veio sem pensar. Contei a ela sobre Camille e nossa viagem de carro de St. Louis a São Francisco, quase três mil quilômetros cada trecho, sobre o desvio até Fergus Falls para ver meus pais na volta para casa e a briga que aconteceu.

Meu pai não estava, e minha mãe deve ter percebido algo. Quando fez a oração antes da refeição, incluiu uma longa referência a crianças abortadas e Camille saiu da mesa.

"Assassina", disse ela. Camille e eu fomos embora sem comer.

Mesmo agora, eu podia sentir minha pele formigar com a vergonha, por minha mãe e pelo que eu tinha feito Camille passar.

— Ela foi o motivo para eu ter vindo à França — expliquei.

— Uma longa jornada para criar o problema e, agora, uma longa jornada para remediá-lo.

— Tarde demais. Minha mãe morreu antes que fizéssemos as pazes.

— Acontece.

O garçom colocou uma tábua de *pulpo* fatiado salpicado com páprica diante de Renata.

— Eu podia ter feito alguma coisa.

Pensei na raiva que tentei resolver com meditação após o nascimento de Lauren. Minha mãe mandou um cartão. "Parabéns pelo bebê." Nada mais. Eu me senti insultada. Mas podia ter visto como uma bandeira branca. Um começo. Se eu tivesse optado.

Agora, mais de vinte anos depois da morte dela, eu disse a Renata o que deveria ter feito.

— Eu podia ter mandado um convite a ela, chamado para me visitar. Engolido tudo e dito que eu a queria, que precisava dela.

Eu podia ter aparecido em sua porta com o bebê. Pensei em Lauren me dizendo que sentia minha falta.

— O arrependimento — disse Renata com a boca cheia — é perda de energia. Eu já ofendi tantas pessoas que quase ninguém mais fala comigo. Não tenho contato com minha família. Recentemente, terminei um relacionamento. Durou apenas três anos, mas estou solteira desde então. Tive um grande desentendimento com a igreja muito tempo atrás.

— Pelo quê?

— Política. Mas tudo é política. Sou boa com grandes causas, mas nem tanto com indivíduos. Então, vim caminhar mil e cem quilômetros para mudar quem eu sou. Ficando sozinha.

Ela riu.

— Não interage bem com as outras crianças.

— Como?

— É algo que os professores dizem na escola. Sobre crianças que são... independentes. Uma piada, quando usamos para adultos.

— Essa sou eu. Não interajo bem com outras pessoas depois que passo muito tempo com elas. Mas me sinto bem comigo mesma. Para mim, isso é mais importante que todo o resto. Mas me conte: como você se sentiu? Na sua história?

— Eu já disse. Péssima. Minha mãe me deserdou e...

— Você deve ter imaginado que isso aconteceria. Quer dizer, você levou sua amiga à casa da sua mãe depois de um aborto. Estou perguntando como você se sentiu enquanto estava atravessando os Estados Unidos naquele carro velho.

— Camille estava tão assustada...

— Estou perguntando de *você*. Você era jovem, estava em uma viagem de carro, ajudando uma amiga, se rebelando, testando sua mãe, colocando coisas importantes em risco. Talvez essa tenha sido a coisa mais corajosa que você já fez. A melhor coisa. A história que define você. Foi por isso que você escolheu contá-la.

— Mas houve... consequências.

— É claro. Grandes aventuras sempre trazem consequências. Dor, e perdas, talvez, eternas. Mas é por isso que você está aqui, não é? Você veio à França para encontrar Camille. Mas está com medo de fazer... de *ser* o que foi na época. Acho que essa é a sua lacuna.

66
MARTIN

Antes de partir de Lugo, tomei o café da manhã cedo e esperei por Paola. Como eu imaginava, ela desceu sozinha, fazendo jus a seu papel de capitã do grupo.

— Fiquei sabendo que uma das tripulantes está doente — falei, e ela confirmou com a cabeça.

— Fabiana passou mal. Isso é esperado nas viagens, e não foi nada grave. Ainda temos tempo para terminar a jornada. Esperamos poder voltar a andar amanhã. Renata foi na frente, com a minha permissão.

— Bem, eu estou partindo agora pela manhã, então queria desejar *buen Camino* caso não nos encontremos de novo. Talvez em Santiago.

— Infelizmente, não vamos nos encontrar em Santiago. Tina e eu só vamos até Melide. A moça da agência de turismo vai encontrar as outras no final e nós as veremos em Madri. — Ela deve ter percebido que uma explicação era necessária e complementou: — Meu marido morreu em Melide, antes de chegar a Santiago. Eu paro lá, em memória a ele, em toda caminhada.

— Mas esta é diferente, não é?

— Por que você diz isso?

— Sua filha está com você. Então, talvez esta caminhada se trate do futuro, e não do passado. Se você assim quiser.

Monsieur Chevalier não era o único que sabia dar conselhos impactantes.

Caminhei até Melide em dois dias bem diferentes um do outro. No primeiro, o terreno era plano e passei de San Román de Retorta, meu objetivo original, seguindo mais quatro horas e meia e catorze quilômetros, com o pensamento de que cada quilômetro cumprido era um quilômetro a menos para percorrer no dia seguinte. Meus músculos haviam se beneficiado com o dia de folga — meu joelho, nem tanto.

Quando cheguei a As Seixas, tive um motivador mais substancial — um longo e-mail de Sarah. Era, basicamente, uma lista de provas e resultados, mas o conteúdo não importava muito. O que importava era que ela tinha enviado uma carta — ou, ao menos, seu equivalente moderno — a seu pai. O meio é a mensagem. Meu alívio ao ler aquilo ofuscou qualquer sensação com relação ao joelho, à viabilidade do carrinho, e a Zoe.

No segundo dia, levei doze horas, começando pouco depois do amanhecer, para percorrer catorze quilômetros. Eu estava tomando o dobro da dose recomendada de anti-inflamatórios que eu tinha comprado em Lugo, mas meu joelho estava inchado como uma bola de futebol.

Ao chegar a Melide, parei no primeiro hotel que vi. Diante de mim, na recepção, uma mulher magra de uns quarenta anos estava fazendo *check-in* e perguntando, com um sotaque alemão, por sua mochila, que havia sido transportada.

O companheiro mais novo dela não precisou abrir a boca para que eu soubesse de onde vinha. Era Bernhard. Observei a cena se desenrolar: um quarto, no cartão de crédito dela. Belo trabalho, se você conseguir executá-lo.

Bernhard me viu ao se virar.

— Machucou a perna?

— Como você descobriu?

— Eu vi você caminhando. Um minuto atrás.

— Ah, bom, machuquei, sim.

— Eu disse a você, o carrinho não é bom para os joelhos.

Afastei-me, caminhando — ou, para falar a verdade, mancando — até o bar, em vez de fazer uma cena socando a cara dele. Repousei o joelho em uma cadeira e liguei o computador. Havia um e-mail dos alemães. Dos outros alemães.

Agradecemos novamente a oportunidade de lhe fazer uma oferta por sua invenção. Conforme acordado, a oferta expirou. Também ficamos sabendo que uma empresa sueca está desenvolvendo um modelo quase idêntico em parceria com um fabricante chinês. Estamos ansiosos para ver suas próximas invenções.

Era o fim. Eu não precisava tentar adivinhar quem poderia ser o fabricante chinês, e tinha minhas desconfianças quanto a quem estaria por trás da iniciativa sueca. Eu não estava em condições de entrar com uma ação judicial. As questões práticas de se processar uma empresa sueca — ou chinesa — por um desenho que ainda não havia sido patenteado e que valia, pelo preço base de aquisição, apenas 7.500 euros significavam que o projeto estava efetivamente morto. Eu sequer chegaria ao meu pior cenário possível.

A culpa era minha. Eu havia supervalorizado meu design e recusado o que, no fim das contas, era uma oferta generosa. E, a dois dias de Santiago, com um joelho lesionado, eu não tinha motivo nenhum para terminar o *Camino*. Fiz uma postagem no blog para informar que, embora o carrinho tivesse aguentado bem, meu joelho não tinha, e que eu estava encerrando minha jornada. Cancelei meu voo de Santiago a Paris: não havia necessidade, não havia pressa.

Desci e passei meia hora lendo cartões-postais que haviam sido colados na superfície interna da porta de vidro e na parede adjacente. Todos eles registravam uma jornada em progresso, desde os mínimos cem quilômetros até alguém que havia vindo a pé da Noruega. O que eles tinham em comum era que todos esperavam chegar a Santiago dentro de dois dias, mais ou menos, pegar seu certificado de concluinte e celebrar uma conquista pessoal. Fui para meu quarto, peguei um cartão de visita na mochila e o acrescentei à coleção. Era menor que os cartões-postais, mas assinalava um marco mais importante. O fim.

Então, fui até o restaurante do hotel e enchi a cara.

Pela manhã, não havia dúvida de que eu tinha tomado a decisão certa ao resolver parar, independentemente da rejeição alemã. Meu joelho direito parecia tão ruim quanto o esquerdo ficara no dia em que desisti da maratona. Seria muita sorte escapar de outra cirurgia, e a sorte não estava ao meu lado.

As ruas de Melide estavam cheias de peregrinos. Agora, mais do que nunca, eu não queria a companhia deles. Mas estava de ressaca e não tinha nada para fazer. Depois de tomar um café da manhã demorado, caminhei lentamente até a farmácia, usando os dois bastões para aliviar o peso no joelho lesionado.

Comprei paracetamol e mais ataduras, então encontrei um restaurante e curti um jantar no início da tarde, com algumas taças de rosé e, para seguir a tradição espanhola, apaguei no quarto. Eu estava me tornando um perdedor. Apenas dois miseráveis dias. Todo o propósito da caminhada foi por água abaixo, junto com meu joelho. Um exercício desnecessário. Sem dinheiro, sem casa, sem companheira. Zoe estaria chegando a Santiago agora, sem mim.

Essa última constatação doeu mais do que eu esperava. Eu devia ter uma fantasia subconsciente de nós nos encontrando e chegando juntos.

67
ZOE

CARTUM: Um jovem sentado com as pernas cruzadas na beira da estrada olhando para seu iPad, as solas dos sapatos se soltando. Ele está focado — tanto que parece nem perceber o caminhão vindo pela estrada movimentada e ameaçando passar por cima dele. No morro atrás dele, um peregrino tradicional, de túnica, cajado e concha de vieira, está rodeado de pássaros e flores.

HISTÓRIA: Quem faz as regras? Existe uma hierarquia não oficial entre os caminhantes. Peregrinos de verdade optam pelo que é barato, não importa se podem bancar ou o impacto de sua mesquinhez nos países anfitriões. Eles ficam em dormitórios, carregam as próprias mochilas, param quando estão cansados e contam com a sorte para encontrar uma cama. No próximo patamar estão os caminhantes que ficam em *pensiones* ou no número cada vez maior de quartos privados nos albergues, sempre reservando com antecedência, mas ainda caminhando todo o trajeto e carregando suas próprias mochilas. Aí tem os que mandam suas mochilas por um veículo motorizado — oito euros (ou dólares) por dia é a taxa padrão. Abaixo disso: aqueles que pegam uma vez ou outra o ônibus para pular um trecho difícil ou monótono, ou quando estão cansados ou com dor. E, por fim: os turistas, que percorrem alguns trechos com uma mochila de um dia só para ter um gostinho de como é, ou então que passeiam de carro entre as cidades e os vilarejos do *Camino*.

Chris, um rapaz de 26 anos de Iowa, argumenta que os peregrinos antigos teriam optado pela rota mais rápida entre seus alojamentos nas abadias e nos monastérios. Com frequência, ele pega as estradas movimentadas que o *Camino* evita, mas que provavelmente seguem uma rota mais próxima daquela utilizada na Idade Média. Ele costuma ser o primeiro a chegar ao albergue. Mas o *Camino* ensina o peregrino a respeitar seus próprios limites, e, a menos que ele aprenda essa lição, seus pés e joelhos garantirão que será pela estrada — dentro de um ônibus — que ele chegará a Santiago.

Além das regras da caminhada, existem aquelas que os peregrinos carregam consigo, e que precisam adaptar — mais ou menos — à vida na estrada, em outra cultura: o que e quando eles vão comer, com quem vão se relacionar, o que vão compartilhar a respeito de si mesmos.

Chris caminha para provar seu próprio mérito, mas os peregrinos originais caminhavam para encontrar Deus, buscar perdão ou agradecer. Agora, para conquistar sua *compostela* — o certificado que reconhece a completude da peregrinação —, espera-se que os peregrinos caminhem por um propósito espiritual, mas esse termo permanece sem definição, pois não existe maneira de atingir a iluminação, redimir-se de pecados ou se recuperar da tristeza.

Existe apenas uma regra formal e inquebrável: se você quer sua *compostela*, precisa completar pelo menos cem quilômetros a pé, ou duzentos de bicicleta.

*

Eu precisaria cortar umas palavras antes de mandar para Stephanie, mas sorri, pensando em Todd, cuja primeira lição do *Camino* havia me salvado nos Pirineus.

O último dia, de A Rúa até Santiago de Compostela, eram vinte quilômetros. Meu *Camino* estava quase no fim e, embora parte de mim fosse lamentar, outra parte sentia o empuxo da realidade pela primeira vez em muitas semanas. Monsieur Chevalier havia feito três previsões sobre a peregrinação. Quatro, se contássemos que eu encontraria o que tinha perdido. Parecia que uma não ia acontecer. A primeira acontecera: eu tive bolhas. Ele disse que o *Camino* me mudaria, e tinha mudado, em muitos sentidos. Mas será que eu choraria quando visse a catedral? Eu tinha chorado em Conques, pela minha mãe, e nos Pirineus, por Keith. Pelo que eu ainda tinha de chorar?

Caminhei com Marco e Felipe: devido ao número de peregrinos comemorando o último dia, a solidão era impossível. Felipe mal abria a boca, de toda forma, e estava ainda mais calado que de costume. Ele tinha passado bastante tempo com Fabiana, e talvez esperasse caminhar com ela. Eu gostaria de estar com Renata, para que pudéssemos nos compadecer juntas, mas eu não a via desde Melide.

As outras brasileiras estavam dois dias atrás, resolvendo seus problemas. Eu tinha garantido que mandaria fotos. Esperava que elas chegassem a tempo de se despedirem antes de eu pegar meu avião. Teria duas noites em Santiago para me recuperar antes de voltar para casa e, quem sabe, ver o balanço do *botafumeiro* na catedral.

Dependia, eu supunha, da sorte para vê-los balançarem a grande urna prateada, o maior incensório do mundo. O clérigo local havia rejeitado os pedidos dos turistas para serem tocados pela fumaça do carvão e do incenso em brasa — o que costumava ser um evento diário — porque os peregrinos não haviam se lavado. Eu agora não tinha dúvidas de que chegaria lá, mas deixaria essa questão nas mãos do destino. Disse a Marco que, se o *botafumeiro* fosse balançado no dia da minha chegada, eu me mudaria para San Francisco a fim de começar minha nova vida.

A rota nos levava por entre pequenos vilarejos com bares e placas de boas-vindas, bem como máquinas de venda de produtos — incompatíveis com os chalés rurais. Todos os bares tinham carimbos — *sellos* — para minha credencial. Nos últimos 95 quilômetros, o requerimento oficial era de dois carimbos por dia, em vez de um: uma tentativa pífia de frustrar quem costumava pegar táxis.

Paramos em uma barraquinha de sorvetes na beira da estrada nos arredores de Santiago para esperar os demais espanhóis. Enquanto Marco comprava uma bebida e Felipe olhava fixamente para a frente, eu observava o fluxo constante de peregrinos percorrendo a descida final. Se eu chorasse, não seria pela alegria da iluminação que Monsieur Chevalier havia previsto. De alguma forma, eu tinha conseguido caminhar mais de 1.900 quilômetros e ainda não descobrira o que estava procurando.

Meus pensamentos foram interrompidos por alguém gritando meu nome.

Ergui os olhos e vi que era a pessoa com quem eu menos queria entrar em Santiago: Bernhard. Não, isso era intolerante demais Na trilha, a familiaridade contava muito. Ele tinha estado comigo por quase tanto tempo quanto Martin.

Estava caminhando com uma mulher de uns quarenta anos. Ele a apresentou como Andrea, outra alemã.

— Estamos quase no fim, eu e você. — Ele sorriu.

— Parece que sim — falei. — Ouvi dizer que você e Martin apostaram uma corrida.

— Apostamos. Eu ganhei.

— Não foi isso que ouvi.

Ele abriu as mãos e sorriu.

— Eu estou aqui. Ele, não.

— O que isso quer dizer?

— Ele ainda está em Melide. Parado.

Marco e Felipe tinham se juntado a nós, e o sorriso de Bernhard desapareceu.

— Acabou. Chegou ao fim. O Homem do Carrinho não caminha mais — explanou Bernhard, apontando para o joelho.

Eu não podia acreditar. Martin não permitira que nada atrapalhasse seu caminho. Ele planejava chegar hoje, no mais tardar, para pegar o trem para Paris. Ocorreu-me que minha decisão de chegar dois dias antes do meu voo poderia ter algo a ver com isso.

— Me conte o que aconteceu.

Bernhard sorriu de novo e pegou o celular. Um minuto depois, ele o mostrou a mim. O blog de Martin. Ele estava com o joelho machucado e não poderia continuar. Felipe tirou o celular da minha mão.

Eu tinha começado essa caminhada com Martin, por mais que não tenha sido intencional. Em meio a muitas trilhas, nós sempre pegamos a mesma. Gostasse ou não, nossos *Caminos* estavam entrelaçados.

Eu podia ver Santiago. O universo havia cuidado de mim — uma passagem para casa, apesar de tudo. Se eu seguisse em frente, chegaria à cidade e pegaria meu avião. Pensei na familiaridade calorosa de Los Angeles, lençóis brancos limpinhos sobre a cama, sotaques californianos despreocupados, e cereal sem açúcar. Depois da série *O Progresso do Peregrino*, talvez eu encontrasse outro comprador para meus cartuns, me sentisse mais tranquila quanto a me tornar avó, e não vivesse com nenhuma das minhas filhas. Talvez outro homem na minha vida um dia.

Se eu voltasse a Melide, estaria cuspindo na cara da sorte. Se não pegasse meu voo, não teria como voltar para casa, e meu visto seria cancelado. Eu não tinha pagado Martin ainda. Não sabia quando o *Chronicle* iria me pagar, e, quando o fizesse, não seria o suficiente para retornar para casa. Se eu perdesse o nascimento do bebê de Lauren, ela jamais me perdoaria. Eu jamais me perdoaria.

Mas queria que Martin parasse de se autossabotar — ele tinha feito isso com seu casamento, com o relacionamento com sua filha, e, agora, com isso.

O universo não voltaria para buscá-lo.

Os três espanhóis faltantes chegaram.

— Você pode chamar seu motorista? — perguntei a Marco.

— Ela quer que ele leve o Homem do Carrinho até Santiago de carro!

Bernhard estava rindo.

— Você pode ajudar? — pedi a Marco. — Alguns analgésicos, ou algo assim?

— Ele não vai caminhar — repetiu Bernhard. — Ele desistiu. Ele...

Então Felipe encarou Bernhard, fazendo-o parar no meio da frase. Pesquei apenas um lampejo do que provocou aquilo: algo irrefutável na expressão de Felipe. Eu nunca pensei nele como um grande homem, pelo menos não metaforicamente, mas agora percebia que ele o era. Era mais do que isso: uma certeza silenciosa, autônoma. Bernhard a sentira com toda sua força.

— Venha comigo — disse Felipe.

Bernhard o seguiu e eles desapareceram atrás da barraquinha de sorvetes.

Alguns minutos depois, a van dos espanhóis apareceu. Eles tiveram uma discussão acalorada em espanhol veloz, alguns meneios de cabeça, então acenos positivos enquanto olhavam para o local onde Felipe e Bernhard haviam desaparecido.

— Todos nós vamos voltar — informou Marco, jogando minha mochila na van.

O Sexteto Espanhol se aglomerou, juntamente com, para minha surpresa, um Bernhard subjugado. Andrea tinha seguido em frente. Sentei-me no banco da frente enquanto retornávamos a Melide.

Bernhard indicou o hotel, mas não entrou conosco. Quando começou a se afastar, Felipe o parou e estendeu a mão. Levou alguns instantes até que Bernhard a apertasse. Cada um dos espanhóis o imitou e, por fim, Bernhard apertou a minha.

— Peço desculpas — disse ele. — Espero que você consiga levá-lo até Santiago.

Eu o observei retornar à cidade, antes de perguntar a Felipe:

— O que você disse a ele?

— Ele está percorrendo o *Camino* porque quer se tornar um homem. Não é fácil. Ainda mais para uma pessoa jovem. Nós sabemos como é.

— Então, me conte o que você disse a ele.

— Não.

Ele sorriu, só por um instante, então nos levou para dentro do hotel.

Fiquei subitamente nervosa. Eu não via Martin desde Bilbao, e nossa última comunicação fora a devolução da concha de vieira. Como ele se sentiria por eu ter voltado? Rodeada pelo Sexteto Espanhol, eu parecia ter trazido uma equipe de reforços que não aceitaria "não" como resposta. Eu certamente não pretendia aceitar.

Ele estava no bar do hotel.

Eu iria precisar dos reforços.

68
MARTIN

Não havia sentido em chafurdar na tristeza. Desci as escadas me arrastando, o computador nas mãos, e pedi um café. Aproveitei a oportunidade para dar uma olhada no blog e fiquei perplexo. Havia dezenas de mensagens de apoio, condolências e conselhos. Eu havia angariado uma série de novos seguidores porque o cartum de Zoe no jornal americano continha um link para o meu site. Eles não estavam interessados no carrinho, apenas no bem-estar do Homem do Carrinho. Na verdade, ninguém mencionava o impacto comercial caso o carrinho não chegasse a Santiago; tudo se resumia a mim.

Havia três e-mails pessoais. Jonathan, que não sabia do desastre teuto-chinês, disse que dois dias não deveriam fazer diferença em uma decisão comercial racional: chegar a Melide era tão bom quanto chegar a Santiago, desde que o carrinho não tivesse quebrado. Sarah me mandou um longo e-mail de alento geral e sentimentos "estou orgulhosa de você, pai". E Julia escreveu:

> *Entendo que o importante deveria ser provar o valor do seu carrinho, o que você obviamente já fez, terminando a caminhada ou não. Perdoe meu cinismo, mas acho que deve ter havido mais em jogo que apenas isso. Bem, se você partiu nessa jornada para*

encontrar respostas, parece ter encontrado, e isso é bom para todos nós. Espero que o joelho se recupere sem que você precise passar semanas com alguém cuidando de você. ;-)

Eu estava assimilando tudo isso quando senti uma mão no meu ombro. Virei e vi Zoe. E, atrás dela, o Clube dos Espanhóis.

A última coisa que eu queria era compartilhar minha derrota com eles. E a penúltima era ser convencido a voltar a caminhar.

Zoe deve ter percebido. Ela usou uma tática diferente.

— Marco precisa ver o seu joelho. E depois vamos comer alguma coisa. Conheço um bom restaurante de *pulpo*.

Era mais fácil não discutir.

Marco e eu fomos até um banco no saguão e ergui a calça de caminhada. Ele levou mais ou menos um minuto para diagnosticar uma cartilagem rompida e apenas alguns segundos para me dizer que eu não devia caminhar.

Olhei para Zoe, que esperava do outro lado do bar, e reconsiderei. Ela havia vindo até aqui — eu supunha que ela devia ter voltado — para tentar me levar até Santiago.

— Eu só preciso de uns anti-inflamatórios e analgésicos melhores — disse a Marco.

— Você precisa de descanso e, provavelmente, de uma cirurgia. Garanto que vai precisar de uma se caminhar com esse joelho.

— Só me dê um pouco de morfina, ou codeína, ou qualquer coisa que você possa prescrever.

— Não posso fazer isso. Só vai mascarar a dor. Seria... irresponsável.

Deixei aquela palavra pairar no ar por um tempo, então apontei para Zoe, sentada com os amigos dele.

— Ela sabe que você é casado?

Ele passou uns instantes olhando não para Zoe, mas para Felipe, então ergueu as mãos como o bom italiano que era e deu de ombros.

— Vou conseguir alguma coisa para você. Você é adulto: tome suas próprias decisões e assuma as consequências.

O bom restaurante de *pulpo* era um antro de peregrinos. Zoe queria encontrar uma maneira de eu completar o *Camino* e se esquivou de perguntas sobre seu próprio prazo. Lembrei-me de que ela tinha dois dias — que seriam perfeitamente suficientes se eu conseguisse cumprir minha distância normal.

— Não vou conseguir.

Zoe largou o garfo.

— Entenda uma coisa. Não vou permitir que você sabote isso. Você vai a Santiago, nem que eu tenha que carregá-lo.

Depois de dividirmos uma garrafa de vinho rosé e uma bandeja de madeira enorme de polvos de cor parecida, eu estava inclinado a ser persuadido. O joelho provavelmente estava ferrado de toda forma, e, se eu conseguisse fazer com que ele aguentasse os 56 quilômetros finais, teria um item riscado da minha lista de desejos e dois dias caminhando com Zoe.

— Aliás, você tinha razão com relação a mim e minha filha — contei. — E minha ex.

— Razão com relação a quê?

— Perdoá-la.

— Eu não disse para você fazer isso. Não sou, exatamente, o melhor exemplo.

— Bem, o que você disse ajudou, mesmo que não seja o que você acha que disse. Fiz as pazes com Julia. Eu a perdoei por transar com o meu chefe.

Eu precisava acrescentar essa última parte. Apenas para confirmar que minha raiva não tinha sido totalmente irracional. Apenas egoísta. Recebi uma reação devidamente chocada e empática.

Mas ela parecia, de fato, muito mais centrada. O surto em Ostabat pareceu, pensando agora, um tanto forçado.

— Como você está se sentindo com relação às coisas lá nos Estados Unidos? — perguntei.

— Pronta para enfrentar a vida. E minha filha vai ter um bebê.

— O primeiro?

— Aham. Não diga nada.

Mesmo cheio de analgésicos, e com Zoe insistindo em carregar parte dos equipamentos que não deixei no hotel, a manhã seguinte foi brutal. Começamos pouco depois do amanhecer, e o terreno era razoavelmente plano: não estávamos mais nas montanhas. Mas eu sabia que estava destruindo o que ainda restava da cartilagem do meu joelho esquerdo. Tudo porque não conseguia me forçar a contar a Zoe que não havia mais sentido, que o projeto do carrinho estava acabado.

Com menos de um quilômetro, precisei parar. Soltei o carrinho e engoli mais alguns dos comprimidos que Marco tinha me dado, concluindo que eu era grande o suficiente para aguentar um pouco mais por dois dias. Zoe descascou uma tangerina para mim. Ela tinha trazido frutas, nozes e chocolate.

Enquanto eu me levantava novamente para continuar, o que era um movimento estranho de fazer com uma perna enrijecida, Zoe pegou o carrinho e saiu bailando com ele. Eu certamente não ia persegui-la e, após alguns protestos débeis, desisti e deixei que ela puxasse.

— Ei, isso é bastante fácil — comentou ela.

— Essa era a ideia. Espere até chegarmos a um morro.

— Aí você pode pegar de volta.

Ela tinha me deixado com os bastões, e eu me apoiava neles. Consegui andar mais ou menos um quilômetro, bem lentamente, com pausas.

— Me dê um minuto para eu ver se consigo dobrar a perna — falei. Segurei o tornozelo e lentamente dobrei o joelho. — Tem uma atadura no bolso de fora da mala pequena.

Zoe encontrou a atadura e amarrou no meu joelho. Eu precisava de muletas e, depois de uns testes, encolhi os bastões para poder colocar a palma das mãos em cima deles, com os braços esticados.

— Quinhentos metros — disse.

— Vamos ver se você consegue andar cem, primeiro.

A estimativa de Zoe estava mais perto da minha marca. Levei 23 seções de cem passos e duas seções de cinquenta passos para conseguir chegar à porta do albergue em Boente, no vilarejo seguinte. Tínhamos caminhado um total de cinco quilômetros. No bar, Zoe tirou a atadura, imediatamente aliviando uma dor considerável. Desabei em uma cadeira, peguei meu passaporte e entreguei a ela. Ela voltou sorrindo.

— Consegui um quarto para nós no primeiro andar.

— Espero que você esteja falando do térreo.

— Foi o que eu disse. Ninguém passou a noite lá, então nós podemos entrar quando quisermos.

Ela se virou, certamente constrangida com a parte do "nós".

A dor no joelho estava amenizando agora que o estresse se dissipara, mas eu sabia que nenhuma quantidade de analgésicos ou estímulo de Zoe iria me fazer suportar mais um dia.

— Vou parar aqui — informei. — Desculpe.

— Você não conseguiria ir de muletas?

Meneei a cabeça.

Zoe pausou.

— Está bem, então. Vamos pegar um táxi para Santiago amanhã. Um trecho de carro em, o quê, noventa dias?

Esse era o problema. Eu tinha chegado até aqui sem trapacear. E Zoe, também. A regra oficial para esse último trajeto também era a nossa.

— Você pode conseguir, se continuar em frente hoje — sugeri. — Eu pego um táxi pela manhã e chegarei lá antes de você.

— Vamos terminar juntos.

— Com o carrinho no porta-malas.

Assim que falei aquilo, percebi o problema, e a estupidez de ainda pensar no carrinho. O maldito carrinho. Depois de Zoe ter dito que estava preparada para sacrificar o próprio *Camino*. Para quê? Ela foi até o bar para me dar tempo para responder àquela pergunta.

Quando Zoe retornou com dois cafés, eu tinha chegado à conclusão de que meu relacionamento com ela talvez fosse um pouquinho mais importante que meu relacionamento com um carrinho inútil.

Ficamos sentados no bar, terminando nossas bebidas e trocando figurinhas sobre as brasileiras, retardando a curta caminhada até nosso quarto compartilhado. Tínhamos bastante tempo.

— O carrinho foi bem fácil de puxar — comentou ela.

— Essa era a ideia. Mas eu joguei metade das minhas coisas fora.

— Ele aguentaria o seu peso?

— Como assim?

— Se você pudesse se sentar nele, eu poderia puxar você.

— Esqueça.

— Estou pedindo.

— Não. Além do fato de que você não vai conseguir arrastá-lo até Santiago; se eu me sentasse, ele desabaria para dentro. Foi projetado para que as estruturas externas aguentassem o peso.

— Você não poderia modificá-lo?

— Não vejo motivo. Em primeiro lugar, sou pesado demais para você me puxar...

— Sou mais forte do que você pensa.

— Não forte o bastante para arrastar setenta e cinco quilos. Não morro acima.

— Darei passos curtos, como fiz nos morros na França quando eu não estava tão em forma quanto agora. De qualquer maneira, o caminho até Santiago é plano.

— Como você sabe?

— Está no guia — esclareceu ela.

— Enfim, primeiro, eu não poderia modificá-lo, não sem um maçarico e tubos de aço, e acho que não temos muitos desses disponíveis no centro de Boente; segundo, pode ser que simplesmente não seja possível; e, terceiro, não consigo ver a diferença entre eu ir sentado no carrinho ou em um táxi. Só que você iria se matar.

Eu soava irritado. Eu *estava* irritado, por chegar tão perto de Santiago, e por ela agora estar dando sugestões descabidas, em vez de simplesmente deixar para lá.

Ela me respondeu à altura:

— Cadê o grande engenheiro? "Pode ser que simplesmente não seja possível." Se você não consegue perceber a diferença entre ir de táxi e dividir o fardo com a sua parceira, aceitando ajuda e terminando de fato algo que você começou, em vez de se sabotar novamente... Preciso ir lá pegar uma bebida de verdade para que você consiga processar isso?

— Provavelmente. Sou bem lento. Suponho que eu não estivesse pensando em você como minha parceira.

— Parceira de *caminhada*. Não se empolgue. Vou pegar mais café. Você pode decidir se vai me dizer de que tipo de tubos precisa ou se vai pagar outro quarto para mim.

Com todo o discurso acalorado de Zoe, me restavam poucas escolhas. Ela tinha razão, é claro, aquela mulher que eu tinha criticado por recusar minhas ofertas de refeições e acomodação. Mas precisei do tempo que ela passou no bar para superar, não muito bem, a infâmia de ser levado no meu carrinho, puxado por — sim, fazia diferença — uma mulher. Pensei que o *Camino* tinha me ensinado todas as lições reservadas para mim, mas ele tinha guardado uma lição dura para o final.

Ela voltou com um café para si mesma — e um uísque para mim. Eram 10h da manhã.

— Três quartos de polegada. Ou seja, pelo menos dezoito milímetros. E vou precisar de uns seis metros para fazer algo seguro. Não vai ser caro. Talvez em Melide. Podemos ir até lá de táxi pela manhã.

— Não se você quiser pegar seu avião. — Ela me entregou a chave do quarto. — Quando eu voltar, é melhor você ter um projeto que funcione. Para que eu não perca o meu tempo. — Ela pegou um bloco de papel e lápis da mochila, colocou na mesa, então caminhou na direção da porta.

— Espere — chamei. — Você precisa saber de uma coisa. Os investidores recuaram. Não vou à feira de negócios. Não vou pegar avião nenhum. É sério, não há motivo para ir até Santiago.

Zoe ficou olhando para mim por um tempo com uma expressão que eu supunha ser de frustração com minha última tentativa de autossabotagem.

— Certo. Motivo nenhum.

— Vamos precisar de um kit para soldagem.

— Eu imaginei.

Eu achava que as chances de ela conseguir os materiais eram pequenas.

No quarto, comecei a mexer no novo desenho. Eu precisava fazê-lo com os componentes do carrinho que já existia, mais o que eu tinha pedido para Zoe comprar. Assumindo que ela conseguisse encontrar tubos de aço e um maçarico. Desejei ter pedido a ela para comprar um pacote de parafusos variados, fita adesiva e, à medida que o projeto tomava forma, dobradiças. E ferramentas. Obviamente, ferramentas. Eu precisaria encontrar algumas por ali mesmo.

O lugar mais lógico onde apoiar meu peso era sobre a roda. Eu podia me encolher ali sentado, mas, ainda assim, precisaria aumentar o comprimento do carrinho. Como teria de fazer isso de todo jeito, decidi dividir o peso em uma extensão maior, que me permitiria esticar a perna.

Uma configuração na qual eu ficava deitado com o traseiro em cima da roda e a cabeça e os ombros jogados para trás não funcionaria — minha cabeça seria uma protuberância desprotegida, batendo nas árvores e paredes quando dobrássemos esquinas. Mas seria melhor em trechos retos. Projetei uma extensão simples que poderia ser erguida, para funcionar como um assento, ou ficar deitada, para funcionar como cama, do mesmo jeito que um banco de carro. Daí as dobradiças. Eu precisaria criar algo com os tubos.

Coloquei os desenhos na mesa, me afundei na banheira por meia hora, tomei alguns analgésicos e peguei no sono.

69
ZOE

Um maçarico e tubos de aço. Certo. Eu esperava que o que ele tinha escrito fizesse sentido para um espanhol.

Sem sequer pensar em um transporte alternativo, dei meia-volta e retornei a Melide. Levei minha mochila, automaticamente. Pendurei-a em um dos ombros, cutucando-a com o cotovelo até passar o braço pela outra alça. Era parte tão integrante de mim que só percebi que eu estava com ela nas costas depois de uns dois ou três quilômetros, bem como os muitos peregrinos que caminhavam na direção oposta.

A pouco mais de um quilômetro e meio de Melide, vi Bernhard caminhando na minha direção, parecendo de ressaca e surpreso — suponho que por eu estar caminhando na direção errada.

Ele estava amigável — mais que isso, estava *arrependido*. Felipe devia ter dado o maior sermão nele.

Expliquei de onde eu estava vindo e por quê.

— Você não vai conseguir puxar Martin no carrinho.

— Porque sou mulher? Eu caminhei...

— Porque você deve pesar uns cinquenta quilos, e Martin, oitenta. E o carrinho foi projetado para suportar peso nas laterais...

— Eu sei disso. Ele está redesenhando.

Mostrei a lista a ele.

— Você pode me explicar o que ele está tentando fazer? Exatamente?

— Não tenho tempo.

— Me conte enquanto caminhamos.

Ele voltou para Melide comigo.

Foi Bernhard quem encontrou a oficina após várias tentativas frustradas em uma loja de bicicletas e outra de eletrodomésticos.

Tentei explicar em espanhol o que estávamos procurando.

Bernhard, que estava vasculhando a oficina, pegou um pedaço de metal.

— Pergunte para ele se ele tem algo assim, mas um pouco mais longo.

Nos trinta minutos seguintes, concluí que não tenho futuro algum como intérprete e que nunca mais quero ver o interior de uma oficina de novo. Foi como estar perdida em um Walmart, onde todos os empregados mandam você de volta para o corredor dez, mesmo que você já tenha procurado lá umas cem vezes. No fim das contas, todo mundo, inclusive a esposa do dono, se meteu na história. Tubos chegaram e eram rejeitados ou aceitos por nenhum motivo aparente, bem como uma série de metais, fios, parafusos e coisas que, aparentemente, não tinham nome nem em espanhol nem em inglês. Quando terminamos, havia uma caixa de tranqueiras que eles estavam preparados para me vender.

Agora, o maçarico.

Eles tinham um, mas não queriam emprestar. Sugeri que o soldador viesse comigo e eu pagaria pelo tempo dele.

Não. Eles estavam ocupados, estava perto demais da hora do almoço, talvez eles pudessem ir mais tarde. Tipo, na semana que vem. Talvez eu pudesse levar o carrinho até eles. *Se* eu fizesse isso, quanto custaria quatro horas de mão de obra, então? Está bem, eu pago e levo de táxi e depois trago de volta. Deixo meu passaporte com vocês. Por favor?

— Chega — disse a esposa do dono. — Seu marido tem experiência com o *soldador*? Não vai estragar?

Confirmei com a cabeça e ela reprimiu seu próprio marido apenas com a linguagem corporal.

Bernhard estava esperando por aquele momento.

— Ferramentas — disse ele. — Serra, chaves de fenda...

A *señora* entendeu e assentiu novamente com a cabeça.

Bernhard me disse baixinho:

— Não vai ser fácil. Deseje a ele boa sorte. Agora, vou nessa.

Ele saiu pela porta antes que eu percebesse que não tinha como pagar por tudo aquilo.

Pensei no que eu tinha dito para Martin, em como eu tinha gritado com ele, afirmando que ele não seria uma pessoa inferior por pedir ajuda. Agora eu é que merecia ouvir aquilo.

Eu podia pedir o dinheiro a Martin. Se quisesse caminhar de volta até Boente. Depois de todo esse tempo, eu não tinha o celular dele. Não parecia algo que combinava com o *Camino*, e, de qualquer forma, eu mesma não tinha um celular.

Eu podia ligar para Lauren, mas minhas filhas precisavam me ver como uma mulher independente. E como eu explicaria Martin, o carrinho... e o fato de que eu iria perder meu voo?

De dentro do meu passaporte, peguei um pedaço de papel que viajara comigo desde Cluny, então esperei do lado de fora, observando a peregrinação. Na primeira tentativa, encontrei um casal americano de meia-idade que estava disposto — e ficaria contente — a me emprestar o celular.

— Sou Marcie e este é Ken, e nós dois somos de Delaware e, todos os dias no *Camino*, tentamos fazer algo de bom por alguém. Carma. Então *nós* é que agradecemos a *você* por nos ajudar a cumprir essa missão logo no início do dia.

O telefone pareceu tocar por uma eternidade.

— Zoe?

— Camille. Preciso de ajuda. Eu... Tem... Preciso levar alguém até Santiago. Eu o encontrei. Ele é de Cluny. Martin? Eu falei dele no e-mail? Enfim, ele precisa chegar a Santiago. Pela filha. Se ele desistir, será apenas mais um fracasso e ele vai... Ele precisa levar o carrinho...

— Calma, calma. — Camille estava rindo. — Você está apaixonada. E está me pedindo por conselhos? De mim? Se sim, você precisa falar mais devagar.

— Não, estou pedindo dinheiro.

— Quanto?

Eu disse a ela.

— Eles aceitam *carte bancaire*?

Enfiei a cabeça para dentro da oficina e, comigo como intérprete, Camille deu a eles os dados do cartão de crédito.

— Nem sei como lhe agradecer. Eu vou pagar de volta...

— Não vai, não. É um presente.

Havia uma severidade na voz de Camille que dizia: *não discuta comigo.*

— Obrigada.

— Sou eu quem agradece dessa vez. Finalmente. Enfim você me deixou agradecer.

Meu Deus, ela estava chorando. Eu também. Nunca me ocorreu culpá-la por eu ter brigado com minha mãe — mas ela culpava a si mesma. E, durante 25 anos de convites para visitá-la na França, e depois, quando a abandonei em Cluny, eu nunca deixei que ela me retribuísse.

— Esse carrinho — continuou ela — não é aquele com uma roda grande, é?

— *Oui* — respondi, e Camille começou a rir.

— Meu Deus, você está apaixonada pelo inglês maluco da Esae! É claro! Depois de Jim, era o próximo que eu ia convidar para jantar. Mas acho que ele é sério demais. Estou certa?

— Mais ou menos — respondi. — Eu dou notícias quando chegar a Santiago, mas agora estou usando o celular de outra pessoa...

Ken e Marcie não aceitaram que eu os pagasse.

Quando voltei a Boente de táxi com os equipamentos de soldagem e a caixa de peças que pareciam coisas que você separaria para uma coleção de quinquilharias, Martin não estava por lá. O carrinho estava parado na garagem coberta e eu deixei as coisas ali. O dono do albergue me entregou a chave do quarto. Martin estava gelado em cima da cama. Não parecia bem, mas sua respiração era estável. Álcool e analgésicos, eu supus. Além da exaustão de ter de lidar com a dor. Na mesa, havia um esboço do que pareciam ser as alterações do carrinho. Decidi deixá-lo dormir e levei o esboço para o bar, para ver se tinha alguma conexão com as coisas que Bernhard havia identificado.

Não precisei: Bernhard estava lá para cumprir a tarefa ele próprio.

— O que você está fazendo aqui? — perguntei.

— Percorrendo o *Camino.*

Bernhard tirou o desenho das minhas mãos. Ele franziu a testa, grunhiu, e finalmente acenou positivamente com a cabeça.

— Onde ele está?

— Dormindo.

— Começamos sem ele. Mas, primeiro, consertamos o projeto.

— Acho que não.

— O projeto tem... problemas. — Eu podia ver que ele estava com dificuldades para conter a arrogância. — Ele não sabia que materiais estariam disponíveis.

Bernhard passou uma hora e meia sentado diante do carrinho e das ferragens, rabiscando o papel que eu entregara a ele.

Então, ele começou a trabalhar. Parecia saber como usar o maçarico e trabalhava rápido, com óculos de proteção, indicando que eu lhe entregasse itens e segurasse as coisas para que não se mexessem. O dono do albergue apareceu correndo, nos acusando de querer botar fogo no prédio.

Bernhard o fitou com severidade.

— Você vai impedir que um homem que está morrendo chegue a Santiago para ser absolvido?

O homem ficou por ali e começou ele mesmo a entregar as ferramentas a Bernhard.

Trabalhamos a tarde toda, sem sinal de Martin. Quando terminamos, o carrinho parecia uma maca sobre rodas.

— Aqui — disse Bernhard, apontando para os tubos de aço que se estendiam da parte de trás. — Eu fiz alças. Pela primeira vez, a roda única é uma vantagem. Temos espaço nas laterais.

— Vai funcionar?

— É claro que vai funcionar — respondeu Bernhard, o homem que outrora havia desconsiderado essa possibilidade. — Mas as alças extras existem por um motivo. Você não vai conseguir puxar isto sozinha.

Ele jogou o maçarico na caixa e foi até o bar para tomar uma cerveja.

O dono do albergue se ofereceu para devolver o maçarico ao dono em Melide. Salvar a alma de um homem provavelmente contava mais pontos nos Portões do Paraíso do que caminhar até Santiago. Mesmo que fosse apenas um ateu com um joelho lesionado.

70
MARTIN

Acordei e levei um tempo para perceber que eram seis da tarde, e não da manhã. E onde eu estava e por quê. E que meu joelho continuava inchado. E que Zoe estava deitada na cama ao meu lado.

Ela deve ter visto que me mexi. Levantou-se em um salto, e a expressão em seu rosto me disse que meu plano não tinha dado certo.

— Não rolou?

— Não... Digo... sim, mas talvez não seja o que você quer.

Metade de mim estava esperando que ela não tivesse encontrado os tubos ou o maçarico. Eu iria levar horas, usando ferramentas desconhecidas, sem nenhuma garantia de ser bem-sucedido. O trabalho seria um inferno para o meu joelho.

Zoe me levou até a garagem. Demorei cinco minutos para chegar lá, usando meus bastões como muletas.

Por Deus. O trabalho havia sido feito — ou, ao menos, *algum* trabalho havia sido feito. O resultado se parecia com meu projeto apenas no sentido mais básico; o soldador tinha decidido, como os comerciantes fazem, fazer do seu jeito. Xinguei Zoe em silêncio por não ter me acordado, e a mim mesmo por não ter dado instruções mais claras a ela.

Merda, merda, merda.

Zoe estava em pé, me observando, obviamente torcendo por uma reação positiva. Não consegui emitir uma. Só falei:

— Me dê uns minutos para inspecionar.

— Quer uma cerveja? — ofereceu ela.

Eu achava que meu estômago não aguentaria uma.

— Só água — respondi.

Calma. Eu estava mais chateado com o vandalismo no meu carrinho do que qualquer outra coisa. E isso teria acontecido mesmo que o soldador tivesse seguido o projeto.

Dei uma olhada nas soldas primeiro. Trabalho profissional. Considerando, é claro, que tinha sido feito em uma oficina rural. Isso, eu podia esperar. Mas o design?

Só havia uma maneira de testar. Cuidadosamente, me deitei na maca. As tiras aguentaram. A estrutura também. Sacudi-me de leve. Ainda estava tudo bem. Pulei, simulando o sacolejo da estrada. Eu ainda estava sacolejando — mentalmente, também — quando Zoe retornou com as bebidas.

— É forte o bastante?

— O carrinho é. Você, eu não sei.

71
ZOE

Durante o jantar, não conversamos sobre o carrinho ou sobre a caminhada. Em vez disso, conversamos sobre o que o *Camino* havia nos ensinado.

— Eu aprendi a aceitar ajuda — confessou Martin. — Independentemente do que aconteça amanhã... obrigado.

— Vamos fazer um brinde.

No caminho para o bar, fiz um desvio para o quarto dele — o nosso quarto — e peguei o vestido azul.

Não era algo que alguma versão antiga de Zoe Wit teria usado, e eu não tinha certeza de que uma nova Zoe também usaria, mas não havia dúvida quanto à reação de Marco à roupa, e ela fez eu me sentir bem com relação a mim mesma.

Embora eu talvez não fosse eloquente como Camille, tinha duas filhas maravilhosas e uma vida inteira de experiências com homens que eu tinha amado tanto quanto eu podia. Se minha vida sexual tinha morrido nos últimos anos por causa da monotonia, da meia-idade e do que agora eu compreendia ser um momento ruim para Keith, isso não anulava os anos anteriores. Meu corpo tinha mostrado que era capaz de caminhar 1.900 quilômetros, e a distância de uma maratona — carregando uma mochila, subindo e descendo morros — em um único dia. Nos dois dias seguintes, ele arrastaria Martin até Santiago, e, mesmo com seus defeitos e tudo mais, aquele carrinho me orgulhava. Neste momento, meu corpo estava me mandando uma mensagem bem clara, e eu ouvi.

Quando entrei no bar, Martin pareceu tão perplexo que quase perdi minha confiança. Mas o sorriso e o assobio baixo do bartender bastaram para me levar de volta à lembrança dos vinte anos por um instante. Fiquei parada diante de Martin, tentando permanecer indiferente.

— Realmente não é um traje para um albergue — falei.

— O Marco também gostou?

Senti como se um alfinete tivesse estourado meu balão de autoconfiança: *sua idiota, o que você estava pensando, você vai ser avó.*

Eu me contive. Agora o conhecia. Tinha reparado em sua reação quando eu entrei. Martin estava com ciúmes. Porém, mais do que isso, estava fazendo o que sempre fazia. Sabotando a si mesmo.

Eu sabia como lidar com aquilo, com ele. Assim como tinha lidado com o fato de Keith ir para a cama antes de mim e não comer couve-flor. Esta noite poderia ser meu primeiro passo de mudança para me adequar a Martin.

Dessa forma, eu disse:

— Para falar a verdade, sim. Ele gostou. Gostou bastante.

E, depois que eu disse aquilo, percebi que ser sincera comigo mesma funcionava para mim, também. E isso não tão fácil assim.

Pensei no que eu tinha dito a Renata, sobre como minha raiva tinha erguido um paredão entre mim e minha mãe, sendo que, o tempo todo, eu tinha a opção de levantar uma bandeira branca.

— Marco é um cara legal — continuei. — Tivemos um ótimo jantar. Para ser sincera, parecia errado estar usando o vestido azul, mas eu achava que nunca mais veria você, e...

— Você está linda com ele.

— Era... É um símbolo de um novo começo — falei. — Do qual você fazia parte.

— Fazia?

Ele não conseguia evitar. Nem eu.

— A caminhada deve mudar as pessoas. Fico feliz que você tenha perdoado sua ex-esposa, isso é muito grandioso da sua parte, mas você continua julgando as mulheres. Não planejava me ver de novo; de que diabos importa a você se o Marco...

— Ei, ei, você tem razão. Me deixe dizer uma coisa. Desculpe, eu só reagi...

Eu percebi que ainda estava em pé.

— Ele me deu um beijo de boa-noite — contei.

— É sério, me desculpe. Você tem razão... Não é da minha conta.

— Estou tentando dizer que, quando ele me beijou, eu só conseguia pensar em você.

Martin se levantou desajeitadamente, me puxou e me beijou. Independentemente do que aquilo significasse no futuro, naquele momento parecia certo. Sincronia.

O bartender nos trouxe dois copos de algo forte — ele parecia aliviado.

Bebemos rapidamente e fomos andando devagar até nosso quarto, onde me enfiei no banheiro, com o coração palpitando a despeito de toda a minha suposta maturidade. Eu não tinha um roupão, e parei e fiquei olhando para meu rosto corado no espelho. Será que eu ousaria fazer aquilo? Pensei naquilo enquanto me preparava no banheiro. Eu nunca fora uma *femme fatale* e certamente não tinha me tornado uma agora. Mas, mesmo assim...

Tentei várias poses diferentes diante do espelho. Eu podia estar orgulhosa do meu corpo, mas eu não era louca. Jogar os braços para cima da cabeça ajudava muito com a gravidade e, como eu não estava usando nenhuma roupa, diante de um homem que nunca havia me visto nua, apenas por um boxe embaçado em um quarto de hotel algumas semanas antes, achei que as primeiras impressões seriam importantes.

Minha impressão dele não era a primeira. Bem, não da cintura para cima, que era tudo que estava à mostra. Ele estava ótimo. Mais magro e tonificado que Keith quando morreu, e com toda a vontade que Keith tinha quando ficamos juntos pela primeira vez.

Fiquei parada à porta, tentando parecer indiferente.

— A cama é *queen* e não há desenhos nas cortinas — observei, mas ele não estava ouvindo.

— Você vai ter que vir até mim — disse ele.

Entrei debaixo dos lençóis ao lado dele e o silenciei com um beijo. Fazer amor nunca funciona muito bem na primeira vez, e eu estava preocupada em não machucar seu joelho, mas a conexão estava ali, na maneira como Martin se importava com como eu estava lidando com aquilo, em sua preocupação com o que eu queria. Para mim, a resposta física dele era gratificante e, pela primeira vez, senti que via a vulnerabilidade por trás de sua máscara. Pegamos no sono abraçados.

72
MARTIN

Quando acordei pela manhã, Zoe não estava ali, e, por um instante, pensei que talvez tivesse fugido de novo, mas ela apareceu com cafés — puro e sem açúcar para mim —, e pensei: *ela sabe como eu tomo meu café. Aposto que não saberia o que pegar para Marco.* Como mais uma garantia de que não estava arrependida da noite passada, ela me beijou, e então começou a lidar com a questão de me levar a Santiago. Eu não estava com pressa alguma, ainda aproveitando o que tinha acontecido. Com a bebida e os analgésicos, além do joelho lesionado, eu não estava na minha melhor forma, mas Zoe não pareceu notar.

Descartamos tudo aquilo de que não precisávamos mais, até o saco de dormir de Zoe, e partimos para terminar o que eu havia começado 87 dias atrás, e ela, 89: caminhar até Santiago. Eu ficaria feliz em passar mais uma noite — ou três — no nosso quarto compartilhado, mas, pelos meus cálculos, Zoe já ia perder seu voo por um dia, mesmo que chegássemos a Santiago no ritmo inicialmente estabelecido.

Testei o joelho na vaga esperança de que talvez tivesse se recuperado o suficiente para caminhar, mas uma pontada de dor deixou claro que iríamos ficar mesmo com o plano A.

Estávamos na estrada às 5h30, pouco antes do nascer do sol. Eu queria ter o máximo de tempo possível para pausas. Nosso objetivo era o mesmo do dia anterior: A Rúa. Se chegássemos lá, teríamos de repetir a distância até Santiago no dia seguinte. Zoe estava transbordando energia. Ela iria precisar.

Estava silencioso na trilha àquela hora da manhã. Tínhamos deixado quase para o final a oportunidade de ver o sol nascendo enquanto caminhávamos.

Logo percebi que ficar deitado no carrinho era mais confortável para meu joelho do que ficar sentado com as costas retas, embora a posição fizesse eu me sentir inútil. Ajustamo-nos a uma elevação de uns trinta graus. As dobradiças improvisadas funcionaram.

O primeiro trecho de estrada era largo o suficiente para que minha cabeça não corresse risco nenhum de bater em nada. Em todo caso, as alças traseiras conferiam proteção. Eu estava começando a sentir certa admiração pelo soldador de Melide.

Zoe se movia em um ritmo impressionante até a estrada se elevar e sua cadência desacelerar. A suspensão estava funcionando perfeitamente, e, até mesmo sobre as pedras, os amortecedores se saíam melhor do que eu imaginava em poupar meu joelho do sacolejo. Essa parte não havia sido alterada do carrinho original.

— Faça uma pausa — sugeri.

— Estou bem. Caminhei tanto quanto você, lembra? Mais do que você. E continuo caminhando.

Não por muito tempo. O problema não era o design do carrinho; era a simples física do aclive combinado ao meu peso.

A estrada formava uma descida de uns cinquenta metros, e Zoe acelerou o passo; então, fizemos uma curva e encaramos um morro de verdade. Ela certamente não conseguiria me arrastar. Percebi que ela também sabia disso.

E, no pé do morro, sentado sob uma árvore, observando o fim de nossa missão fadada ao fracasso, estava — novamente — o detestável Bernhard, bebendo de sua garrafa térmica.

— Quer ajuda? — ofereceu ele.

Nós precisávamos de ajuda. Mesmo com Zoe puxando pelas alças da frente e Bernhard empurrando por trás, era uma caminhada difícil. Eles puxaram e empurraram por uma hora, fazendo pausas a cada quinze minutos.

Na segunda pausa, Zoe disse a Bernhard.

— Conte a ele.

— Você pode contar, se quiser.

Zoe me contou a história do remodelamento do projeto e da reforma do carrinho. Fiquei sem palavras.

Uma hora depois, chegamos a outro grande morro, e eu podia ver que Zoe estava exausta. Quase chorando. Tirou a mochila e a jogou ao lado da estrada. Uma atitude mais simbólica do que prática.

— Chega — falei. — Você deu o seu melhor.

Então ela chorou.

Bernhard ficou ali parado, sem saber o que fazer. Ele também não conseguiria realizar aquilo sozinho.

— Merda. Eu paro de pedir ajuda ao universo e assumo a responsabilidade pelas coisas e é isso que acontece. Não vou parar.

Zoe segurou a alça de novo.

Naquele momento, o universo respondeu.

Um grupo de quatro caminhantes — dois homens e duas mulheres — nos alcançou. Eles eram espanhóis, na casa dos vinte anos.

— De onde vocês vêm? — perguntou uma das mulheres.

— Cluny — respondeu Zoe, líder da expedição. — Na França. Dois mil quilômetros. Bernhard veio lá de Estugarda.

Segundo meu GPS, antes de me tornar um passageiro, eu tinha caminhado 2.012 quilômetros. "Carrinho testado por mais de dois mil quilômetros no *Camino*" teria sido uma manchete mais do que adequada, se alguém ainda estivesse interessado. Talvez impulsionasse as vendas da cópia pirata sueco-chinesa.

A mulher pareceu chocada.

— Desse jeito?

Zoe riu.

— Só desde hoje.

Sem mais especulações, os dois homens pegaram cada um uma alça e começaram a empurrar.

73
ZOE

No fim das contas, eu acreditava não apenas no destino, com todos os seus caprichos, mas também no poder especial do *Camino*. Ele me lembrava de que, às vezes, existem coisas que não podemos fazer sozinhos. Martin precisava aprender a aceitar ajuda, e não apenas de mim. E, como acabou acontecendo, não apenas de Bernhard. Eu esperava conseguir levá-lo até Santiago em uns três ou quatro dias, e me preocuparia depois com a imigração, deportação e o fato de não ter uma passagem ou dinheiro para comprar uma. Mas o universo tinha seus próprios planos.

A trilha se tornou tudo aquilo que a concha de vieira prometeu quando a segurei em minha mão naquele antiquário em Cluny, uma eternidade atrás: não apenas um novo começo, mas o amor que o nascimento da deusa Vênus anunciava. Um amor universal. Tínhamos nos esquecido de que essa era uma trilha de peregrinos, que muitos a estão percorrendo por motivos espirituais e religiosos, e que todos nós estávamos unidos por um objetivo comum. Parecia que, a cada momento que eu estava prestes a desistir, alguém — homem ou mulher, jovem ou velho, de irlandeses a coreanos e húngaros — aparecia e ajudava a levar Martin até Santiago. A cada ponto onde parávamos para pegar nosso *sello*, o homem ou a mulher olhava para todos nós e carimbava a credencial de todos — inclusive a de Martin.

— Você caminhou dois mil quilômetros. Não vamos criar caso agora.

— Existem pessoas que fazem isso de cadeira de rodas.

— Se ele está se esforçando menos, então você está se esforçando mais. Dá na mesma.

Fui abraçada, encorajada e até cantaram para mim. Eu estava nas nuvens. Talvez Deus não estivesse comigo — mas eu sentia que Keith estava, me dando uma bênção e me desejando o melhor com o que quer que a vida me mandasse.

— Quanto vocês caminharam hoje? — perguntou uma idosa quando paramos para tomar suco de laranja e pegar outro carimbo na beira da estrada. Por termos começado cedo, tínhamos percorrido dezenove quilômetros. Chegaríamos a A Rúa com facilidade.

Olhei para Martin e ele olhou para mim. Mas foi Bernhard quem verbalizou o que estávamos pensando:

— Santiago. Vamos com tudo.

Mesmo quando Bernhard disse "Santiago" e vislumbrei novamente a possibilidade de pegar meu voo, me perguntei se haveria caminhantes suficientes para nos ajudar mais à tarde, quando a maioria dos peregrinos teria encerrado sua jornada do dia. Mas, quando chegamos a A Rúa, a 21 quilômetros do fim, vimos uma imagem digna de Idade Média. Seis peregrinos vestindo o que pareciam ser túnicas de pano, todos com capuz, bastões de madeira e o peculiar chapéu dos peregrinos, se aproximaram, saídos de um albergue ou de seu café para se juntar ao cortejo.

Os dois voluntários que haviam assumido o fardo mais ou menos meia hora atrás pararam para que todos pudéssemos dar uma olhada.

A uns quinze metros de nós, os seis peregrinos puxaram as túnicas para esconder o rosto e, à medida que se aproximavam, suas cabeças estavam abaixadas, sóbrias em seu dever religioso.

Então, juntos, eles tiraram o capuz.

— Martin! Zoe!

Era Margarida. Seus companheiros eram as outras brasileiras — todas elas — e Monsieur Chevalier.

— Paola! — Ela tinha ficado com minha concha de vieira em Melide. Ou será que tinha sido o contrário?

Ela sorriu.

— Você acha que eu deixaria minha filha no *Camino* com esse homem? — Ela fitou Bernhard com olhos severos.

Monsieur Chevalier sorriu para Paola.

— E você, Renata? Achei que tivesse ido na frente.

Renata assentiu com a cabeça.

— É verdade. Mas elas me mandaram uma mensagem... — Ela deu de ombros. — Talvez estejamos aprendendo a trabalhar em equipe.

Bernhard andava se comunicando com o Sexteto Espanhol, e eles, por sua vez, com as brasileiras. Os homens adiaram o término de sua caminhada e ficaram esperando em A Rúa para podermos fazer o trecho final todos juntos — e, agora, para ajudar a puxar o carrinho. Eles saíram do bar, sem túnicas. Abraços por todos os lados, menos para Martin, no carrinho, e Bernhard, que ficou de lado até Felipe apertar sua mão e, então, abraçá-lo. Fabiana me contou que elas haviam alugado as fantasias em Melide.

Quando começamos a nos mover novamente, três dos espanhóis assumiram as alças, e Renata estava prestes a pegar a outra quando Monsieur Chevalier a dispensou e pegou ele mesmo. À medida que os transportadores se revezavam em nossa marcha aos arredores de Santiago, Monsieur Chevalier nunca cedeu seu lugar. Tina saracoteava ao nosso redor, fazendo vídeos com o celular, obviamente contente pela provação estar perto do fim.

— Você conhece bem o Monsieur Chevalier? — perguntei a Paola quando começamos a nos mover de novo.

— Nos conhecemos quando eu fiz uma palestra em Saint-Jean-Pied-de-Port — contou ela. — Mas, quando nos vimos em Melide... decidimos caminhar juntos. — Ela deu de ombros e olhou para ele. Notei a concha de vieira dependurada no pescoço dela e sorri.

— Por que vocês não simplesmente pegaram um táxi? — indagou Tina.

— Foge ao espírito da caminhada, não é? — respondi.

— Nós trapaceamos em muitas coisas na vida — emendou Fabiana. — Mas algumas coisas importam mais que outras.

Foi um longo caminho até o sorveteiro onde eu tinha encontrado Bernhard dois dias antes. Dessa vez, continuamos descendo o morro até chegar à ponte e à placa.

Santiago.

Olhei para Martin e houve um acordo silencioso. Nós queríamos fazer aquilo juntos. As brasileiras sorriram e nos beijaram e abraçaram antes de sair correndo na frente. Tina estava de braços dados com a mãe.

Faltava mais ou menos um quilômetro e meio pelos subúrbios da cidade e, depois, pelas ruas estreitas da cidade antiga repletas de turistas, onde percebi que fazia parte de 1.200 anos de história. Eu puxava o carrinho lentamente, e nós pouco falávamos. Naqueles últimos trinta minutos, cenas de toda a caminhada estavam passando pela minha cabeça e eu estava tão perdida em meus pensamentos que mal notava o peso de Martin ou os outros peregrinos ao nosso redor. A catedral surgiu à esquerda e a última descida se apresentou: escadas. Martin desceu do carrinho, pegando seus bastões.

— Quero entrar. Com você.

— Vamos largar o carrinho?

— Não preciso mais dele.

— Sem você nele, posso carregá-lo com facilidade.

— Não. Deixe ele. Não importa.

Viramo-nos ao ouvir alguém gritando "Zoe!".

As brasileiras estavam subindo a rua correndo, agitando os tubos de papelão que continham suas *compostelas*. Eu sentia que já tinha a minha: a surrada *credencial*, com quase cem carimbos.

— Ela mereceu a dela — disse Fabiana, abraçando Margarida. — Ela me salvou.

— Não, eu quase a matei — corrigiu Margarida com sobriedade. — Mas isso assustou mais a mim do que a ela, eu acho.

— E a mim também — confessou Felipe. Ele estava segurando a mão de Fabiana.

Tina me abraçou com força.

— Abri mão da *compostela*. Por causa dos táxis. Na próxima vez eu pego, com certeza.

Monsieur Chevalier olhava para Paola com adoração. Havia pessoa melhor para caminhar junto no futuro? Talvez ela o tivesse corrompido um pouquinho.

— Vai à missa?

— Vejo vocês todos lá — falei.

Mas só mais tarde. Eu e Martin ainda não tínhamos terminado.

*

Caminhamos os últimos 140 metros juntos, com ele se apoiando todo em mim. Ao nos aproximarmos, ouvimos música. Um quarteto com um estojo de violino aberto no chão para doações nos recepcionou sob o arco debaixo do qual milhares, talvez milhões de peregrinos já haviam passado. Esvaziei as moedas dos meus bolsos. Música clássica — era a mesma que eu tinha ouvido em meio à neblina tantas semanas e quilômetros atrás. A "Canção do Toreador" teria sido mais apropriada, mas aquilo era mais mágico — sei que *L'amour est um oiseau rebele* quer dizer: "O amor é como um pássaro selvagem." A canção evocava o triunfo do espírito, à medida que meu corpo, minha mente e minha alma se elevavam com os refrãos.

Por um instante, ficamos parados lado a lado, olhando para a magnífica fachada da catedral de Santiago. Nós havíamos conseguido. Apesar de tudo — dos obstáculos que talvez o destino, ou, mais provavelmente, nós mesmos, havia colocado no caminho —, nós havíamos conseguido. Juntos.

Minhas pernas tinham começado a tremer, e pensei em me juntar a outros peregrinos que haviam colocado suas mochilas por sobre as pedras para se deitarem, quando Martin agarrou meu braço.

— Olhe lá. Eu conheço aquele cara.

— Quantos analgésicos você tomou? É Bernhard.

— Não, o mais velho. — Bernhard estava sendo parabenizado: envolto em um abraço de urso por uma mulher enquanto o cara mais velho aguardava. Deviam ser os pais dele. — Ele é professor de Engenharia. Dietmar Hahn. É alemão.

— Não diga.

— Está bem, é óbvio que é alemão, mas ele é conhecido por ser o babaca mais arrogante da academia de Engenharia.

— Ele é bom nisso?

— Em ser um babaca? Excelente. Na área dele? O melhor do mundo. Mas ninguém quer trabalhar com ele. Imagine como é ser filho dele. Caramba. Saber de tudo é perdoar tudo.

Martin acenou, e houve uma discussão rápida enquanto eles vinham até nós. Dietmar conhecia Martin só de nome, mas nunca tinham se encontrado, e ele não pareceu ser mais arrogante do que metade dos americanos que conheci quando entravam em uma discussão técnica sobre o carrinho. Para falar a verdade, ele pareceu ter muito respeito por Martin. Nem tanto por Bernhard.

— Meu filho chegou dois dias atrasado. Não é uma boa perspectiva para um futuro engenheiro.

Martin o retrucou na hora.

— Ele passou esse tempo remodelando meu carrinho. E o reconstruiu. Eu não estaria aqui se não fosse por ele.

O pai de Bernhard assentiu lentamente com a cabeça.

— Você acha que ele será um engenheiro competente?

Martin olhou para Bernhard, e depois para Dietmar.

— Caminhei por três meses com Bernhard. Ele será bem-sucedido no que quer que deseje fazer.

Passamos alguns minutos sentados em silêncio — a despeito de todo o barulho ao nosso redor — admirando a catedral. Então, a missa começou e veio a pressa em pegar meu voo assim que os monges batessem o sino pela última vez. A igreja podia menosprezar turistas mimados, mas não se acanhou em receber uma doação de Marco para garantir que veríamos o *botafumeiro* no final da missa. Enquanto a urna balançava no ar acima de nós e centenas de peregrinos observavam perplexos, senti que eu estava novamente puxando a corda do sino em Conques, onde tinha começado a mudança que Monsieur

Chevalier prometera: perdoar minha mãe, entender o que acontecera com Keith, redescobrir o que eu tinha deixado para trás. Mas o sino soara para eu me despedir de Martin.

No computador público no aeroporto, havia uma mensagem de Lauren. Boas notícias: a casa tinha sido vendida por um valor maior do que o esperado e Albie conseguira depositar quinze mil dólares na minha conta. Entrei no site do banco, preenchi os dados bancários de Martin, e transferi o que eu devia a ele. Nomeei a transação de "Carma do Camino".

No voo para casa, encolhida no assento do meio, refleti sobre os muitos bons motivos pelos quais eu não devia ter feito o *Camino*.

Eu nunca havia caminhado mais que dezesseis quilômetros em um dia. No *Camino*, eu tinha caminhado mais do que isso todos os dias, durante três meses. Foram 2.038 quilômetros, segundo o GPS de Martin — e eu tinha refeito os últimos dois dias, então podia acrescentar mais cinquenta a essa conta. Mais de 1.200 milhas, na variante mais difícil.

Eu nunca fora de desafios físicos. Quando minhas amigas chegaram aos quarenta anos e descobriram um interesse por maratonas, eu tinha optado pela arte. Até mesmo maratonas faziam mais sentido que três meses de queimaduras de frio, bolhas e noites de sono sob a chuva.

Era uma peregrinação católica, e eu estava com raiva da Igreja.

Meu marido tinha acabado de morrer e eu estava falida.

Vivia a oito mil quilômetros do local onde o trajeto atravessava a Europa, começando na França, onde eu não falava o idioma direito, e acabando na Espanha, onde eu não conhecia ninguém.

Havia muitos motivos para não percorrer o *Camino*. Mas eu o percorrera mesmo assim. Um dia após o outro.

Era o destino que havia me mandado, mas sua lição era de que eu devia confiar menos nele do que sempre confiara.

Aprendi que é importante saber não apenas a que se apegar e o que deixar para trás, mas também o que se deve voltar para buscar.

Monsieur Chevalier tinha razão. Eu tive bolhas. O *Camino* tinha me mudado. Paz? Eu sabia que havia desafios à frente. Mas, agora, sabia que seria capaz de lidar com eles.

Eu havia encontrado o que tinha perdido — a confiança em mim mesma e a integridade para assumir riscos por algo que era importante. Quando parei diante da catedral em Santiago, me senti assolada tanto por minha própria estupidez quanto pela prova, diante de mim, de como a humanidade podia ser grandiosa, e senti uma sensação de pertencimento que eu jamais sentira antes.

E chorei.

EPÍLOGO
MARTIN

O universo sorri para nós, ao menos quando é necessário, e nos momentos em que eu, com minha própria cabeça dura, não tornei impossível essa missão. A cartilagem do meu joelho não voltou a crescer milagrosamente, e tive que encarar uma segunda cirurgia. Jonathan me aguentou enquanto eu me recuperava. Em uma tarde, Julia e eu nos encontramos para tomar café e conseguimos não arrancar a cabeça um do outro quando um dos dois recaía em seus maus hábitos. Os resultados das provas de Sarah permitiriam que estudasse medicina, e ela estava analisando as opções. O estudante de engenharia não estava mais na jogada, e ela parecia emocionalmente mais equilibrada. Tivesse isso a ver com o melhor relacionamento de seus pais ou não, nós tínhamos uma rede de segurança a postos para uma possível futura crise.

Julia sabia de Zoe, graças a Tina, que tinha postado vídeos da minha jornada no YouTube e acrescentado um link como comentário para meu blog, complementando com as observações de uma adolescente quanto a como aquilo tudo era romântico. Sua única reação foi de que ela não queria que eu me mudasse para os Estados Unidos e abandonasse Sarah de novo.

Jonathan também viu o vídeo de Tina. Como carrinho de bagagem, minha invenção não era grande coisa. Mas usá-la como maca em regiões montanhosas por soldados e civis sem acesso a helicópteros era uma proposta diferente. Carregar uma maca convencional por entre trilhas nas montanhas era uma tarefa árdua para quatro homens. Dois, três ou quatro — ou um animal — podiam puxar o carrinho remodelado com muito mais conforto e segurança para todos. O exército britânico não iria esperar por uma imitação chinesa e queria remunerar à altura a engenhosidade local.

Quando parei de usar muletas, tive uma oferta mais que satisfatória pelo desenho e um contrato como consultor para fazer ajustes ao longo do tempo. E Bernhard recebeu um belo cheque por sua contribuição.

Eu me candidatei a um cargo no Departamento de Ambiente Construído em minha antiga universidade. Meu conhecimento em teoria do design era transferível para a arquitetura, e o *Camino* tinha reacendido meu interesse. Eu queria ficar perto de Sarah, ao menos por um tempo. A universidade propôs que eu começasse no próximo ano letivo.

Enviei uma breve mensagem de agradecimento a Zoe por ter pagado o empréstimo. O que eu queria dizer era: *Venha passar sua vida aqui comigo.* Mas, é claro, não escrevi. O *Camino* não tinha me mudado tanto assim.

EPÍLOGO
ZOE

Meu voo de Santiago tinha escala em Nova York. Parei lá para ver Lauren — e descobri que ela realmente precisava de mim. Se eu tinha dúvidas quanto a ser avó, as dela quanto a ser mãe eram ainda maiores. Eu nunca a havia visto tão ansiosa. Mas, quando fui embora, ela tinha voltado a ser a garotinha que me pedira, no primeiro dia de aula, para não beijá-la porque ela não era um bebê. Voltei seis semanas depois, quando seu filho, Lucas Emmanuel, nasceu, contente por saber que eu podia dar a ela o que não me fora oferecido por — ou pedido a — minha mãe.

Observei o brilho de Lauren enquanto ela se apaixonava pelo bebê, e soube que ficaria bem; depois de mais uma semana, ela ficou feliz em me dispensar. Lauren também se recusava a abrir mão da batalha com a seguradora. Desejei o melhor a ela e disse que ela, Tessa, e seus futuros filhos podiam dividir tudo o que rendesse disso. Eu acreditava que, sabendo de tudo que eu sabia, é o que Keith iria querer.

Estar nos Estados Unidos era diferente de dormir em um hotel novo a cada dia, por três meses, e eu não tinha mais uma casa, nem bens, nem amarras. Graças ao balanço do *botafumeiro*, fui para São Francisco, em vez de Los Angeles, aluguei um estúdio, e dormi no chão por algumas semanas. Eu sentia mais falta dos roncos, do burburinho à noite e das *tortillas* matinais do que de uma cama.

Continuei trabalhando em meus cartuns. O *Chronicle* me direcionou para a sátira política, e descobri que meu talento para capturar a personalidade das pessoas era ainda mais útil nesse campo. Minha série *O Progresso do Peregrino*, inclusive alguns desenhos que não foram publicados, ganhou uma exposição na galeria de minha amiga Corrina, a uma quadra de onde eu tinha me instalado. Eu seguira o conselho de Martin de ficar com os direitos autorais dos originais.

Eu estava nervosa quanto ao lançamento, não apenas porque queria que as pessoas gostassem dos cartuns, mas também porque era minha intenção vendê-los. Eu queria que Keith, por meio das filhas que ele me ajudou a criar, me visse independente e ficasse orgulhoso. Eu não podia fazer nada quanto à ironia de que isso tornava o sacrifício dele ainda mais inútil.

Eu queria minhas lições do *Camino* brilhando nas paredes das pessoas de quem falavam. Richard e Nicole não podiam ir ao lançamento, mas me disseram que o desenho que fiz deles estava à mostra em Tramayes, e eles compraram o cartum de Marianne e Moses para sua casa em Sydney.

Eu havia convidado Martin, fazendo e refazendo a mensagem, querendo que as palavras fossem as certas. Pensava que poderia haver outro homem algum dia, que eu tinha aprendido com o que dera errado com Keith. Ao menos eu não ia me reprimir por medo de rejeição ou por pensar que não conseguiria me virar sozinha. Isso havia mudado. Eu gostava de como Martin me confrontava — Manny nunca tentara, e Keith se escondia — e de como ele estava preparado para mudar. E de sua força de vontade. Eu tinha aprendido a entender e até mesmo gostar de seu humor britânico, e poderia tê-lo recompensado com um pouquinho de otimismo americano. Mas ele não respondeu.

A galeria estava lotada para o evento, e vários amigos tinham vindo de todo o país. Observei as pessoas pegarem taças de vinho e resisti à vontade de ficar atrás delas enquanto analisavam meus desenhos. Depois de dez minutos, Corrina me disse que eu havia vendido o primeiro quadro da noite.

— Os dois do Homem do Carrinho.

Ergui os olhos e ali estava ele: sem barba, mas definitivamente um caminhante, e não um caçador.

— Não posso aceitar uma imagem minha na parede de um estranho — disse.

Eu queria abraçá-lo exageradamente, mas Martin estava radiando sua discrição britânica.

— Eu vim até esta porcaria de cidade — continuou.

— Eu sei...

— Não mereço um abraço por isso?

Então me atirei nos braços dele, e seu beijo me levou de volta para o outro lado do Atlântico.

— Ouça — disse ele —, vendi o design do carrinho para o exército britânico...

— Uau!

— E os convenci de que eu deveria testar o novo protótipo nos Alpes, na trilha para Roma.

— Itália? Saindo de onde?

— Cluny, de novo. O Caminho de Assis. De São Francisco de Assis. Tenho alguns meses até começar meu novo trabalho. O cirurgião me disse que o joelho aguenta. Eu estava pensando se você não gostaria de vir comigo.

— Você veio até aqui para me perguntar isso?

— Mais ou menos. Eu gostei bastante de caminhar com você, mas muitas coisas atrapalharam o caminho. Pensei que podíamos fazer uma nova tentativa.

Martin devia estar pensando naquilo havia algum tempo, mas, naquele momento, ele é quem parecia ser espontâneo, e eu, quem precisava de tempo para me planejar. Meu coração dizia que sim, mas...

— Eu... não sei. Tenho muitas coisas acontecendo por aqui. Posso pensar no assunto? Seria bom ir a Cluny de novo. Visitar Camille. Ela e o marido se separaram.

Eu ainda estava pensando naquilo mais tarde, naquela mesma noite, quando Tessa chegou. Ela havia gostado de Martin, e me trouxe um presente para me desejar sorte. Tinha visto no mercado e teve certeza de que eu iria gostar.

Era um berloque esmaltado — um pombo. Um pássaro selvagem? Um sinal de paz. Porém, mais que isso: o pombo é o símbolo da caminhada de Assis.

NOTA DOS AUTORES

Percorremos o *Chemin/Camino* pela primeira vez de Cluny a Santiago de Compostela pela rota descrita neste livro — mais especificamente, a de Martin, com a Variante du Célé — de fevereiro a maio de 2011 (87 dias, 2.038 quilômetros).

De março a junho de 2016, caminhamos de Cluny a Saint-Jean--Pied-de-Port (a rota de Zoe), e depois seguimos para Santiago pelo *Camino Francés* (79 dias e, dessa vez, assim como Zoe, não levamos um GPS, então nosso melhor palpite são 1.900 quilômetros).

Este romance foi inspirado em nossas caminhadas e nas pessoas que conhecemos no Caminho — mas não pretende substituir os excelentes guias disponíveis. Embora tenhamos tentado ser precisos quanto à rota, ao tempo, e à maioria das localidades, tomamos algumas liberdades ocasionais com acomodações e restaurantes, que, de toda forma, mudam todos os anos. Os caminhantes são fictícios, bem como os proprietários de hotéis e os funcionários de *gîtes* e *hôtes*, e seu comportamento na história não tem relevância nenhuma na recepção que você pode esperar de um lugar específico. A exceção é uma menção a nossos anfitriões do L'Oustal, em Corn, que ganharam nosso voto de melhor refeição em um *chambre d'hôte* em nossa peregrinação de 2011.

Em nosso primeiro *Camino*, os sinos da abadia de Sainte-Foy ressoaram para nós em Conques, mas pareciam não estar funcionando em 2016.

AGRADECIMENTOS

Escrevemos um rascunho deste livro em 2012, um ano depois de termos percorrido o *Camino* pela primeira vez, e voltamos a ele depois da segunda peregrinação, em 2016. As pessoas que conhecemos em ambas as jornadas inspiraram muitas das histórias e dos personagens. Um jovem belga, Matthias, foi o único caminhante que encontramos no *Chemin de Cluny*, e foi ele quem nos encorajou a desenvolver uma história de amor de um casal maduro.

Nosso editor, David Winter, foi nosso sábio e incansável guia durante a caminhada para a publicação.

Ao longo da jornada, nossos primeiros leitores proveram um feedback valioso em todos os níveis, desde "Talvez vocês devessem escrever um livro só, em vez de dois" até "Vocês deixaram passar o sotaque de San Sebastián": Jon Blackhouse, Danny Blay, Lahna Bradley, Jean e Greg Buist, Tania Chandler, Angela Collie (a primeira pessoa a fazer o *Camino* inspirada por esta história), Robert Eames, Amy Jasper, Cathie e David Lange, Rod Miller, Helen O'Connell, Rebecca Peniston-Bird, Midge Raymond, Robert e Michèle Sachs, Debbie e Graeme Shanks, Daniel Simsion, Dennis Simsion, Dominique Simsion, Sue e Chris Waddell, Geri e Pete Walsh, Fran Willcox, e Janifer Willis.

Ana Drach e Cori Redstone nos equiparam com informações para nossos personagens brasileiros e americanos.

Precisamos agradecer mais uma vez à equipe da Text Publishing, que nos apoiou na produção e na divulgação do livro — em especial Michael Heyward, W.H. Chong, Jane Finemore, Kirsty Wilson, Shalini Kunahlan, Kate Sloggett, Anne Beilby e Khadija Caffoor.

Cordelia Borchardt, da Fischer Publishing (Alemanha) e Jennifer Lambert, da HarperCollins Canadá, também nos deram ótimos conselhos editoriais.

Este livro foi composto na tipografia Granjon LT Std,
em corpo 12/16, e impresso em
papel off-white no Sistema Cameron da
Divisão Gráfica da Distribuidora Record.